古典文獻研究輯刊

八　編

曾永義　主編

第17冊

丁耀亢劇作之傳承與創新

賴慧娟　著

國家圖書館出版品預行編目資料

丁耀亢劇作之傳承與創新／賴慧娟 著 — 初版 — 新北市：花
木蘭文化出版社，2013〔民 102〕
目 2+160 面；19×26 公分
（古典文學研究輯刊 八編；第 17 冊）
ISBN：978-986-322-393-1（精裝）
1. 清代戲曲 2. 戲曲評論
820.8   102014675

ISBN-978-986-322-393-1

9 789863 223931

古典文學研究輯刊
八 編 第十七冊   ISBN：978-986-322-393-1

丁耀亢劇作之傳承與創新

作　　者　賴慧娟
主　　編　曾永義
總 編 輯　杜潔祥
出　　版　花木蘭文化出版社
發 行 所　花木蘭文化出版社
發 行 人　高小娟
聯絡地址　235 新北市中和區中安街七二號十三樓
　　　　　電話：02-2923-1455／傳真：02-2923-1452
網　　址　http://www.huamulan.tw 信箱 sut81518@gmail.com
印　　刷　普羅文化出版廣告事業
初　　版　2013 年 9 月
定　　價　八編 24 冊（精裝）新台幣 42,000 元

丁耀亢劇作之傳承與創新

賴慧娟　著

作者簡介

賴慧娟，國立台灣大學中國文學系畢業，國立中山大學中國文學系碩士。目前任職於中央研究院歷史語言研究所傅斯年圖書館。

提　　要

　　明末清初之際，正值易代鼎革、戰亂頻仍的動蕩時代，因此不少戲曲作品帶有明清易祚所引發的悲涼哀嘆之感，此種黍離哀嘆主要來自於劇作家們對於歷史興亡的悲劇性體驗。丁耀亢即是身處於家國劇烈變動之際的劇作家，其戲曲作品通過對於劇中人物、情節的描寫，不僅寄寓了作者的情志思想，亦生動豐富地展現出當時文人一些重要的精神側面及其心理體驗。

　　本論文除首章緒論及末章結論之外，第二章總述丁耀亢生平經歷，並對其戲曲、小說、詩文等著作做一概要介紹。第三至六章則對丁耀亢現存的四部戲曲作品：《化人遊》、《赤松記》、《西湖扇》《表忠記》依其創作年代先後加以分析探論。本文撰作非只就單一劇本進行平面式的討論，而是採用縱向的，以文學傳承與創新的角度切入，將其他相關的戲曲作品如《張子房圯橋進履》、《赤松記》、《鳴鳳記》、《桃花扇》等劇作一併含括進來進行析論與比較，希望透過如此的觀照，可以更具體地突顯出丁耀亢現存四部戲曲作品對於前人劇作的傳承 轉化與再開創的企圖。最後，有關四部劇作在題材內容、藝術技巧與主題思想的綜合分析，則於結論一章進行整理歸納。

目
次

第一章　緒　論

　　明末清初之際，正值易代鼎革、戰亂頻仍的動盪時代，而此一時期傳奇戲曲之發展亦進入鼎盛時期，許多文人學士投入戲曲創作的領域，不僅使戲曲作品在數量上甚為可觀，題材的運用也呈現豐富多樣的變化，而其藝術技巧更漸趨於成熟的發展。然在此新舊朝代更替之際，江山易主、家國覆亡的傷痛震懾了劇作家們的心靈，這種慘痛的情緒不可避免地亦反映在戲曲的創作中，因此清初不少戲曲作品便帶有明清易祚所引發的悲涼哀嘆之感，這種悲涼的黍離哀嘆，主要來自於劇作家們對於歷史興亡的悲劇性體驗。〔註1〕丁耀亢即是身處於家國劇烈變動之際的劇作家，其傳奇劇作，通過劇中的人物、情節，不僅寄寓了作者的情志思想，亦生動豐富地展現出當時文人一些重要的精神側面及其心理體驗。

　　根據丁耀亢第七代姪孫丁守存於〈《表忠記傳奇》書後〉一文所言，丁耀亢所創作之戲曲共十三種，然而多已散佚，現存之作品僅有《化人遊》、《赤松遊》、《西湖扇》、《表忠記》（《亦名蚺蛇膽》）等四部，《非非夢》、《星漢槎》、《草堂傳奇》則僅存其目。以丁耀亢現存四部戲曲作品的內容來看，《化人遊》中雖未明確指出此劇的歷史背景，且以度脫劇的形式闡發成道登仙之旨，劇作家以劇中主人翁何皋自比，借由種種奇幻詭譎的異想，時時流露出對於現實的不滿，並寄寓其試圖超越現實，尋找精神寄託的渴望。以才子佳人愛情故事為發展主軸的《西湖扇》，其題材即取自於明清之際，但為避時諱，因而將劇作背景往前推至南宋與金朝對峙時期，抒寫顧史、宋娟娟及宋湘仙三人

〔註 1〕廖奔、劉彥君：《中國戲曲發展史》（太原：山西教育出版社，2000 年），頁 217～218。

之間悲歡離合的故事。此外,主要闡發歷史興衰或時代更替的歷史劇有《赤松遊》與《表忠記》二部。《赤松遊》鋪寫張良輔佐漢主劉邦滅秦立漢的經過,然而全劇於敘說其爲漢建立卓越功勳之時,卻一再突顯張良「始終爲韓」之心意,傳達出其強烈爲亡韓復仇的決心。《表忠記》爲奉旨改編《鳴鳳記》而作,描寫楊繼盛與嚴嵩奸黨之間激烈的政治衝突,藉由對楊繼盛個人人生歷程的抒寫,來反映明代嘉靖年間朝政的腐敗、邊境的烽火頻仍以及百姓生活的苦難。劇中通過人物鋪演出震撼人心的歷史悲劇,明白地呈顯出明王朝皇帝的庸弱,不理政事,以致權奸當道,專權納賄,導致國家衰敗,外患頻擾,最後整個王朝不免走向敗亡的命運。

　　丁耀亢著作甚豐,除上述戲曲作品之外,尚撰有小說《續金瓶梅》,詩集《逍遙遊》、《椒丘詩》、《陸舫詩草》、《江干草》、《歸山草》、《聽山亭草》,以及《天史》、《家政須知》、《出劫紀略》、《增刪補易》等文集,可知其戲曲、小說、詩歌、散文無所不工。然而《全清散曲》丁耀亢傳,稱《天史》「稿被焚於南都」,〔註 2〕小說《續金瓶梅》則於康熙四年(1665)被焚於北京,連丁耀亢自身都不免遭受牢獄之苦。《丁野鶴全集》、《丁野鶴遺稿》,則於編纂《四庫全書》之時列於禁毀書目。〔註 3〕乾隆四十五年,江西巡撫郝碩以「中間違礙之語甚多」爲由,將《逍遙遊》列爲應毀之書。〔註 4〕正因丁耀亢的諸多撰作於清初之際遭到禁毀,使其作品未能流通,故也未能受到應有的重視。

　　隨著學術的研究與開展,丁耀亢的作品陸續整理出版,也引發學者研究的興趣。目前將有關丁耀亢的學術研究成果作一系統性整理的文章有二:張兵〈丁耀亢研究的回顧與思想〉,〔註 5〕及朱萍〈丁耀亢研究小史述略〉。〔註 6〕此二篇文章皆將近年來的丁耀亢研究分爲肇始期、發展期和繁榮期三個階段,但是二者對於這三階段的內容,則有不同的看法。

　　張兵〈丁耀亢研究的回顧與思想〉認爲第一階段爲本世紀三、四十年代,

〔註 2〕凌景埏、謝伯陽編:《全清散曲》(濟南:齊魯書社,1985 年),頁 76。

〔註 3〕孫殿起:《清代禁書知見錄》(台北:成文出版社,1978 年),頁 13。

〔註 4〕雷夢辰:《清代禁書彙考》(北京:書目文獻出版社,1989 年),頁 100～103。
　　　王彬主編:《清代禁書總述》(北京:中國書店,1999 年),頁 474～475。

〔註 5〕張兵:〈丁耀亢研究的回顧與思想〉,《中國文學研究》1997 年第 4 期,1997 年 10 月,頁 53～57。

〔註 6〕朱萍:〈丁耀亢研究小史述略〉,《江淮論壇》2001 年第 1 期,2001 年 2 月,頁 99～105。

只侷限於長篇白話小說《醒世姻緣傳》及其作者的探討；第二階段則是四九年後至七十年代中、後期，他認為雖然此一時期的文學研究因政治掛帥而步入歧途，但所幸其對丁耀亢研究的干擾很少。第三階段則約在七十年代中、後期至今，隨著多篇論文的發表和專著的出版，為丁耀亢研究帶來了新的活力和生機。

朱萍〈丁耀亢研究小史述略〉的看法則略有不同，他認為肇始期為二十世紀初至八十年代，此階段有關丁耀亢的研究幾乎圍繞著其小說作品《續金瓶梅》展開。發展期則是八十年代中後期，學術界開始進行丁耀亢是否為《醒世姻緣傳》作者的探討與爭論。關於此一問題，不同的學者有其不同的見解與說明，作者「西周生」究為何人，學界曾出現蒲松齡、賈鳧西、丁耀亢等說法，而丁耀亢究竟是否撰作《醒世姻緣傳》，目前仍是眾說紛紜，尚無定論。九十年代後丁耀亢研究進入繁榮期，對於《續金瓶梅》的研究走向深入，丁耀亢是否為《醒世姻緣傳》作者的探討仍持續進行，同時，學者也開始了對丁耀亢家世生平及其戲曲、詩詞、雜著等作品的研究。

在逐漸趨向熱烈的研究風氣裡，有幾部重要文獻資料的出版，對研究丁耀亢有很大的貢獻。其一是張清吉所撰之《丁耀亢年譜》，〔註7〕此書為研究丁耀亢提供了珍貴的資料。關於丁耀亢的作品，《古本戲曲叢刊》第五集已影印出版，其中收有《化人遊》、《西湖扇》、《赤松遊》、《蚺蛇膽》四部劇作。〔註8〕此外，目前搜羅丁耀亢作品最完整的專書，應推李增坡主編、張清吉點校，中州古籍出版社發行的《丁耀亢全集》。〔註9〕此書上冊收錄了《陸舫詩草》、《椒丘詩》、《江干草》、《歸山草》、《聽山亭草》、《逍遙遊》等詩集與《化人遊》、《西湖扇》、《赤松遊》、《蚺蛇膽》四部戲曲作品，中冊則為小說《續金瓶梅》，下冊為《天史》（附《管見》、《集古》、《問天亭放言》）、《家政須知》、《出劫紀略》、《增刪補易》等文集。雖然其中仍不免有一些小錯誤，然瑕不掩瑜，此書對於丁耀亢的研究，可說提供了最基本的文獻基礎，具有非常重

〔註7〕 張清吉：《丁耀亢年譜》（南京：南京大學出版社，1996年）。

〔註8〕 《古本戲曲叢刊·五集》（上海：上海古籍出版社，1986年）。本文所引用之參考資料，劇本方面為求正確，故根據《古本戲曲叢刊》所影印出版之劇本；小說、詩、文方面，則採用《丁耀亢全集》。

〔註9〕 丁耀亢撰，李增坡主編，張清吉點校：《丁耀亢全集》（鄭州：中州古籍出版社，1999年）。本論文凡引用《丁耀亢全集》者，不再注明出版社及出版年月。

要的意義。

此外，一九九七年由山東社會科學院和諸城市人民政府聯合主辦之「海峽兩岸丁耀亢學術研討會」，也發表了十九篇有關於丁耀亢的研究論文，會後亦由中州古籍出版社出版《丁耀亢研究——海峽兩岸丁耀亢學術研討會論文集》一書，對於丁耀亢之生平，及其在戲曲、小說、詩歌、散文各方面之著作成就，皆有深入分析。其中，以探討丁耀亢戲曲作品爲主的文章有陳美林、吳秀華〈試論丁耀亢的戲劇創作〉、黃霖〈略談丁耀亢的戲劇觀〉、孔繁信〈丁野鶴戲曲創作簡論〉及石玲〈丁耀亢劇作論〉四篇論文。陳美林、吳秀華〈試論丁耀亢的戲劇創作〉分析丁耀亢戲曲作品之藝術成就，認爲其劇作在內容上表現了濃厚的遺民情節，反映出世和入世的矛盾。〔註 10〕黃霖在〈略談丁耀亢的戲曲觀〉一文中，從自然觀、布局論、悲喜論等幾個角度，探討了丁耀亢的戲曲觀。〔註 11〕孔繁信〈丁野鶴戲曲創作簡論〉〔註 12〕及石玲〈丁耀亢劇作論〉〔註 13〕則於文章中對於現存四部劇作的人物、情節及思想內涵皆有討論。

除此之外，亦有不少專文討論丁耀亢現存《化人遊》、《赤松遊》、《西湖扇》、《表忠記》四部戲曲作品，例如孫永和〈清代戲劇家丁耀亢及其創作〉、〔註 14〕郝詩仙、郭英德〈丁耀亢生平及其劇作〉〔註 15〕以及陳慶浩〈「海內焚書禁識丁」——丁耀亢生平及其著作〉，〔註 16〕綜合討論了丁耀亢之生平及其戲曲的整體成就。而最早針對個別戲曲作品加以分析者爲鄭騫〈善本傳奇十

〔註 10〕陳美林、吳秀華：〈試論丁耀亢的戲劇創作〉，收錄李增坡主編：《丁耀亢研究——海峽兩岸丁耀亢學術研討會論文集》（鄭州：中州古籍出版社，1998 年），頁 183～195。

〔註 11〕黃霖：〈略談丁耀亢的戲劇觀〉，收錄《丁耀亢研究——海峽兩岸丁耀亢學術研討會論文集》（同注 10），頁 196～202。

〔註 12〕孔繁信：〈丁野鶴戲曲創作簡論〉，收錄《丁耀亢研究——海峽兩岸丁耀亢學術研討會論文集》（同注 10），頁 203～218。

〔註 13〕石玲：〈丁耀亢劇作論〉，收錄《丁耀亢研究——海峽兩岸丁耀亢學術研討會論文集》（同注 10），頁 219～252。

〔註 14〕孫永和：〈清代戲劇家丁耀亢及其創作〉，《戲劇叢刊》1988 年第 6 期，頁 77～78。

〔註 15〕郝詩仙、郭英德：〈丁耀亢生平及其劇作〉，《齊魯學刊》1989 年第 6 期，頁 55～61。

〔註 16〕陳慶浩：〈「海內焚書禁識丁」——丁耀亢生平及其著作〉，李豐楙主編：《文學、文化與世變——第三屆國際漢學會議論文集・文學組》（台北：中央研究院中國文哲研究所，2002 年），頁 351～394。

種提要〉，〔註17〕該文對於《化人遊》、《赤松遊》、《蚺蛇膽》之版本、內容及創作意圖上有個別的探討。以專文對丁耀亢戲曲作品的內容進行個別分析探討的則有周貽白〈丁耀亢蚺蛇膽〉，對《蚺蛇膽》一劇之撰作原由、題材內容及與《鳴鳳記》之異同進行分析。〔註18〕另外，秦華生〈丁耀亢劇作劇論初探〉一文，對丁耀亢之戲劇理論有初步的研究。〔註19〕秦學人〈古典編劇美學的精辟概括──〈嘯臺偶著詞例〉淺析〉，則對丁氏所著劇論〈嘯臺偶著詞例〉有詳細分析探討。〔註20〕

　　以上這些專著或論文，都試著從不同的角度切入，對丁耀亢本身或其戲曲作品進行研究探討，然而尚未見有專文討論丁耀亢現存之戲曲著作在文學創作的傳統中，對於前人已使用的題材、內容，甚至是在藝術技巧上，從傳承與創新之角度作一縱向比較。綜觀丁耀亢之四部劇作，《表忠記》乃爲改編《鳴鳳記》而作，故在題材內容上，對《鳴鳳記》有所承襲；《赤松遊》描寫張良輔漢事蹟，此題材自元雜劇以來即爲不少戲曲作品所採用，故在撰作上，亦不免受其他劇作影響，然而此二部劇作，在撰作的過程中，除了承襲前人的題材內容外，無論是在情節結構的安排上、藝術技巧的運用上，或主題思想的側重上，亦有不少創新之處值得探討。《化人遊》與《西湖扇》在題材上爲全新創作，然《化人遊》一劇度脫之旨，仍受到元明以來度脫劇作的影響，且借由度脫劇的形式，以種種奇幻詭譎的想像，傳達超越現實的精神寄託，與傳統抒情文學中的遊仙性質相彷，此一特色，爲其他劇作所罕見，值得進一步分析探討。《西湖扇》以一把詩扇作爲全劇最重要的砌末，使之成爲推演情節發展及緊扣各個環節的重要線索，譜寫出曲折情節與愛情故事，此一巧思，不僅展現劇作家獨特的藝術技巧，開創砌末於情節中的新功能，也在題材、結構及藝術技巧上影響了《桃花扇》的撰作。

　　本論文除首尾緒論、結論外，另分爲五章，依丁耀亢現存四部戲曲作品的創作年代先後依次討論。第二章〈丁耀亢生平及其著作考述〉，總述丁耀亢

〔註17〕鄭騫：〈善本傳奇十種提要〉，《燕京學報》第 24 期，1938 年 12 月，頁 127～157。

〔註18〕周貽白〈丁耀亢蚺蛇膽〉，周貽白：《周貽白戲劇論文選》（長沙：湖南人民出版社，1982 年），頁 300～304。

〔註19〕秦華生：〈丁耀亢劇作劇論初探〉，《戲曲研究》第 31 期，1989 年，頁 62～90。

〔註20〕秦學人：〈古典編劇美學的精辟概括──〈嘯臺偶著詞例〉淺析〉，《戲劇》1996年第 2 期，頁 34～45。

之生平經歷，並對其戲曲、小說、詩、文等著作做一概要介紹。第三章〈論《化人遊》荒誕虛幻之藝術手法與度世寓言之比興寄託〉，分析劇中所架構的「汗漫離奇」的虛幻空間，及古今人物同遊所象徵的意義，探討人物在穿越現實與虛幻的度脫歷程中，其精神層次的超越與提升，並說明全劇以如此獨特的遊仙詩篇形式，其作品中所寄寓的深意。第四章〈從《赤松記》與《赤松遊》之差異論張良形象之轉變與寄託意涵〉，首先略述作為《赤松記》與《赤松遊》二劇主要題材之張良本事，進而分析採用相同題材的《赤松記》、《赤松遊》二劇，在情節內容方面的舖陳與剪裁，在敘述重心相異的情形下，如何塑造人物的性格心態與人生抉擇的轉變，及其相異的形象轉變所寄託之意涵。第五章〈借題詩扇敘離合：比較《西湖扇》與《桃花扇》〉，本章比較在題材內容及結構上有許多相似之處的《西湖扇》、《桃花扇》二劇，先敘述二劇題材反映的時代背景，由於二劇皆以詩扇作為連繫全劇之關鍵，故次節分析二劇如何運用詩扇舖陳戲劇結構，並進一步探討詩扇在二劇中的象徵意義，及二劇思想主題之差異。第六章〈論《表忠記》修編《鳴鳳記》的敘述觀點與思想旨趣〉，由於《表忠記》乃奉旨修編，因而本章首先敘述其改編《鳴鳳記》的背景，次而分析《表忠記》對於《鳴鳳記》有所傳承與重新修編的內容，繼之探討《表忠記》如何選擇不同的敘述觀點，與二劇在不同的敘述觀點之下，所造成的相異藝術效果與思想旨趣。

　　本論文各章節的安排，並非只就單一劇本進行平面式的探討，而是採縱向的，以文學傳承與創新的角度切入，將其他相關的劇作如《張子房圯橋進履》、《赤松記》、《鳴鳳記》、《桃花扇》一併含括進來進行析論與比較，希望透過如此的觀照，可以更具體地突顯出丁耀亢現存四部作品對於前人劇作的傳承、轉化與再開創的企圖。此外，有關四部劇作在題材內容、藝術技巧與主題思想之綜合分析，則留待結論再作一整理歸納。

第二章　丁耀亢生平及其著作考述

第一節　生平記述

　　丁耀亢，字西生，號野鶴，又號紫陽道人、野航居士、漆園遊鶼、西湖鷗史、華表人、木雞道人。生於明萬曆二十七年（己亥，1599），卒於清康熙八年（己酉，1669），享年七十一歲。關於丁耀亢之生卒年，曾出現過數種不同的說法：第一，魯迅《中國小說史略》認為是 1620～1691 年。〔註1〕第二，鄭騫〈善本傳奇十種提要〉則考定為 1599～1670 年。〔註2〕第三，譚正璧《中國文學家大辭典》則記為 1607～1678 年，〔註3〕莊一拂《古典戲曲存目匯考》

〔註 1〕　魯迅：《中國小說史略》：「六十後病目，自稱木雞道人，年七十二卒（約 1620～1691）。」見《中國小說史略》（天津：天津人民出版社，1999 年），頁 206。

〔註 2〕　鄭騫：〈善本傳奇十種提要〉根據《諸城縣志》：「卒年七十二」之記載，及其所見丁耀亢手批明正德刻本《李杜合集》卷末之跋，推斷丁氏之生卒年為 1599～1670 年。〈善本傳奇十種提要〉云：「余所見耀亢手批明正德刻本《李杜合集》，朱藍滿楮，書法怪偉。卷尾有跋云：『順治癸巳，余卜居海村，借而讀之。甲午赴容城教署，攜為客笥。……感而書之。瑯琊丁耀亢題於容之椒軒，時五十六。（下有「丁耀亢印」及「陸舫」兩朱印）』甲午為順治十一年，據此推定，耀亢生於明神宗萬曆二十七年己亥，卒於清聖祖康熙九年庚戌。」見《燕京學報》第 24 期（1938 年 12 月），頁 140～141。

〔註 3〕　《中國文學家大辭典》之〈丁耀亢〉條目曰：「《中國小說家史略》以為約 1620～1691。如以此推算，則弱冠時當為 1639 年，其時董其昌已死三年，耀亢南遊，已不及見之。此據《諸城縣志》『六旬後病目，……更著《聽山草》』及《四庫全書總目提要》『《聽山亭草》一卷，起丁未，止己酉』推算。」因此將丁氏之生卒年推為約 1607～1678。見譚正璧：《中國文學家大辭典》（上海：上海書店，1981 年），頁 1287。

亦採用此說。〔註4〕第四，陳金陵以爲是 1589～1669 年。〔註5〕

據丁氏所作〈自述年譜以代挽歌〉一詩首句云：「自余有生，明季己亥」，〔註6〕己亥爲明萬曆二十七年（1599）；另〈癸巳初度《赤松詞曲》新成邀諸公觀賞作赤松歌自壽〉一詩云：「生年五十五，頭白如鷲禿」〔註7〕，癸巳爲順治十年（1653），由此推算，其生年即爲己亥。而〈燕中初度自壽戊戌二月十六日〉又有「玄海龍眠忘甲子」一句，〔註8〕明確指出生辰爲二月十六日，而戊戌爲順治十五年（1658），由戊戌推回己亥，正好六十歲。除此之外，又有丙午（康熙五年，1666）所作〈山中銀杏少年手植四十有五年今秋得果二石予年六十有八〉〔註9〕及戊申（康熙七年，1668）所作〈七十老人自壽排律〉〔註10〕二詩，皆與己亥年相合。據此可知，丁耀亢應是生於明萬曆二十七年二月十六日。

歷來推定丁耀亢之生卒年，多依據《諸城縣志》所載之「卒年七十二」。〔註11〕然康熙十二年（癸丑，1673），其子丁慎行整理《聽山亭草》時所寫〈乞言小引〉云：

> 己酉，年七十一，召余曹曰：「將逝矣！生平知己，屈指數人。唯龔大宗伯、傅大司空諸名公，脫驂患難，耿耿在懷」。因占永訣詩畢，合掌說偈而歿。〔註12〕

此處所記爲丁耀亢臨終前之情景，其子言曰「己酉，年七十一」，當是最可信之資料。除此之外，丁耀亢作於己酉之〈昔張有〈四愁〉、杜有〈七哀〉，或困厄而抒抑鬱之情，或流離而述窮愁之感，亢年逾古稀老而多難，學道未堅，習氣不脫，靜中生動，妄想紛飛，因作〈七戒〉聊以自警云七首〉其一亦云：

〔註4〕 莊一拂：《古典戲曲存目匯考》（上海：上海古籍出版社，1982 年），頁 1243。

〔註5〕 陳金陵〈丁耀亢與《出劫紀略》〉：「作者丁耀亢（1589～1669，明萬曆十七年──清康熙八年），山東諸城人」。《文獻》1980 年第 1 輯（總第 3 輯）（北京：書目文獻出版社，1980 年），頁 166～171。

〔註6〕 《丁耀亢全集》，上冊，頁 425。

〔註7〕 《丁耀亢全集》，上冊，頁 190。

〔註8〕 《丁耀亢全集》，上冊，頁 350。

〔註9〕 《丁耀亢全集》，上冊，頁 503。

〔註10〕 《丁耀亢全集》，上冊，頁 567。

〔註11〕 宮懋讓等修、李文藻等纂：《諸城縣志》（台北：成文出版社，1976 年，據清乾隆二十九年刊本影印），卷 36，列傳第八〈文苑〉載有丁耀亢傳，頁 1052～1053。

〔註12〕 《丁耀亢全集》，上冊，頁 507。

「我生行年七十一，頭童齒落眼生翳。」〔註13〕《聽山亭草》為丁耀亢病逝後其子丁慎行整理梓刻，所收詩作起於丁未，止於己酉，最後可考日期之詩為〈七夕雷雨二首〉，而〈丘霞標隔山送山鮊魚〉、〈己酉仲秋〉二詩時序皆已入秋，〈己酉仲秋〉一詩則顯露丁耀亢當時已是「形憊、氣衰」。〔註14〕李澄中《江干草・序》中言其曾於康熙八年至橡山別墅會見丁耀亢，不久丁耀亢即病逝。丁耀亢詩集中最末首〈病中寄別龔大宗伯〉〔註15〕雖未能確知寫作日期，但可見其時病情已篤，故寄詩與友人訣別。由此可知耀亢大約是病逝於康熙八年冬。

丁耀亢出生於山東諸城（古稱琅邪；今山東膠南縣），乃諸城之巨族，其在〈述先德譜序〉中云：

> 按姓譜丁氏，周太公姜氏裔。太公封於齊，生仲子伋，食邑於丁，以地為氏云。明初有丁普郎者，以軍功從洪武，封於武昌，其子孫以百戶世蔭食屯於淮之海州衛。永樂初，有祖自海而徙諸之藏馬山，遂為巨族，今七世。〔註16〕

另外，其〈族譜序〉亦云：

> 吾丁氏為荊族，居武昌。當元之末，始祖諱興者，以鐵槍歸明太祖，從軍有功，除淮安海州衛百戶。子貫世襲。自海州而徙琅邪，則自興之次子推始。然則，推固琅邪始祖也。自推而至吾之身，殆八世矣。〔註17〕

他稱丁氏乃「周太公姜氏裔」，丁氏先人於元末時因軍功受封武昌，除海州衛食邑百戶，自丁推由海州遷徙諸城藏馬山，至耀亢共計八世。〔註18〕又因以科名起家，家族中文武人才備出，因此遠近人皆稱其為「藏馬丁氏」。

丁耀亢祖父諱純，字質夫，號海濱逸老。以歲貢生授任大名府長垣教諭三年，因子惟寧巡視北畿，告假迴避，其後家居不復出。與鄉人結九老會，

〔註13〕《丁耀亢全集》，上冊，頁 622。

〔註14〕〈己酉仲秋〉詩云：「入愁喜臥知形憊，觸事興悲覺氣衰。新泰登場村酒熟，閉門獨酌強裁詩。」見《丁耀亢全集》，上冊，頁 627。

〔註15〕《丁耀亢全集》，上冊，頁 628。

〔註16〕《出劫紀略・述先德譜序》，《丁耀亢全集》，下冊，頁 287～288。

〔註17〕《出劫紀略・族譜序》，《丁耀亢全集》，下冊，頁 290。

〔註18〕據《丁耀亢年譜・世系》載，丁耀亢一系自丁推始，歷丁彥德、丁伯忠、丁宗本、丁珍、丁純、丁惟寧，至丁耀亢共計八世。參見張清吉撰：《丁耀亢年譜》（南京：南京大學出版社，1996 年），頁 1。

善作詩，嗜鼓琴，其弦索小詞更是膾炙人口。〔註19〕丁耀亢父諱惟寧，字養靜、汝安，號少濱。嘉靖四十四年（1565）進士，授清苑知縣，因政績卓越薦任侍御史，巡視北畿。由於不見容於當朝張居正，乃出為河南僉事，萬曆七年起為隴右僉事，調江西參議，十四年授鄖襄兵備副使，十五年轉湖廣參政，因鄖陽兵變被劾歸里，十五年補官鳳翔，不就，此後便家居不仕。〔註20〕丁惟寧能詩，不苦吟，亦不存詩稿，故其詩多散逸。性好山水，亦喜鼓琴，常臨水構亭而彈琴賦詩。致仕後因喜愛九仙山，乃於山中築一石室，丁耀亢幼時常隨父親遊樂於九仙山中，往來林壑之間，《出劫紀略・山居志》云：「余未成童時，常隨先柱史游於九仙山別墅，往來林壑，欣然有得，固天性然也。」〔註21〕

丁惟寧平日自奉甚儉，「官終猶居草房」，萬曆三十七年（1609）去世時，丁耀亢年僅十一歲，與耀斗等諸位兄長早已分家，因而無甚餘財留予丁耀亢母子三人，丁耀亢即曾言道：「遺產甚薄，與弟耀心煢煢無依，歲終多不給」。丁惟寧歿後翌年，長子耀斗將九仙山石室改建為「丁公石祠」，耀亢「從師偕弟讀書石室之側」。〔註22〕丁耀亢母田氏，為丁惟寧繼室，十六歲歸丁家，生二子耀亢、耀心，未三十而孀，持家勤儉刻苦，至七十餘歲猶紡織不衰。〔註23〕

丁耀亢自十六歲起持家，因久厭城市，但又苦於九仙山路途遙遠，糧食運載不易，因此於城南橡檟溝山谷幽靜之地築一園圃而居，於山中過著山居耕讀的生活。丁耀亢弱冠為諸生，並遊學江南，〈自述年譜以代挽歌〉云：

> 弱冠遊黌，始親文墨。稽古好遊，裘馬自快。己未十月，負笈遊吳。授經問禮，至於姑蘇。結納高士，遊覽名區。有陳古白，有趙凡夫。玄宰董公，江左顧廚。名譽日起，藻麗以數。庚申歲暮，始

〔註19〕丁純資料參見《諸城縣志》卷31〈列傳第3〉（同注11），頁930；並見《出劫紀略・述先德譜序》、《出劫紀略・族譜序》，《丁耀亢全集》，下冊，頁287～291。

〔註20〕丁惟寧資料參見《諸城縣志》卷31〈列傳第3〉（同注11），頁931；並見《出劫紀略・述先德譜序》、《出劫紀略・族譜序》，《丁耀亢全集》，下冊，頁287～291。

〔註21〕《丁耀亢全集》，下冊，頁269。

〔註22〕以上二引文皆引自《出劫紀略・山居志》，《丁耀亢全集》，下冊，頁269。

〔註23〕田氏資料參見《諸城縣志》卷45〈列傳第47・列女傳上〉（同注11），頁1172；並見《出劫紀略・保全殘業示後人存記》、《出劫紀略・述先德譜序》，《丁耀亢全集》，下冊，頁286～290。

返親廬。〔註24〕

〈江遊‧野鶴自紀〉亦云：

> 憶昔己未渡江，負笈雲間，從董玄宰、喬劍浦兩先生游。庚申，傀
> 石虎丘，與陳古白、趙凡夫結山中社。去今三十年，少年詩文無足
> 存者。〔註25〕

丁耀亢於己未年（萬曆四十七年，1619）十月遊學江南，先至江蘇從學於董
其昌，〔註26〕翌年（庚申）再至蘇州，居於虎丘，與文士趙凡夫、〔註27〕陳
古白、〔註28〕徐闇公〔註29〕等人結山中社，彼此詩文往來，自此「名譽日起，
藻麗以敷」。此一遊學江南時期，由於與諸名士往來頻繁，應當有不少的詩文
創作，但因丁耀亢認為「少年詩文，無足存者」，並未刻意保留，因此這一時
期的作品多未見流傳。

　　丁耀亢於庚申（萬曆四十八年，1620）歲末自江南回到諸城，因江南遊
學的經歷，使其交遊、視野皆日益廣闊。此時他滿懷雄心壯志，「發硎脫穎，
良驥思騁」，正思有所作為，故分別於辛酉（天啓元年，1621）、甲子（天啓
四年，1624）參加鄉試，然而也由於「厭薄時藝」〔註30〕之故，因此二次鄉
試均不幸落第。此二次落第的失意，使丁耀亢興起入山隱居之志，乃於橡檟
溝築舍三楹，引泉為圃，名之為「峪園」，〔註31〕又於小閣中藏書千餘卷，為
山居生活做好完善的準備。他在〈自城移家五首〉序言中言道：

〔註24〕《丁耀亢全集》，上冊，頁426。

〔註25〕見《逍遙遊‧江遊‧野鶴自紀》，《丁耀亢全集》，上冊，頁667。

〔註26〕董其昌（1555～1636），字玄宰，號思白，松江華亭人。萬曆己丑進士，改庶
　　　　吉士，除編修，出為湖廣提學副使，召入為太常卿，歷遷禮部尚書，追諡文
　　　　敏，著有《容臺集》。以書畫享有盛名。見清朱彝尊：《靜志居詩話》，周駿富
　　　　輯：《明代傳記叢刊》（台北：明文書局，1991年），冊9，頁497。

〔註27〕趙宧光（1559～1625），字凡夫，江蘇吳縣人，撰有《寒山雜著》。擅書畫、
　　　　篆書。見朱彝尊：《靜志居詩話》，《明代傳記叢刊》（同註26），冊10，頁5
　　　　～6。

〔註28〕陳元素，字古白，長洲人。見黃嗣艾：《南雷學案》，周駿富輯：《清代傳記叢
　　　　刊》（台北：明文書局，1985年），冊26，頁524。

〔註29〕徐孚遠（1599～1665），字闇公，晚號復齋，華亭人。諸生，桂王時拜左副都
　　　　御史。有《釣璜堂存稿》20卷，《交行摘稿》1卷。見鄧之誠：《清詩紀事初
　　　　編》，《清代傳記叢刊》（同註28），冊20，頁116。

〔註30〕以上「發硎脫穎，良驥思騁」、「厭薄時藝」二引文見〈自述年譜以代挽歌〉，
　　　　《丁耀亢全集》，上冊，頁426。

〔註31〕參見《出劫紀略‧峪園記》，《丁耀亢全集》，下冊，頁270～271。

余自乙丑秋營東溪書舍，結茅種樹，決計卜居橡櫸山之陽。至戊辰
九月，復造煮石草堂焉。是月，自城移家，因爲詩以落之。〔註32〕

天啓五年（1625），耀亢於橡櫸山之陽築東溪書舍，七年（丁卯，1627）秋則全家移居於此處。崇禎元年（戊辰，1628），又築室五楹，取唐詩人韋應物〈寄全椒山中道士〉詩：「澗底采荊薪，歸來煮白石」之句，爲其命名爲「煮石草堂」。另外，在〈挽歌〉一詩中亦言曰：

戊辰入山，編茅架茨，采薪汲谷，耕牧是資，生業漸廣，名心亦
衰。〔註33〕

由此皆可見其隱居田里，嚮往躬耕樂道之志向。這段時期，丁耀亢或讀書觀史，或與友人於山中結社，〔註34〕開始過著清樂自足的山居生活。然而丁耀亢並未如其所言的「名心日衰」，仍冀望能一展其報負，因此在十年山居期間，又曾分別於丁卯（天啓七年，1627）及庚午（崇禎三年，1630）二次參與應試，可惜再次落第。屢次應試不中對丁耀亢來說，無疑是相當大的打擊，再加上其姪大穀於丁卯年應試登第；其弟耀心亦於庚午年鄉試中舉，〔註35〕越發顯出其鬱鬱不得志的景況。他便曾寫下一首〈下第途中題壁〉〔註36〕以抒發自己當時蕭瑟悲涼之心情。自此耀亢即專心於山中讀史著書，「非有大故吊賀不行於里」。《天史·自序》即言道：

余小子僻處東海之陬，窮愁一室，不能進而與有道之士君子遊。草
深木肥，用以自娛，濩落岩居，蓋九年於茲矣。〔註37〕

耀亢進不能與君子遊，「窮愁一室」，故退而發憤著書，《天史·凡例》云：

茲書兩經寒暑而就，上下三千餘年，閱古今文不下數千帙，凡有關
報應者，拈紙記之，五易稿而後成。〔註38〕

〔註32〕《丁耀亢全集》，下冊，頁215。

〔註33〕見〈自述年譜以代挽歌〉，《丁耀亢全集》，上冊，頁426。

〔註34〕〈山居志〉曰：「是年（崇禎元年）有友五人來山中結社。」《丁耀亢全集》，下冊，頁269。《丁耀亢年譜》疑丁氏友五人來山中所結之社，或可聯絡丁耀亢入諸城文士所結復社「琅琊西社」。見張清吉撰：《丁耀亢年譜》（同注18），頁21～22。

〔註35〕丁大穀（？～1642）於《諸城縣志》志38〈忠烈傳〉有傳（同注11），頁1091～1092。丁耀亢〈孤任貽谷出劫記〉曰：「弟耀心庚午以《春秋》舉於鄉，中式第十九名，左夢石先生同門弟子也。」《丁耀亢全集》，下冊，頁285～286。

〔註36〕《丁耀亢全集》，下冊，頁220。

〔註37〕《丁耀亢全集》，下冊，頁7。

〔註38〕《丁耀亢全集》，下冊，頁8。

丁耀亢於庚午（崇禎三年，1630）落第之後發憤著書，閱讀古今諸書千餘帙，終於壬申年（崇禎五年，1632）撰成《天史》十卷。

丁耀亢攜子玉章於崇禎六年（癸酉，1633）一同參加鄉試，惜二人皆落第。〔註39〕八年（乙亥，1635）仲秋，他與友人同遊泰山，並於遊泰山之時寫下不少詩作，這些詩篇皆收錄於《逍遙遊・岱遊》一卷中。十至十一年（1637～1638）間，作《逍遙遊・大澤遊》，然現今僅見於目錄註明稿缺，其詩稿可能於明清之際戰亂中遺失，因而無法得知其確切內容。此外，丁丑年（1637），他的摯友萊州王漢（？～1643）登進士第後，到諸城與社友歡聚，丁耀亢曾撰〈王子房登第後過齋中同社宴集〉一詩以記其事。〔註40〕王子房，本名應駿，萊州掖人。其兄應豸任薊州巡撫時，因部卒索餉事件，爲上司所處死，王子房因慕張良之爲人，故更名爲漢，自號子房，以懷張良報仇之志。〔註41〕六年後，王子房被害，丁耀亢曾親至萊州哭祭。丁耀亢日後撰作《赤松遊》傳奇，即有紀念王漢之意。

崇禎十二年（己卯，1639）正月，清軍攻克濟南，德王朱由樞被擄，清軍屠城。〈航海出劫始末〉云：「明崇禎己卯，東兵破濟南。後欲卜居金陵，重土不能往。」〔註42〕〈山居志〉亦曰：「己卯，遼事不支，東兵破濟南，知天時將變，壯心久冷，南遊將卜居金陵，以老母重土不能遷。」〔註43〕丁耀亢於己卯春南遊金陵，原擬卜居於此以避戰禍，但由於老母重土安遷，故而重返山東。此次南遊沿途所作詩篇甚多，皆收錄於《逍遙遊・江遊》一卷中。

崇禎十三年（庚辰，1640），諸城旱、蝗、大饑，盜寇起。十四年（辛巳，1641），長男玉章死。〔註44〕十五年（壬午，1642）入京遊太學，遂移家歸城，在京期間詩作集爲《逍遙遊・燕趙遊》，《逍遙遊》集中僅見此目錄，目錄中注明「壬午，存稿未刻」。十月，丁耀亢自京返回諸城，當時他認爲時局已相當危急，勸家人離城避難，但家人皆不以爲然。〔註45〕十一月二十日，丁耀

〔註39〕〈山居志〉云：「壬申至癸酉，與玉章專功時藝。玉章歲試第一，至秋中副車。被落時，父子相視，山靈無色。」《丁耀亢全集》，下冊，頁269。
〔註40〕《丁耀亢全集》，上冊，頁680。
〔註41〕見嚴有禧纂修：《萊州府志》卷11〈忠節〉，清乾隆庚申年（1740）刊本，頁6。
〔註42〕《丁耀亢全集》，下冊，頁277。
〔註43〕《丁耀亢全集》，下冊，頁269～270。
〔註44〕〈山居志〉、〈自述年譜以代挽歌〉皆載「長男不祿」。
〔註45〕〈航海出劫始末〉云：「又三年壬午，十月自京師歸，對親言當決計。眾咸笑

亢攜家出城，開始了流亡的生活。當時其弟耀心婦新喪，其母爲照顧尙未滿月的孫兒，因此並未跟隨離城。後來局勢越來越險峻，弟耀心急於續弦，亦堅持不離去。丁耀亢於南山舊廬守候等待母親與弟的到來，卻久候不至。最後得知其母已攜幼侄出城入山，然而其弟耀心，其侄大穀皆於守城時殉難。丁耀亢偕族人、妻孥入齋堂島，後轉徙海州清風島避難。

順治元年（甲申，1644），李自成軍逼近諸城，丁耀亢再攜母侄出海避之於清風島，並置田築舍，以作久居之計。六月，清朝定鼎北京，丁耀亢微行返里，然旋即復歸海島。七月，再次出海視家，遇故友王遵坦〔註46〕於日照（今山東日照市）境內。王遵坦奉南明淮鎮劉澤清之命，經略山東。丁耀亢乃說服王遵坦與本地大姓合作，爲其募兵，解除受李自成圍困的渠丘之圍。九月，經太史劉憲石的推薦，丁耀亢南下淮鎮就任贊畫之職。這是丁耀亢直接參與抗清的戰爭，只可惜他很快便發現「諸藩鎮驕恣無節制，知其將敗」，〔註47〕而清兵於順治二年（1645）五月渡江，南明弘光帝降，其時四鎮解甲，劉澤清庸懦無策，欲航海未果，遂降清。六月，王遵坦遣散屯兵，邀丁耀亢入淮往迎豫王，冀降清敘功求用，但爲丁耀亢所拒，是夜，便假歸省老母爲由，出海歸里。〔註48〕

順治四年（丁亥，1647）四月，丁耀亢復遊淮、揚，原欲卜居於淮，卻未能實現。仲夏，再度南遊吳陵（今江蘇泰州），丁耀亢於《吳陵遊·野鶴自紀》言：「丁子家居，鬱鬱不得志，泛舟淮海，孑然無侶，聞故人劉君吏隱海陵，乘興訪戴。」〔註49〕敍其南遊之因。故而此次南遊，丁耀亢廣爲結交朋友，除結識龔鼎孳，〔註50〕與之詩酒唱和之外，〈自述年譜以代挽歌〉亦曰：

> 丁亥南遊，至於吳陵，淮陽風雅，聲氣益增。劉張鄧陸，龔君孝升。

　　　　之。」見《丁耀亢全集》，下冊，頁277。

〔註46〕王遵坦，字太平，山東益都人，官至四川巡撫。張維評輯：《國朝詩人徵略初編》（一），《清代傳記叢刊》（同注28），冊21，頁444。

〔註47〕見李澄中《出劫紀略·序》，《丁耀亢全集》，下冊，頁267。

〔註48〕見〈航海出劫始末〉，《丁耀亢全集》，下冊，頁279～280。

〔註49〕《吳陵遊·野鶴自紀》，《丁耀亢全集》，上冊，頁688。

〔註50〕龔鼎孳（1615～1673），字孝升，號芝麓，合肥人。崇禎元年進士，官兵科給事，以敢言著稱。後降清，起吏科，官至禮部尚書。撰有《定山堂集》43卷，詩餘4卷。見鄧之誠撰：《清詩紀事初編》，周駿富輯：《清代傳記叢刊》（同注28），冊20，頁574～575。

文酒嘉會，歌筑夜哄。〔註51〕

據《丁耀亢年譜》所考，詩中之「劉張鄧陸」即是分指劉吏、張侶滄、鄧孝威、陸玄升等友人，此輩皆爲吳陵文士，〔註52〕他會友賦詩，飲酒暢懷，此時所作詩篇則收入《逍遙遊・吳陵遊》詩集中。

　　丁耀亢於順治五年（戊子，1648）入京謀職，開始他爲期十年的仕宦生涯。〈自述年譜以代挽歌〉曰：「名爲赴試，實避諸艱。」丁耀亢於避難之際，家產遭到侵占，經歷屢番訴訟，與強鄰豪右結下仇隙，因此所謂的避艱，應即是避禍。又由於家產被占，「至貧如故」，故此次謀職之舉，亦有兼謀稻粱之意。順治六年（己丑，1649）三月，丁耀亢以順天籍拔貢充任鑲白旗教習。此次任職，丁耀亢並不滿意，雖然「其時名公卿王鐸、傅掌雷、張坦公、劉正宗、龔鼎孳皆與結交，日賦詩陸舫中，名大噪」，然而教習之微職，並不足以讓他施展滿腔的抱負。越二年（1651），改任鑲紅旗教習。是年秋天，參加鄉試。這是丁耀亢最後一次參加鄉試，他於試後寫下〈辛卯闈後再入旗塾四首〉，〔註53〕以抒發他哀傷慨嘆的心情。歲暮，三年教習考滿，轉授容城教諭，不過丁耀亢並未赴職，仍繼續留任旗塾教習。

　　直至順治十一年（甲午，1654）教習期滿，再授容城教諭，丁耀亢便自故里北行赴容城上任。他於容城所居之處，其「所居齋東，與椒山先生之祠比鄰」，「其西則元儒劉靜修之講席焉」。因此他摘取《楚辭》：「雜申椒與菌桂兮，豈唯紉夫蕙茝；步予馬於蘭皋兮，馳椒丘且焉止息」之意，將容城比爲「椒丘」。其《椒丘詩・自序》云：

　　夫椒之爲氣也，冽辛嚴芳潔，辟惡而通神明，主五味之和而性獨熱。

　　春華夏實，蠹蟲避之，亦猶士之有守。〔註54〕

丁耀亢將椒的辛嚴芳潔，可辟諸惡之性，比喻爲人之性格操守。而椒山先生〔註55〕與元儒劉靜修〔註56〕二人皆是品格高潔之士，亦是丁耀亢所崇敬景仰

〔註51〕《丁耀亢全集》，上冊，頁426。
〔註52〕《丁耀亢年譜》（同注18），頁52～53。
〔註53〕《丁耀亢全集》，上冊，頁113～114。
〔註54〕引上三引文見《椒丘詩・自序》，《丁耀亢全集》，上冊，頁224。
〔註55〕椒山先生即楊繼盛，繼盛（1516～1555），字仲芳，號椒山，保定容城（今河北省容城縣）人。幼時家貧牧牛，仍苦讀不懈。嘉靖二十六年（1547）登進士第，授南京主事，改兵部員外郎。三十年（1551），因上疏奏劾仇鸞開馬市一事貶爲狄道縣典史。因仇鸞事敗，遷諸城知縣、南京戶部主事、兵部武選司員外郎。因奏劾嚴嵩觸怒皇帝而下詔入獄，遭監禁三年，因嚴嵩陷害，將

之人，他常於祠中瞻仰其高風典範，故而將容城名之爲「椒丘」，以表對於先賢的敬仰。此段椒丘的教諭生涯，也成爲激發丁耀亢撰寫《表忠記》的動力。是年，畿南大饑，丁耀亢亦參加賑災的工作，並捐歲俸百金以濟助赤貧者。此事爲奉旨賑災於容城的梁、祝二侍所聞，因而奏表朝廷，遂有後來惠安之任。

容城教諭之職於順治十五年（戊戌，1658）期滿，次年，改授福建惠安縣令。十月，丁耀亢赴任，由海入淮泛運河南下，歲暮到達蘇州。〔註57〕庚子（1660）年初，自姑蘇繼續進發惠安。孟秋，過武陵（杭州），遊覽浙閩諸名勝。歲暮，丁耀亢投劾致仕，不赴惠安而返回武陵。據《明清江蘇文人年表》所載，丁耀亢於杭州時，曾與丘象隨、胡介、李漁等人一同泛湖，丘象隨並作紀事詩。〔註58〕

順治十八年（1661）正月，丁耀亢自武陵動身北歸，三月，返回諸城故里。然而歸返家園的丁耀亢並未渡過安樂的晚年，而於六十八歲那年失明，《諸城縣志》謂其「六旬後病目，自署木雞道人。」〔註59〕更有甚者，康熙三年（1664）三月，爆發《續金瓶梅》一案，諸城縣捕役張銓等指控其《續金瓶梅》文辭語涉不道，訕謗朝廷。他由其子愼謀陪同避禍至嵩洛一帶，〈自述年譜以代挽歌〉一詩即作於此時，此詩歷述其生平，並兼以自挽。次年（1665）八月，丁耀亢以待罪候旨押赴北京刑部監牢。其友龔鼎孳、傅掌雷等人極力營救，上書爲其辯白，歷一百二十天，終於獲釋，但《續金瓶梅》則遭下詔焚毀。丁耀亢於出獄後並未立即返歸，而滯留於京。直至五月二十六日，其母壽誕之日才出都城。是年中秋之前，老母逝世，丁耀亢曾撰〈丁未中秋月〉

其附於張經之案而慘遭殺戮。張廷玉等撰，鄭天挺點校：《明史》（北京：中華書局，1974年），卷209，頁12～16。

〔註56〕劉因，字夢吉，保定容城人。天資絕人，三歲識書，過目成誦，六歲能詩，七歲能屬文，落筆驚人。早喪父，事繼母孝。性不苟合，不妄交接，家雖甚貧，非其義，一介不取。家居教授，師道尊嚴，弟子造其門者，隨材器教之，皆有成就。公卿過保定者，聞其名，往往來謁，劉因多遜避，不與相見，不知者以爲傲。又愛諸葛孔明靜以修身之語，故表所居曰「靜修」。見宋濂等撰：《元史》（北京：中華書局，1995年），卷171，頁4007～4010。

〔註57〕《江干草》詩集中撰有丁耀亢赴惠州路線和沿途詩作，《丁耀亢年譜》據其所載，整理出赴惠州之路線及其事略，參見《丁耀亢年譜》（同注18），頁98～102。

〔註58〕張慧劍：《明清江蘇文人年表》（上海：上海古籍出版社，1986年），頁694。

〔註59〕《諸城縣志》（同注11），頁1052～1053。

一詩抒發自己的哀傷與悼念。〔註60〕

　　同邑後學中有名李澄中者，與丁耀亢同居於超然臺下，二家相距甚近，乃三世通家之好，且李澄中又與丁耀亢之子頤若同窗，自謂「知先生最詳」。〔註61〕康熙八年（1669）冬，李澄中至橡山別墅拜訪丁耀亢，其時丁耀亢即有意託付其文稿。李澄中於《江干草·序》中曰：

> 憶己酉冬，過橡山別墅，與先生角韻，至夜分，先生慨然曰：「僕老矣！吾將以子爲名山，盡以詩文付吾子。」余唯唯，謝不敏。初不意先生長逝未暇也。〔註62〕

丁耀亢以爲李澄中是可仰賴之「名山」，欲將其詩文稿付與審訂收藏，可惜當時李澄中未料丁耀亢旋即病重，而自謙年紀尚輕，不足以擔此重任，並未應允。是年冬，丁耀亢病歿於家，享年七十有一，葬於諸城橡檟山之陽。〔註63〕

　　丁耀亢有野鶴、紫陽道人、野航居士、漆園遊鶪、西湖鷗吏、華表人、木雞道人之諸多字號，表現出的是其所傾羨之對象、當時之心態或景況。《續金瓶梅》第六十二回中描寫道：

> 當初東漢年間，遼東三韓地方，有一邑名鶴野縣，出了一個神仙。在華表莊，名丁令威，學道雲遊在外，久不回鄉。……後來南宋孝宗末年，臨安西湖有一匠人善於鍛鐵，自稱爲丁野鶴。棄家修行，年六十三歲，向吳山頂上結一草庵，自稱紫陽道人。……至今紫陽庵有丁仙遺身塑像，又留下遺言説：「五百年後，又有一人，名丁野鶴，是我後身，來此相訪。」後至明末，果有東海一人，名姓相同，來此罷官而去，自稱紫陽道人。〔註64〕

《續金瓶梅》中丁令威學道升仙之事，主要取材於陶潛《搜神後記》對於丁令威之記載。《搜神後記》卷一云：「丁令威，本遼東人，學道於靈虛山，後化鶴歸遼，集城門華表柱，……今遼東諸丁云，其先世有升仙者，但不知名

〔註60〕《丁耀亢全集》，上冊，頁540～541。

〔註61〕李澄中傳見《諸城縣志》（同注11），卷36，列傳第八〈文苑〉，頁1060。

〔註62〕《丁耀亢全集》，上冊，頁354。

〔註63〕據《丁耀亢年譜》按語，丁耀亢下葬時，「雜木爲棺，布衣以殮，窀穸尋常，無墓碑，無金銀珠寶類殉葬品，唯起一大塚。1958年，其墳塚被群眾掘開，剖棺，其內除枯骨外，別無長物。枯骨從棺中移出，抛擲野外。丁氏後人夜間偷其骸骨掩埋之，因未敢重起墳頭，地點湮沒，今無從確認其址。」見《丁耀亢年譜》（同注18），頁146～147。

〔註64〕丁耀亢撰：《續金瓶梅》，見《丁耀亢全集》，中冊，頁509。

字耳。」〔註65〕丁耀亢在此講述丁令威此段神仙因果事，預言五百年後東海有丁野鶴來此罷官而去，並自稱「紫陽道人」，而《續金瓶梅》一書之署名正是「紫陽道人編」。可見丁耀亢自稱「野鶴」、「紫陽道人」、「華表人」等稱號，皆表明他自許是丁令威所變化之後身。

　　丁耀亢偏好老莊之道，因而其別號亦見典出《莊子》者，例如「漆園遊鷽」即出自《莊子‧逍遙遊》，其在〈求孝升先生《逍遙集》序〉一詩曰：

　　爝火誰將日月留？一時宮闕幻黎丘。君能變化如鵬遠，我自逍遙學鷽遊。欲借冰蠶聊卻暑，久憐春蟪不知秋。相逢大漠非迷路，莫道人間風馬牛。〔註66〕

此詩乃丁耀亢為其詩集《逍遙遊》向龔鼎孳求序所作。丁耀亢於詩中盛讚龔鼎孳有如鵬鳥，而卻自比為小小鷽雀，說明自己無法如大鵬鳥般展翅遠翔，僅能躍飛於蓬蒿之間。又以冰蠶、春蟪為喻，慨嘆自己的渺小。丁耀亢與龔鼎孳多有詩文往來，詩中之比喻可視為作者對龔鼎孳的稱讚及其自謙之詞。龔鼎孳於降清之後，起於吏部，後官至禮部尚書；而丁耀亢則屢次失意於科場，觀二人際遇，如同詩中之比，亦是天壤之別。丁耀亢以「漆園遊鷽」為號，對比其現實的困境，則彷彿有自我解嘲之意。

　　此外，丁耀亢晚年又號「木雞道人」。「木雞」一詞，見《莊子‧達生篇》，原是借由豢養鬥雞強調精神的作用，以喻人養神之重要。〔註67〕然而，丁耀亢自號「木雞」，其木然不動，卻非摒除外物煩擾，凝神專志修養心性之意。丁耀亢自撰〈木雞口號〉一詩云：

　　不鳴不鬥亦不舞，無羽無毛亦無腹。不食人間稻與粱，安有饑鷹啄枯木？鸚鵡多言苦遭累，翠襟反受金籠辱。白鶴凌雲氣太孤，仙姿頻側凡禽目。何如溝斷化雞形，閉喙無聲心若木。不用羽毛爭陸禽，不羨咿喔啼朝旭。願同青鳥巢珠林，願從天竺分金粟。有時化

〔註65〕陶潛：《搜神後記》，見《筆記小說大觀》四編（台北：新興書局，1989），冊2，頁975。

〔註66〕《丁耀亢全集》，上冊，頁699。此詩乃丁耀亢為其詩集《逍遙遊》向龔鼎孳求序所作，全詩典故皆出自《莊子‧逍遙遊》。

〔註67〕《莊子‧達生篇》云：「紀渻子為王養鬥雞。十日而問曰：『雞可鬥已乎？』曰：『未也，方虛憍而恃氣。』十日又問，曰：『未也，猶應嚮景。』十日又問，曰：『未也，猶疾視而盛氣。』十日又問，曰：『幾矣。雞雖有鳴，已無變矣，望之若木雞，其德全矣，異雞無敢應，見者反走矣。』」陳鼓應註譯：《莊子今註今譯》（台北：台灣商務印書館，1989年），上冊，頁531～532。

作天雞飛，威風祥鸞共追逐。從今號作木雞翁，與爾同飛並同宿。
〔註68〕

《莊子》中之「木雞」之所以木然不動，乃其神氣凝聚所致。但此處之「木雞」不鳴不動不舞的原因，卻是因爲過於華麗的外表，因爲善於言辭的才能反遭受苦累牽連，故而只好褪去一身的繁華，閉喙無聲有如枯木。觀丁耀亢晚年因《續金瓶梅》所遭受的牢獄之苦，正是詩中所言「鸚鵡多言苦遭累，翠襟反受金籠辱」。丁耀亢在身心遭受劇烈的創傷後，自稱「木雞」，選擇以此木然之面貌面對外在的世界，其心靈深處可以說是孤寂、沉痛卻又無可奈何。

第二節　著作考述

丁耀亢是明清之際具有代表性的、開一邑風氣之先的重要作家，戲曲、小說、詩歌、散文無所不工。但由於其著述在清代遭致禁毀，長期以來極少流傳、罕爲人知，故而未能受到應有的重視。據《諸城縣志》卷十三〈藝文考〉之記載，丁耀亢撰有《逍遙遊》一卷、《陸舫詩草》五卷、《椒丘詩》二卷、《江干草》一卷、《歸山草》二卷、《聽山亭草》一卷、《天史》十卷、《西湖扇傳奇》一卷、《化人遊傳奇》一卷、《蚺蛇膽傳奇》一卷、《赤松遊傳奇》一卷。〔註69〕

此外，丁耀亢之子丁愼行於〈重刻《西湖扇傳奇》始末〉一文中提到丁耀亢之作品除《西湖扇》之外，尚有：「《天史》、《陸舫》、《椒丘》、《江干》、《歸山》、《聽山亭》、《逍遙遊》、《漆園草》、《化人遊》、《赤松遊》、《表忠記》、《非非夢》、《星漢槎》等」，〔註70〕其中《非非夢》、《星漢槎》二部戲曲作品已經亡佚。

又如談遷《北遊錄》中尚載有〈青氈樂〉、〈青氈笑〉爲丁耀亢所作，但不見於丁氏刊刻作品之中，雖近人所編之《全清散曲》、《丁耀亢全集》皆收有〈青氈樂〉、〈青氈笑〉二套曲〔註71〕，然由此看來，知目前所得丁耀亢之

〔註68〕《丁耀亢全集》，上冊，頁468。
〔註69〕《諸城縣志》（同注11），頁1052～1053。
〔註70〕丁愼行：〈重刻《西湖扇傳奇》始末〉，《丁耀亢全集》，上冊，頁741。
〔註71〕凌景埏、謝伯陽編：《全清散曲》（濟南：齊魯書社，1985年），上冊，頁76～80。《丁耀亢全集》，下冊，頁261～262。

著作仍不甚完整。以下，將對丁耀亢之作品作概要介紹。

一、戲　曲

丁耀亢目前傳世之戲曲作品計有《化人遊》、《赤松遊》、《西湖扇》、《表忠記》四種，另外，《非非夢》、《星漢槎》、《草堂傳奇》則僅存其目。

（一）《化人遊》

一卷，十齣。作於順治四年，原題「野航居士漫著」。有順治五年刊本、康熙煮茗堂刊本。《今樂考證》著錄。〔註72〕《曲考》、《曲海目》、《曲錄》列入無名氏。卷首載有龔鼎孳所作〈序〉及宋琬之〈總評〉。《古典戲曲存目彙考》云：「本事出《列子》。周穆王時，西胡有化人來謁王同遊，執化人之袪，騰而上天，出雲霄之上，帝子所雲居。」〔註73〕龔鼎孳〈化人遊詞序〉謂此劇：「文詞奇幻，選豔徵豪，驚心動魄，遂令青鞵布襪，與十洲平分千古。眉道人李公子傳後，久不見此想頭矣」。劇中描寫何皋邀集眾仙與諸名士豔姝同遊四海，後卻誤入魚腹，歷經一番修練，最終升歸仙境的虛幻情節。鄭騫謂《化人遊》傳奇，乃丁耀亢「遭逢喪亂，半生不遇，奇情鬱氣，無所寄託」的自我寫照。劇中表達了丁耀亢國破家衰的失落感、人世險惡的荒誕感和身世飄零的孤寂感，流露著前途無著的迷茫情緒和渴望寧靜的理想追求。

（二）《赤松遊》

三卷，四十六齣。有順治原刊本，康熙煮茗堂刊本。《曲錄》據《傳奇彙考》著錄，列入無名氏，未見其他著錄。《赤松遊》前有題「順治六年華表人漫題」之《赤松遊・本末》，謂「作於明之癸未（明崇禎十六年，1643），成於今之己丑（清順治六年，1649）」。又有《赤松遊・題詞》，署「時大清順治己丑秋季漆園遊鶊丁野鶴偶識」，可知此劇完成於順治六年。

《赤松遊》是丁耀亢為紀念亡友王漢而作的一部歷史劇。王漢，本名應駿，萊州掖人。其兄應豸任薊州巡撫時，因部卒索餉事件，為上司所處死，因此更名為漢，字子房，以懷張良報仇之志。李自成圍汴，王子房率兵解圍，

〔註72〕姚燮《今樂考證》：「野航居士一種：化人遊」，見《中國古典戲曲論著集成》（北京：中國戲劇出版社，1982 年），第 10 冊，頁 285。

〔註73〕莊一拂編著：《古典戲曲存目彙考》（上海：上海古籍出版社，1982 年），頁 1243。

後入京進陳勦撫機宜，授御史，監左良玉軍，不久改按豫。督領諸將渡河，連戰皆捷，擢撫河南，又降大盜李魁、袁時中等十餘萬，戰功顯赫，後於平劉超之亂中遇害。《赤松遊‧本末》云：「吾友王子房慕漢留侯之為人，因自號『子房』。既通朝籍，見逆闖起于秦，因抱椎秦之志。明癸未，請兵滅闖而及於難。予悲子房之亡，欲作《赤松》以申其志。至甲申，中原淪於闖。我大清入而掃除秦寇，真有漢高入關之遺風焉。」說明其創作動機。《赤松遊》以張良椎秦輔漢之事蹟為題材，舖演張良與力士椎擊秦皇，失敗遁逃，後助劉邦亡秦滅楚，最後功成身退，從赤松子修道成仙之故事。而其主旨正如卷首查繼佐《赤松遊‧序》所云：「紫陽曰：『張良始終為韓』，野鶴子所為寓言而心傷者哉？」查繼佐序以作者之口，說明此劇「張良始終為韓」，韓受欺於楚而滅於秦，張良終借漢高以報；張良之作為，非為漢乃為韓也。丁耀亢借史言志，寓明朝為李闖所滅，滿清入關掃除李闖，乃是為明復仇，有如高帝之入關滅秦，以強調其入清仕宦，終究是為明之意。全劇寄託了劇作家對於國亡家破所產生的悲憤激音與悲涼幽怨之情。

（三）《西湖扇》

　　二卷，三十二齣。有順治原刊本，康熙煮茗堂刊本。《今樂考證》著錄，題署「紫陽道人」，〔註74〕其他曲錄未見著錄。《西湖扇》寫成於順治十年（1653），劇首附有〈宋娟題清風店原詩並序〉及〈宋蕙湘原詩〉，其〈敘〉亦曰：「余昔走馬向長安道上，見所謂蕙湘詩者四首，清婉悲怨，使人感痛欲泣下，每思傳其事而未得。」〔註75〕說明本劇為根據事實編撰，乃劇作者有感於宋蕙湘詩作的悲怨之情而撰寫此劇。《西湖扇》一劇描寫南宋才子顧史與宋娟娟、宋湘仙三人之間悲歡離合的愛情故事。劇中以生旦定情之「詩扇」作為貫穿全劇的線索，通過題扇、憶扇、悲扇、竊扇、完扇等，舖敘一系列情節。其中，又穿插陳道東出使金朝，最後終不負使命，返回宋朝一線。將文士佳人的風流韻事，織入朝廷忠奸權謀及與異族爭戰的經緯之中，敘說「紈扇離合，萍蹤聚散」的離亂之苦。全劇以一把詩扇作為全劇結構的中心，緊密地聯綴著劇中的人物、事件和情節發展，並且成為全劇主題的重要線索，為別具巧思之藝術技巧。

〔註74〕《今樂考證》（同註73），頁299。
〔註75〕《丁耀亢全集》，上冊，頁742。

（四）《新編楊椒山表忠蚺蛇膽》

二卷，三十六齣。有順治原刊本，康熙煮茗堂刊本。此戲未見著錄。本劇一名《蚺蛇膽》，又名《表忠記》，據丁耀亢所作〈楊忠愍蚺蛇膽劇成，傳掌雷總憲易名表忠記，志謝〉一詩，〔註76〕可知此劇原名「蚺蛇膽」，而傳掌雷將之更名爲「表忠記」，郭棻於〈弁言〉中認爲「蚺蛇膽」一名乃「志實」；而「表忠」則是「颺美」，皆可以表現出楊繼盛忠貞愛國之志。

此劇作於順治十四年（1657），〔註77〕乃丁耀亢官容城教諭時，因順治皇帝嫌《鳴鳳記》舖演楊椒山之事太過簡略，欲求一改定本，故奉旨撰作。因此《新編楊椒山表忠蚺蛇膽》乃據《鳴鳳記》刪改擴充，以楊繼盛爲主角，丁耀亢則於每齣之末另加批語，言明增刪之處及改動原因。丁耀亢於書前說明：「茲刻一脫《鳴鳳記》枝蔓，專用忠愍爲正腳，起孤忠於地下，留正氣於人間。全摹《年譜》，不襲吳趨本。奉命進呈，未敢自炫，姑公之海內，以補忠經云爾。」然而《表忠記》曲成之後，卻因〈後疏〉一齣指陳前代弊端過於刻露，與清人不許擅議前朝之禁令相抵觸，馮銓、傅掌雷等人欲令其更動部份的情節內容，但丁耀亢卻不願更改劇作，斂稿而去，因此作品最終並未進呈，故於劇前篇題曰：「擬進呈楊忠愍蚺蛇膽表忠記」。

（五）《非非夢》

此戲未見著錄。今已佚失，劇名見丁愼行〈重刻《西湖扇傳奇》始末〉一文。

（六）《星漢槎》

此戲未見著錄，見丁愼行〈重刻《西湖扇傳奇》始末〉一文記載，今劇本已佚。《古典戲曲存目彙考》中《星漢槎》條曰：「元王伯成有《張騫泛浮槎》雜劇，清舒位有《博望訪星》短劇，李文瀚有《銀漢槎》傳奇，題材同。」〔註78〕皆是撰寫牛郎織女之故事。而丁耀亢《椒丘詩》卷二有〈七夕賦《星漢槎記》〉一詩，詩之內容亦爲描寫牛郎織女事。〔註79〕由此可知，丁耀亢《星

〔註76〕《丁耀亢全集》，上冊，頁334。

〔註77〕據丁耀亢於順治十四年所作〈楊忠愍蚺蛇膽劇成，傅掌雷總憲易名表忠記，志謝〉一詩，及第三十六齣曲文「一統王基歸順治，萬年天運狀清朝。今當順治十四年」得知。曲文見《表忠記》卷下，頁73a。

〔註78〕莊一拂編著：《古典戲曲存目彙考》（上海：上海古籍出版社，1982年），頁1244。

〔註79〕《丁耀亢全集》，上冊，頁339。

漢槎》所取之題材與前人相同，其創作時間約在丁酉年七夕，也就是順治十四年（1957）七月。

（七）《草堂傳奇》

《康熙諸城縣志》卷七著錄，丁耀亢本傳文中謂：「公之詩刻苦雄傑，不寄人籬下，自成一家言。所著有《陸舫》、《椒丘》、《江干》、《聽山亭》共三十卷行世，傳奇《草堂》弗載焉。」〔註80〕除此之外，未見其他著錄，今劇本已佚。

二、小　說

《續金瓶梅》

十二卷，六十四回。有清順治原刻本、北京圖書館藏舊鈔本等。書中有〈續金瓶梅借用書目〉，可助考出《續金瓶梅》資料來源。卷端題：「紫陽道人編，魯諸邑丁耀亢參解」，實即丁耀亢託名所撰。此書主要描寫《金瓶梅》中諸人各復投身入世，身遭惡報，以了前世之因果報應。全書以〈感應篇〉為說，每回都有引子，敘勸善戒淫惡之意。《續金瓶梅》是以佛教的因果報應，輪迴轉世為主題，丁耀亢自稱：「一部《金瓶梅》說了個色字，一部《續金瓶梅》說了個空字，從色還空，乃自果報，轉入佛法。」同治七年（1868 年）江蘇巡撫丁日昌將此書列入查禁淫詞小說書目中。

三、詩　集

丁耀亢著作甚豐，其中又以詩作為多，現存詩篇近二千四百篇，《諸城縣志·丁耀亢傳》謂其：「為詩踔厲風發。少作即饒風韻，晚年語更壯浪，開一邑風雅之始。縣中諸詩人皆推為先輩。」〔註81〕可知其以詩著稱。高珩曾稱：「予不能詩，而雅喜野鶴之詩。野鶴英分踔厲學涉淵通，能兼古人之所長，而去其累，卓然自名於時趨之表，良為未易材也。」耀亢所著詩集《逍遙遊》、《陸舫詩草》、《椒丘集》、《江干草》乃其生前自刻，餘《歸山草》、《聽山亭草》等則為其子愼行所續刻。

〔註80〕轉引自趙景深、張增元編：《方志著錄元明清曲家傳略》（北京：中華書局，1987 年），頁 194。
〔註81〕《諸城縣志》（同注11）卷 36，頁 1053。

（一）《逍遙遊》（共 167 篇，252 首）

《諸城縣志・藝文考》著錄「一卷」，實為二卷。卷首載有龔鼎孳、丁日乾、沈復曾所作序及署「時丁亥長夏漆園游鄹琊丁耀亢書於海陵芙蓉署」之〈自敘〉。卷一收錄：〈岱遊〉乙亥仲秋十八篇（25 首）、〈海遊〉己卯、壬午、癸未、甲申、乙酉五十七篇（88 首）。卷二收錄：〈江遊〉己卯春夏十八篇（27 首，另附江南詩餘 5 首）、〈大澤遊〉丁丑、戊寅、〈燕趙遊〉壬午、附驥下遊、〈故山遊〉癸酉至丁亥四十篇（53 首）、〈山陽遊〉、〈吳陵遊〉丁亥仲夏三十四篇（54 首）。〔註82〕原刻本上註有眉批，〈岱遊〉卷首載趙進美之評，〈吳陵遊〉卷末載有龔鼎孳之評，〈海遊〉、〈江遊〉、〈故山遊〉皆有野鶴自紀，以說明寫作之旨趣。

詩集名為「逍遙遊」，龔鼎孳於〈逍遙遊序〉中評曰：「以杜陵之聲律，寫園吏之襟情，無響不堅，有愁必老。至其蒼古真樸，比肩靖節，唐以下未易幾也。」又曰：「世間之最不逍遙者，莫野鶴若矣。曾幾何時，化身游戲，吾安知漆園一老，栩栩夢蝶，不即其胸中感憤磊砢之所為乎？」〔註83〕其所謂「逍遙」者，並非「以放達為高致，任運為虛游」，而是「以無所附而求其忘，有所附而不能忘其忘者也」，如屈原佩江蘺而餐秋菊、伯奇泣蘆絮而臥冰魚、杞婦泣其夫而烏夜啼、漸離死其友而鬼盡哭，皆因其能「遊於物之外，故能遊於天之中」，〔註84〕故皆可謂之逍遙。

《逍遙遊》所收詩篇，約作於明末崇禎六年（癸酉，1633）至清初順治四年（丁亥，1647），正當明清易代之際，其時耀亢之弟、姪相繼因守城殉難，耀亢攜母、姪由山中入海避難。因此詩集中之作品，反映明朝覆亡、清兵入關之時作者輾轉流離的悲苦景況。詩集於順治年間付梓刊刻，至乾隆時列為全毀書目，《清代禁書總述》載：

此書為江西巡撫繳郝碩奏繳：「中間違礙之語甚多」。乾隆四十五年（1780 年）六月二十四日奏准禁毀。〔註85〕

〔註82〕據《四庫全書存目叢書》之《逍遙遊・目錄》所載：〈大澤遊〉稿缺，〈燕趙遊〉、〈山陽遊〉存稿未刻。目錄中各卷皆載明編年，但未說明所收篇數，此處篇數及首數為筆者之統計。見《四庫全書存目叢書》（臺南縣：莊嚴文化事業有限公司，1997 年），集部第 235 冊，頁 11。

〔註83〕此二段引文見《丁耀亢全集》，上冊，頁 632。

〔註84〕以上見丁耀亢《逍遙游・自敘》，《丁耀亢全集》，上冊，頁 635～636。

〔註85〕王彬主編：《清代禁書總述》（北京：中國書店，1999 年），頁 474～475。

《逍遙遊》以「中間違礙之語甚多」列於禁毀書目，因此〈山陽遊〉之所以存而未刻，或者是野鶴自知其詩作內容為當局者所禁諱，因而未將作品付梓刊行。

（二）《陸舫詩草》（541 篇，892 首）

五卷。有野鶴自刻本。卷首載趙進美、王鐸、孫廷銓等所作〈序〉。卷一收錄戊子、己丑詩九十七篇（183 首），〔註86〕卷二收錄庚寅詩一百十二篇（163 首），卷三收錄辛卯詩一百零十一篇（154 首），卷四收錄壬辰詩一百六十四篇（267 首），卷五收錄癸巳詩五十四篇（110 首），另有《陸舫詩補遺》三篇（15 首）。〔註87〕所收詩篇為順治五年至十年（1648～1653）間所作，時丁耀亢在京擔任鑲白旗教習。詩集名為「陸舫」，乃是以丁氏旅居京師時之住所為名。據〈陸舫遊記〉所載，丁耀亢於北京任教習時，於北京米市南里，築屋三楹，因屋之外形似船舫，故劉正宗為其屋命名為「陸舫」。〔註88〕其時丁耀亢在京生活安定，且交遊日廣，與權貴公卿王鐸、傅掌雷、張坦公、劉正宗、龔鼎孳等交往頻繁，與游於北京之文士如查繼佐、鄧孝威等人，也多有來往。〔註89〕「陸舫」正是其與友朋煮酒賦詩之所在，《陸舫詩草》所收詩篇中也有不少應酬唱和之作，丁耀亢也因此在京師聲名大噪。相較於應酬唱和的詩作，卷二、卷三中庚寅、辛卯詩，有很多回家省親半年間的作品，卷五癸巳年詩作則有不少是離京後所作，這一類作品有別於在京酬應之作，更近現實，感觸也深，價值較高。

〔註86〕丁耀亢目前所存詩集，除《逍遙遊》之目錄只見紀年外，其餘詩集如《陸舫詩草》、《椒丘詩》、《江干草》、《歸山草》、《聽山亭草》等皆於各卷目錄前載明該卷之篇數。詳見《四庫全書存目叢書》（台南：莊嚴文化事業有限公司，1997 年），第 235 冊。

〔註87〕《陸舫詩草》卷五目錄載其篇數為「五十五篇」，然實則僅五十四篇。《陸舫詩補遺》亦載於卷五目錄，然《補遺》詩共三篇 15 首，二者相加亦不符五十五篇之數。見《四庫全書存目叢書》（同注 87），第 235 冊，頁 156。

〔註88〕《出劫紀略・陸舫遊記》：「戊子客於燕，明年遊太學，授經於遼，因卜寓於米市南里。傍華嚴蘭若而西，築屋三楹，啟門於西戶之隅，直入而曲行，如蝸之負廬，制有舟形焉。渠邱學士劉君，游而樂之，額以『陸舫』。」《丁耀亢全集》，下冊，頁 285。

〔註89〕《諸城縣志》卷 36 云：「順治四年入京師，由順天籍拔貢充鑲白旗教習。其時名公卿王鐸、傅掌雷、張坦公、劉正宗、龔鼎孳皆與結交，日賦詩陸舫中，名大噪。陸舫者，耀亢所築室，而正宗名之者也。」（同注 11），頁 1053。

（三）《椒丘詩》（357 篇，560 首）

二卷。收順治十一年至順治十五年（1654～1658）任容城縣教諭時所作詩。有野鶴自刻本。卷首載高珩〈椒丘詩敘〉、孫鍾元〈書序〉，及署「順治乙未仲夏東武丁耀亢書容城署中」之〈椒丘自序〉。卷一收錄甲午年詩一百五十八篇（257 首），卷二收錄乙未、丙申、丁酉、戊戌年詩一百九十九篇（303首），其中戊戌詩僅收錄戊戌年春所寫詩作，而《江干草》首載〈己亥仲冬至日赴惠安過橡谷邱海石明府載酒候別留詩壁上奉答原韻〉，時序已是己亥年仲冬，自戊戌年春後起至己亥年秋，未見詩篇留存。

（四）《江干草》（227 首）

一卷。為順治十六年至十七年（1659～1660）之詩作，收己亥、庚子詩，共計二百二十七篇，其中還包含辛丑年清明前詩（末首為〈清明日沐陽寄米吉土邑宰〉）。「江干」乃丁耀亢於杭州之時的居住所，故以此名之，詩集中可見丁耀亢赴任惠州一路之行跡。此詩集及以後著作，都因《續金瓶梅》被禁一事，於丁耀亢生前未敢刊刻，直到他過世後，才於康熙年間由其子丁慎行編入《丁野鶴先生遺稿三卷‧家政須知一卷》中印出。李澄中於此書〈序〉曰：「先生歿且二年所，顯若以遺稿屬余序。蓋先生以著書構禍，與張儉略同。故自《椒丘》後，《江干》、《歸山》、《聽山》諸詩，率秘而不付剞劂。」

（五）《歸山草》（464 篇，478 首）

一卷。為康熙元年至五年（1662～1666）所撰詩作，共計四百六十四篇，於康熙年間由其子丁慎行梓刻。其中，壬寅詩不全，自壬寅十月至甲辰三月，有一年半的時間並無詩作。

（六）《聽山亭草》（553 首）

一卷。收丁未、戊申、己寅詩共計五百五十三篇，為康熙六年至八年（1667～1669）之詩作，此乃丁耀亢在世最後三年之作品，亦由其子刊行。此時他已染眼疾，只能「閉目觀山」，故詩集名謂之「聽山」。詩集中有大量描寫山林景物之作，如〈聽春鳥〉、〈聽夏泉〉、〈聽秋聲〉、〈聽冬雪〉、〈山曉〉、〈山晚〉等，寫山中的四季、晨昏景色，清幽靜美，宛轉流麗。此外，亦有許多作品寫詩人的年邁體衰，窮愁多病。如〈春日病臥東村寄山中馬習仲〉、〈哀絕〉、〈老態〉，均抒發殘年伏枕、輾轉病榻的無奈，格調低沉哀婉，似一曲暮

年的人生詠嘆調。

四、雜文集

（一）《天史》

十卷。《諸城縣志》記載：「取歷代吉凶諸事類，作《天史》十卷，以獻益都鍾羽正，羽正奇之。」〔註90〕《天史》乃匯輯歷代中諸作惡之史事加以編寫而成，丁耀亢翻檢先人遺留的《二十一史》，將其中「作惡之報」一百九十五條，分爲大逆、淫、殘、貪、奢、驕、黨、左道十案，並加評論，借演因果，明報應之有據，並於各文末仿太史公之筆對史事、人物加以評論。《逍遙遊·江遊·別豫章張爾公兼訂吳遊》詩有注曰：「時以所著《天史》板留方氏書坊。」〔註91〕此詩作於己卯（1639），因此《天史》可能於此時或稍早之前便已梓刻成書。《諸城縣志》載鍾羽正讀此書而奇之，然《天史》此一奇書不但未曾廣爲流傳，更一度成爲佚書。丁耀亢在《續金瓶梅·太上感應篇陰陽無字解序》中言道：「自奸杞焚予《天史》於南都，海桑既變，不復講因果事。」〔註92〕〈序〉中雖未言明《天史》之所以遭到焚燬的原因，但由此可知，《天史》是被焚於「海桑既變」之前的南都，大約於明末入清之前即已遭焚毀。

此外《天史》一書另附有《管見》一卷、《集古》一卷、《問天亭放言》一卷。《管見》乃就「天帝、天理、天命、氣、數、神鬼、天鈇、輪犴、因果、陰騭、儆戒、變化」十二方面，系統地表達自己的世界觀和人生觀，可說是作者選評《天史》的理論根據。附二之《集古》，乃作者選擇古詩，將其加以分類並作批語。丁耀亢於〈自序〉中指出：「以我之史，因而觀詩，則我之史亦堪有詩，而詩固善注史也。故作《集古》。」附三之《問天亭放言》，據丁耀亢《逍遙遊·故山遊》〈自紀〉中謂「壬申（1632）以前，已載《問天》一刻」，《問天》一刻指的就是《問天亭放言》，但此集中尚雜有癸酉（1633）、甲戌（1634）之詩。

（二）《家政須知》

一卷。爲丁耀亢於逝前數月，總結一生經驗所寫成。其內容分爲勤本、

〔註90〕《諸城縣志》（同注11），頁1052。
〔註91〕《丁耀亢全集》，上冊，頁670。
〔註92〕《丁耀亢全集》，中冊，頁8。

節用、逐末、習苦、防蠹、多算、廣積、通變、因時、十敗等十目。丁耀亢於〈自序〉中云：「念余童年失父，十六持家，今年古稀有一，所置田宅十倍於昔。思堂構之難成，悲創造之不易，病中無事，聊遺片言，以為守成之警耳！」此書除用以教導子孫外，亦可見丁耀亢在經營方面的長才。

（三）《出劫紀略》

一卷，有清初刻本。乃丁耀亢家庭和個人歷史的雜錄，作於容城教諭任內，內容包括：〈山居志〉、〈峪園記〉、〈航海出劫始末〉、〈亂後忍辱嘆〉等十四篇。內容主要回憶生平遭遇，記敘清軍攻入山東及他投奔南明弘光政權經過。由於記載了李自成大軍在山東諸城一帶採取的政治、經濟措施，為他書所罕見，具有重要的史料價值。

（四）《增刪補易》

十五卷。是一本以易為卜之書。書中有署「康熙戊申端月望日野鶴老人書于橡檟山房」之〈自序〉，教導如何使用此書問卜的方法。最後總結曰：「此皆予四十餘年終食不違、須臾不離以得之也。實先賢之所未傳，須宜通前澈尾，細心詳悟，自然巧奪天工；欲參天地之化育，測鬼神之隱微而不難矣。」

丁耀亢一生經歷多次的磨難，從年幼喪父，到屢試不第，並經歷明末清初之戰亂，攜家四處逃難，及其弟侄喪命於守城之難等離亂苦痛，晚年又因續書遭逢牢獄之災。他在深感人對自己命運的無能為力，苦悶徬徨之餘，也將其身世經歷的坎坷、懷才不遇的鬱悶，都轉向文學藝術的創作中。他的作品豐富而多樣，詩文創作為其一生的經歷留下詳實的心情寫照與記錄，而戲曲與小說在抒寫劇中人物外，亦是他對於自我、歷史的反思與觀照。

第三章 論《化人遊》荒誕虛幻之藝術
手法與度世寓言之比興寄託

　　《化人遊》完成於清順治四年（1647），[註1]爲丁耀亢現今傳世劇作中最早問世的作品。全劇共十齣，劇敍浙中吳山人何皋，字野航，因不得志於時，憤世嫉俗，故思遍集英流，一同狂遊江海。武陵漁人玄眞子受東海琴仙成連所託，幻化爲漁翁，駕仙舟於海濱等待，意欲度脫何皋。適逢左慈、王陽二仙亦奉上帝勅旨，欲接引何皋出世，故求同舟共遊。因何皋欲尋古今名士才人、麗姝美女等人同舟共樂，左慈等仙人則爲其選客徵歌，召請名士才人曹植、劉禎、李白、杜甫、東方朔、陸羽；才女佳人西施、趙飛燕，張麗華、莫愁、薛濤、桃葉凌波等諸人登舟同遊，並得崑崙奴爲司護衛，易牙爲掌烹飪。眾人於舟中縱飲酣歌，並各道身世，言塵世煩惱與仙化之樂。鎮守蓬萊水域之龍王則怒何生狂遊，犯其邊界，乃興風作浪欲打碎船隻，並派善於吞舟之鯨將軍前往吞食何皋。舟子見風狂浪急，建議停舟東山根下，何皋卻邀同舟子登岸，並於岸邊覓得一小舟垂釣，不料於垂釣之時，爲鯨魚吸入腹中。何皋不知已爲鯨魚所吞，但覺來至一暗黑無日、不見人煙之地，何皋遂於此不知年月的清淨之所修練成道。原來魚腹之中，又別有一魚腹國，

〔註 1〕丁耀亢詩集《逍遙遊‧吳陵遊》中有〈化人遊歌寄李小有先生，先生困於遊，寓言〈饑驅〉、〈明月〉諸篇，因作化遊以廣之〉一詩，據丁耀亢自紀，《吳陵遊》作於丁亥仲夏，也就是清順治四年（1647）。見《丁耀亢全集》，上冊，頁 701～702。此外，龔鼎孳的〈化人遊詞序〉亦作於順治四年，由此可知，《化人遊》應是完成於順治四年。

魚骨大王因嫉何皋成道，故命劍客以魚腸寶劍刺殺何生。劍客奉命前往，將劍刺入何皋骨中，卻見魚腸寶劍段段化爲蓮花。劍客大驚，知何皋已證仙果，因而跪拜。何皋苦獨居無友，經劍客指引，前往拜謁已居魚腹國千餘年之屈原。屈原與何皋相談甚歡，因無酒款待，命人抬來南海進貢之巨橘，並爲之賦〈橘頌〉。二人剖開大橘，忽見橘中有二叟對奕，相對大笑、爭論輸贏。何皋驚視此幻中之景，二叟與屈原卻忽而不見。何皋欲再尋故道，卻見一堆魚骨，蛻化爲一座大廟。何皋覓得小舟，負舟而行，往尋原乘之大船，然忽悟大道因緣，遂委棄小舟。後行至魚骨寺，遇西洋番僧惠廣禪師，何皋求其指點迷津，禪師口念一偈，指引何皋前往鐵船峰。西施扮作鐵船庵道姑往迎何生，指點鐵船所在之處。忽聞左慈大喊：「何生，何生，你好醒也！」何皋突然醒覺，而原乘大船與眾人俱在。東海龍王設筵款待眾仙同遊水府，眾人歌詩賦曲，極盡歡樂。何皋自覺遠遊遍歷，乃與諸客話別，歸還原路。舟子奉命接引何皋之使命已達，乃載何皋歸還，停舟仙島，使何皋登岸，成其仙道。

自元雜劇以來，出現爲數不少以神仙度化爲題材的戲曲作品。朱權《太和正音譜·雜劇十二科》中將雜劇分爲十二科，第一科曰「神仙道化」。〔註2〕青木正兒據此加以分析，又將「神仙道化」分爲二類，一是神仙向凡人說法，使他解脫，引導他入仙道的「度脫劇」；一是本爲神仙，因犯罪而降生人間，後因悟道而回歸仙界的「謫仙投胎劇」。〔註3〕羅錦堂《現存元人雜劇本事考》則將雜劇分爲八類，其中第七類爲「道釋劇」，即相當於十二科中的「神仙道化」。〔註4〕此外，趙幼民在〈元雜劇中的度脫劇〉一文中以爲度脫劇「卻是專指仙佛度人成佛，以解脫人世間苦痛的雜劇，而所說的人，都是與佛道有緣的人。」〔註5〕

么書儀〈「度脫劇」與元代宗教〉一文中認爲度脫劇有其一定的模式：

度脫者以佛界、仙界的永恆，否定塵世的短暫，被度脫一方卻留戀

〔註2〕 朱權：《太和正音譜》，《中國古典戲曲論著集成》（北京：中國戲劇出版社，1982年），冊3，頁24。

〔註3〕 青木正兒著，隋樹森譯：《元人雜劇概說》（北京：中國戲劇出版社，1985年），頁26～27。

〔註4〕 羅錦堂：《現存元人雜劇本事考》（台北：中國文化，1959年），頁419～452。

〔註5〕 趙幼民：〈元雜劇中的度脫劇〉，《文學評論》第五集（台北：書評書目出版社，1978年），頁155。

人世的「酒色財氣」，不願割斷塵緣，直到遇上災難，眼看不能逃脫
「六道輪迴」，才斷然出家，皈依佛門和道界。這些作品的共同主旨
是表現人間的無可留戀，只是出家才是正路，而度脫者與被度者對
世俗生活的不同認識，構成了這些劇作的主要矛盾。〔註6〕

文中指出，元代度脫劇的模式，受度脫者多留戀塵世的酒色財氣，需經過一
番歷練，最後才皈依佛道，接受度脫。而與元代的度脫劇不同，明代度脫劇
作的思想內容則多由憤世嫉俗，逐漸轉向崇道、濟世的轉變。明代神仙道化
劇沿襲元人的創作，繼續發展並開始嬗變，在題材或種類上更為寬廣。明代
神仙道化的作品，受度脫者往往是虔誠的崇信者，由於傾仙慕道，故而潛心
修練，最後終於得道升仙。

　　《化人遊》乃描繪何皋成仙悟道的過程，劇名中「化人」一詞，據《列
子·周穆王》所載：

周穆王時，西極之國有化人來，入水火、貫金石、反山川、移城邑；

乘虛不墜，觸實不硋。千變萬化，不可窮極。〔註7〕

此處所謂「化人」，張湛注曰：「幻化人也」，蓋指能使用種種奇幻之術，可以
千變萬化之人；如劇中成連、左慈、王陽等人物，能知丹道、出入水火、驅
鬼搬運、點砂成金，即《列子》中所謂能使神奇幻術之「化人」。此外，佛教
中亦謂佛、菩薩等變化為人，以化度眾生者為「化人」，故「化人」一詞亦可
作為神佛之代稱；如《化人遊》第一齣〈買舟逢幻〉描寫東海琴仙成連欲度
脫何皋，左慈、王陽亦奉命前來接引之情節。此劇以「化人遊」名之，說明
主人翁與眾仙同遊江海，並悟道成仙，正是創作的主要內容。

　　丁耀亢撰作《化人遊》，不同於以往神仙道化或度脫劇，不論在內容或藝
術手法上都有其獨特的創新之處。在內容上，它不同於元代度脫劇中被度者
所表現對「酒色財氣」的留戀，又與明代劇作中被度者對佛道的推崇有所差
異。在藝術手法上，《化人遊》充滿詭譎華麗的想像，在無盡的想像時空穿
梭，集結今古歷史人物共同邀遊，如同撰作一篇遊仙詩作。本文即將從此劇
所運用的荒誕虛幻之藝術手法，探討丁耀亢撰作《化人遊》一劇所寄託的深
層意涵。

〔註 6〕 么書儀〈「度脫劇」與元代宗教〉，么書儀：《元人雜劇與元代社會》（北京：
　　　　北京大學出版社，1997 年），頁 5。

〔註 7〕 列禦寇著，張湛注：《列子·周穆王》（台北：中華書局，1981 年），卷 3，頁 1。

第一節　汗漫離奇之幻想世界

　　丁耀亢於《化人遊》劇中架構了一個變化莫測的奇幻世界，使何皋與眾仙、歷代古人共同遊歷其中，全劇處處可見詭譎離奇之境，內容也充滿豐富神妙的想像。宋琬〈總評〉稱此為「汗漫離奇狂遊異變」，此種「汗漫離奇」的虛幻之境，實乃劇作家創作之藝術手段。劇中「被度者」何皋置身於「汗漫離奇」的虛幻世界之中，在此幻境中通過種種的歷練與考驗，因而使其有所感悟而入道成仙。容世誠於〈度脫劇的原型分析——啓悟理論的應用〉一文中言道：

> 經過親身的體驗、痛苦的歷練而獲得智慧，最終能自我超越，是啓
> 悟的主要意義所在。在度脫劇裡，各種形式的磨練和試驗，主要是
> 在虛幻世界裡進行。……經過體驗和試練，跨過死亡和再生，回到
> 現實世界而獲得智慧。〔註8〕

將「被度者」置於虛幻之境中，使其經歷種種的試練及體驗，最終得以有所領悟，是度脫劇中經常運用的藝術手法。陸機《文賦》云：「觀古今於須臾，撫四海於一瞬」，由於虛幻之境是超越現實時空之上的，因此，借助此形式，在空間上可以自由揮灑，在時間上又可以觀古今於須臾。而這種特殊的虛幻性時間與空間的呈現，除了具有提供情節發展的背景功能外，在深層的內涵上更有隱喻與象徵的意義。

一、時間意象呈顯之意義

　　首先，在時間的處理上，劇作家刻意地模糊了時間的界限與流逝。《化人遊》全劇僅於二處約略提及有關於時間的記載。其一是第一齣〈買舟逢幻〉，成連甫出場時言道：

> 自周末秦初，抱琴入海，久住蓬壺，遂成仙道。……俺自經春秋至
> 今二千餘年，隱居不出。〔註9〕

成連乃春秋時人，〔註10〕此處言及「自經春秋至今二千餘年」，大概估算，

〔註8〕 容世誠〈度脫劇的原型分析——啓悟理論的應用〉，容世誠：《戲曲人類學初探——儀式、劇場與社群》（台北：麥田出版社，1997年），頁233。

〔註9〕 《化人遊》第一齣〈買舟逢幻〉，見《古本戲曲叢刊五集》（上海：上海古籍出版社，1986年，據中國社會科學院文學研究所藏清順治野鶴齋刊本影印），頁2上。

〔註10〕 成連為春秋時人，伯牙曾從之學琴。三年不成，乃因精神情志未能專一。成

約略在明末之際，然而究竟何時，其界限仍然非常模糊。另一個提及時間之處，則於第九齣〈龍會仙筵〉，其時龍王設宴款待何皋等人，蝦婆問鯨精曰：

> 鯨哥，我且問你，當初十年前，曾記你吞下一舟，連人都吃在肚裡，後來變成大恭，還是一泡尿尿了？〔註11〕

此處借由蝦婆的插科打諢帶出時間點，得知自鯨精連船帶人吞食何皋之後至此時，已經過了十年的時間。但另一個問題是，鯨魚吞舟之前，何皋與眾人已在海上遊歷一段時間，究竟歷時多久，則無從了解。

值得注意的是，這二處論及時間的點，皆是借由他人之口，一在何皋出海之前，一在何皋出脫鯨腹，尋得原乘大船，修練完成之後。至於何皋本身，劇作家則似乎特意地淡化其對時間流轉的自覺性。也就是說，在何皋度脫修練的過程，尤其是在鯨魚吞舟後，至何皋脫離鯨腹為止的這段修練，時間在何皋身上彷彿是靜止不前的。何皋曾自言：「小生在此不計年月，是好清淨也。」且其欲尋舟回轉時，亦曾唱道：

> 【五煞】熱騰騰似有煙，黑沉沉不記年。等閒改變來時面，好一似蝸牛縮角藏蠻觸，蟻夢排衙聚市廛。那裡辨秦和漢，分明似投荒鬼窟，當做避世仙源。〔註12〕

雖然從蝦婆的言談中，我們知道何皋歷經了十年的修練，然而自何皋出海，其實便已進入了夢幻之境中，而這段鯨腹的修練之旅，更是幻中之幻的超現實境界。何皋在這種虛幻境地之中的經歷，就好似蝸戰蟻聚一般，多少現實中的功名利祿皆成夢幻一場。對比於現實世界中時間的流逝不返，此神秘虛幻之境中的時間是靜止與恆久的，何皋在此不計年月的避世仙源修練得道，就如同何皋獲得永恆不滅生命之象徵。

二、空間意象呈顯之意義

其次，在空間的安排上，何皋於甫出場即說道：「行來東海，必須先得一

連之師方子春於東海中，能移人情，成連乃攜伯牙至蓬萊山，使之獨留旬日。伯牙但聞海水洞滑崩漸之聲、山林群鳥悲號之音，乃援琴而歌。曲終，成連迎之而還，伯牙遂為天下妙手。成連事見〔宋〕李昉編修：《太平御覽》（台南：平平出版社，1975年），卷578〈樂部十六·琴·中〉，頁2989。

〔註11〕第九齣〈龍會仙筵〉（同註9），頁38上。
〔註12〕第六齣〈舟外尋舟〉（同註9），頁30下。

舟，覓得數個同志方好。」言明欲租賃船隻，以邀集一班狂人同遊。此場幻
遊，不僅行駛過無邊無際、波濤翻湧的海洋，更遭遇了鯨魚吞噬的險難，所
有離奇夢幻的冒險與劫難皆在海上發生，大海即是這場試煉最重要的場景。
俗語言：「苦海無邊，回頭是岸」，《法華經・如來壽量品第十六》云：「我見
諸眾生，沒於苦海。」佛教將三界（欲界、色界、無色界）累積的無盡苦
惱和苦難比喻為大海，乃遍佈痛苦抑鬱之所，而凡人生於塵世，如同沉溺於
無邊無際的苦海，只有悟道，才能獲得解脫。故而成連於欲接引何皋之初即
言道：

> 今在山頭遠遠望見青氣一道，有一異人何生，來此賃舟，訪仙海上，
> 不免喚武陵漁人玄眞子出來，扮作賃舟艄子，將他接引一番。使其
> 遍閱古今之美，窮極聲色之樂，然後息其狂性，復返仙眞，有何不
> 可？〔註13〕

作為全劇最主要場景的大海，成為闡釋本劇主題最主要的象徵，成連欲點化
何皋，命武陵漁人玄眞子扮做舟子，與其同往接引，欲使其歷盡古今聲色之
美而有所醒悟，而何皋歷經那翻滾洶湧的波浪與劫難，便猶如身受塵世中種
種的挫折與歷練。

在佛教裡，為了救渡眾生脫離苦海，因而指出了一個超越生死的「彼岸」
以作為修行的歸宿，而要行至「彼岸」，便需要藉由舟楫才得以穿渡。趙幼民
〈元雜劇中的度脫劇〉云：

> 佛將人生譬若海，要凡人脫離現世苦海而到涅槃的彼岸，就如同用
> 舟楫渡人過海一般，若無舟楫就不能渡。因此，「度」同時有了「渡」
> 的意義。包含了有「普渡眾生」、「濟世助人」的雙重作用。佛就用
> 渡人過海的方法，比喻出從此岸到彼岸的道理。這個方法在度脫劇
> 中使用得非常多，都是用載人過河的「渡」的方法，表示出眞正度
> 脫的「度」的觀念。〔註14〕

成連邀同玄眞子駕一仙舟，停泊海岸以接引何皋，是以渡船的行動來呈現度
脫的象徵意義，而扮作舟子的成連與玄眞子，無疑即是指引何皋渡越苦海的
指路之人，借著二人的引導，使其得以渡越而獲得解脫。

〔註13〕第一齣〈買舟逢幻〉（同注9），頁2下。
〔註14〕趙幼民：〈元雜劇中的度脫劇〉，《文學評論》第五集（台北：書評書目出版社，
　　　　1978年），頁154。

　　因此，除了大海具有象徵意義之外，作爲渡海主要工具及劇中人物活動的重要場所——「船」，在劇中同樣也有著非常重要的象徵作用。出現在本劇中的「船」，其一是成連與玄眞子所駕馭的仙舟；其二便是載乘何皋於石邊垂釣，後與何皋一同爲鯨魚所吞食的小舟。仙舟大船，乃仙家之物，是成連等人爲了度化何皋所乘駛，而且它載負衆人同遊，象徵普渡衆生的佛法。小舟則爲何皋所獨乘，起因於鯨精興風作浪，大舟不得已暫停東山根下，故而何皋離卻大船，登上小舟把竿垂釣，後來卻連人帶船爲鯨精所吞。初入鯨腹之時，他爲了歸還舊路，故而在昏暗狹路上負舟而行，邱海石對此評曰：「齊放下夜壑之舟，可以不負。」〔註15〕小舟可以視爲是何皋對於塵世的執著與眷戀，而他當時初遭劫難，大道未成，故而有此負舟之舉。然而在歷經一番劫難，出脫鯨腹之後，已成仙道的他卻仍未能放下所背負的小舟，且於第六齣〈舟外尋舟〉一上場即言：

　　　　（生負舟上）騎驢還覓驢，傍人見了笑。吞舟還得舟，再返來時道。
　　　　俺何生自與一班異人遊海求仙，分明記得泊船海邊，上一小舟垂釣。
　　　　不知如何便落一黑暗之地，幾乎悶死。又不知如何又白洞洞的鑽將
　　　　出來。且喜孤舟無損，故我猶存，不免負此小舟，再尋舊路，找覓
　　　　大舡，以完仙遊之約，有何不可？

何皋背負小舟尋覓大船，並喜「孤舟無損，故我猶存」，負舟而尋舟，可見此時他雖已修練成道，但卻仍未拋卻對昔時故我的執著，尚未眞正體悟。不過他也很快地發現自己如此可笑的舉動：

　　　　【四煞】我分明有大舡，過東洋路幾千。金珠錦繡誰能換，銅篙鐵
　　　　柁仙翁坐，錦纜牙檣玉女牽。那用著這葫蘆片，棄了這小乘家法，
　　　　纔找著大道因緣。〔註16〕

何皋在東海邊賃舟出航，舟上載有異人仙姬、寶瑟瑤箏、玉蕭金管，有美好的聲色饗宴，及可一同狂飲暢吟的知音，但他卻捨棄這一切，反將岸邊的小船認爲己有，這可說是另一種形式的歧路迷途。背負小舟，如同受到故我執著的種種限制，這些都是妨礙他尋求大道的桎梏枷鎖，因此唯有拋棄其所背負的小舟，才能放下對故我的執著，才算眞正體悟大道的因緣。

〔註15〕第四齣〈吞舟魚腹〉齣末評語（同注9），頁24下。
〔註16〕以上二引文見第六齣〈舟外尋舟〉（同注9），頁30上、31下。

第二節　今古同聚之異變狂遊

　　《化人遊》一劇將神仙異人、歷代文士名姝共同匯聚於仙舟，使這班才
子佳人與何皋共同遨遊於江海之上。觀何皋狂遊之舉，他雖然登舟與眾仙同
遊，並於舟中與名士豔姝縱情飲酒、放浪高歌，其姿態看似狂傲不羈，但是
在一切皆看似美好的表象之下，他的內心卻是極度迷茫、無助與孤獨的。此
點，可從他出海之前所說的話看出端倪：

> 但世人本是一樣密糊糊的眼界，空勞遍訪高人。天下無非一片亂昏
> 昏的排場，何苦獨尋樂地！只是懷古情深，恨不起英雄於紙上，遂
> 使憤時腸熱，覺難容骯髒於人間。〔註17〕

此番言語道出何皋憤世嫉俗之情與深沉悲涼的孤寂之感。他慨嘆「天下無非
一片亂昏昏的排場」，在此紛亂的世界中，盡是看不清世道與世同濁之人。他
更是激動的感慨在這樣的世局中，唯有自己孤獨地覺醒著，無人可以理解他
的苦痛，因此不禁使他對歷史上的英雄豪傑起了思慕欣羨之情。孔繁信〈論
丁野鶴的戲曲創作〉論及劇中何皋時評曰：

> 他不滿於社會動亂，要尋找一個神話般的世外桃源安身，去過那
> 「自由王國」的生活。於是他把傳說中的一些仙人、異人、僧道，
> 一些名流、學士、詩人，美人、名妓、仙女、劍俠、奇人、英雄等
> 等，翻遍中國歷史，一概搜掠而來，坐上所謂的神舟，去找那世外
> 的武陵園、桃花溪、蓬萊島棲身。〔註18〕

何皋雖然搜羅了這樣一群古今名士淑女與之同遊大海，但追究其背後真正的
原因，卻是他在現實環境與茫茫人海之中遍尋不著一個知音後的孤獨落寞。
他之所以想要縱情於江海之中，所顯示的不僅是其軀體的放蕩流浪，更突顯
其心靈是處於飄泊無依的狀態。就如同他對舟子的詢問：

> 只是我要幾個好朋友才去得，如今世上找不出這一班人來，想你也
> 知海邊異人住處麼？〔註19〕

此言道出何皋是一位「蕭蕭孤劍，邁邁長途」的孤獨行者，他在現實的世界
中尋尋覓覓，卻怎麼樣也尋不到與其同調的知音之人，針對此一濁世獨醒的

〔註17〕第一齣〈買舟逢幻〉（同註9），頁3上。

〔註18〕孔繁信〈論丁野鶴的戲曲創作〉，《聊城師範學院學報》（哲學社會科學版）
　　　　1998年第4期，頁98～102。

〔註19〕第一齣〈買舟逢幻〉（同註9），頁4下。

孤寂之音，吳陵陸玄升評論道：

> 如今世上找不出我這一班人來，此語眞可痛哭，不必做絕交論。〔註20〕

陸玄升不禁爲何皐的處境發出意味深長的慨嘆，因爲這種深沉的孤寂感，不僅是何皐個人的感受，知音難覓也可以說是許多知識分子的共同感受。何皐雖然在現實的世界中難覓知音，但他仍出海尋訪遺世之高人，努力想要尋找與自己志同道合的伙伴，他所尋求的其實是心靈的歸依與慰藉的力量。

《化人遊》中對於這些歷史人物的描寫，主要見於〈征友追姝〉、〈仙舟放遊〉等齣，而〈仙舟放遊〉更是「此曲正折」，〔註21〕曲中借由舟子之口，描繪出舟中世外桃源的景象：

> 說甚麼桂棹蘭橈，也不羨鷁尾雀舫。三重樓閣，四面環廊，分明是隋煬帝百尺龍鳳艘，只少了殿腳女昌月謳風。也不讓朱元璋書畫舡，何用那平頭奴烹茗滌硯。只此舡中鋪設，席上烹調，今古無雙，天人少見。錦氍毹齊鋪坐墊，艙中盡燃辟塵香；水晶簾徧掛瑣窗，几上橫陳冰繭席。梨園歌兒一部，牙簫檀板，聽不盡宛轉歌喉；教坊女樂八人，琴瑟箜篌，畫不出低回眉黛。酒浮醽醁，杯沉琥珀漏金光；茶碾龍團，鐺泛松風吹雪乳。吃的是麟脯鳳鮓、熊掌豹胎，易牙手內烹調，不數石家蒸乳美；用的是江蓴海棗、福橘松鱸，元放袖中運出，何勞馬上荔枝來。

此文細膩地描繪了仙舟建築雕飾之精緻與富麗堂皇的氣象，而除了華美的裝飾之外，亦可聆聽牙簫檀板、宛轉歌喉所共譜出的悠揚樂音，又有易牙掌庖、陸羽烹茗，使其有豐富的珍饈嘉餚可以品嚐，在此舟之中不受世俗紅塵的煩擾，彷若進入仙源秘境一般，可盡興歌舞，縱情享樂。這樣的安排，正是欲使何皐「遍閱古今之美，窮極聲色之樂，然後息其狂性，復返仙眞」，令其體會仙界之美好，以捨棄對於世俗的留戀。

綜觀與何皐同遊的這班人物，約略可將其分爲位列仙班之神仙、名流文士與歌姬豔色等幾種類型。首先，位列仙班的神仙人物，有成連、玄眞子、左慈、〔註22〕王陽、東方朔〔註23〕等人。成連、玄眞子如前文所述，乃是扮

〔註20〕第一齣〈買舟逢幻〉齣末評語（同注9），頁7下。

〔註21〕張詞臣於〈仙舟放遊〉齣末評曰：「放遊爲此曲正折，淋漓忼爽，使人起舞。」（同注9）頁19下。

〔註22〕左慈，字元放，東漢末廬江人。少有神道，嘗在曹操宴會之上，以銅盤貯水，釣得松江鱸魚。後曹操欲殺之，命左右追捕，後左慈走入羊群中消失，曹操

成舟子，為其駕馭仙舟的指路人。而左慈、王陽亦奉旨接引何生出世，二人於何皋甫欲出航時，前來打夥上船，而左慈則可說在此趟旅途中扮演著重要的角色。在出航之後，左慈曾對何皋言道：

> 【節節高】（慈）你與俺隨風任所之，掣帆旗，凌虛一息行千里。蛟母尾，蝦師鬐，龍孫背，水晶宮裡把鮫人戲。蛤笙蟹鼓醺醺醉。（合）吸盡東洋水一卮，這番遊客真奇異。

由此段曲文可知，左慈是帶領著何皋體悟這段引渡旅程的重要人物。啓航前他不但為何皋親自選客徵歌，接迎眾仙，也在啓航後引領著何皋體驗海上的種種奇異詭譎的變化與劫難。其後，何皋繼之唱道：

> 【前腔】（生）潮平水似綺，展玻璃，笛聲驚起蒼龍睡。灩澦堆，瞿塘瀨，龍門隘，人間險厄還相似，乘風破浪何足計。（合）吸盡東洋水一卮，這番遊客真奇異。〔註24〕

何皋雖在仙舟放遊的旅程中與眾人一同狂飲高歌，然而對於沿途的「灩澦堆，瞿塘險，龍門隘」等艱險環境，他仍時刻不敢放鬆的嚴謹看待，對於這些與「人間險厄還相似」的苦難，他決心去面對與突破，而左慈便是伴隨他左右，適時給予點化之人，可說是啓悟何皋的導師。

其次，則是歷史上的名流文士與歌姬豔色，名流文士如詩人曹植、劉楨、李白、杜甫等人；歌姬豔色則有西施、趙飛燕、張麗華、盧莫愁、薛濤與桃葉凌波。此二類歷史人物，初看似乎並不相關，但仔細追究，便可發現這些人物之所以被何皋引為同調之處。例如此班歌姬豔色，張詞臣評曰：

> 須知追豔一段，俱是遊仙詞。一點油粉氣用不得，中間諸姬出脫，甚妙。〔註25〕

知不可得，乃曰：「不復相殺，本試君術耳。」忽有一老羊屈前兩膝，人立而言曰：「遽如許。」於是捕官競相前往捉拿，而數百群羊則皆屈膝人立云：「遽如許。」，因而終不可得。左慈事見〔宋〕范曄撰，〔唐〕李賢等注：《後漢書》（北京：中華書局，1995 年），頁 2747～2748。此外，《列仙傳》中亦載有左慈之傳說。

〔註23〕東方朔，字曼倩，西漢武帝時，曾上書獻安邦定國之計，以善滑稽急智，直言切諫著稱。相傳漢宣帝初年，東方朔棄官以避亂世，置幘於官舍，風飄之而去。後來有人曾見之於會稽，賣藥於五湖，智者疑其為歲星精也。東方朔事見王叔岷：《列仙傳校箋》（台北：中研院文哲所，1995 年），頁 103。

〔註24〕以上二引文見第三齣〈仙舟放遊〉，頁 18 下～19 上。

〔註25〕第二齣〈征友追妹〉齣末評語（同註9），頁 13 上。

張詞臣稱追豔一段之描寫爲「遊仙詞」，其實從全劇的內容與藝術手法來看，《化人遊》充滿豐富奇幻的想像，運用象徵的藝術技巧，揉合神仙傳說、歷史人物與自然景象，將之編織成神奇瑰偉、引人入勝的境界，無疑是別以戲劇的形式撰作遊仙之詩，藉此抒情言志。而邀集這群歌姬豔色登舟同遊，並非是爲增添香脂粉氣，因此在描繪這些女子時，便著重在其歷史因素上。西施乃春秋時越人，因越王勾踐敗於會稽，而被獻與吳王夫差；趙飛燕爲西漢成帝之后，平帝時貶爲庶人，後自殺身亡；張麗華爲南朝陳後主之貴妃，隋軍攻陷都城時與後主藏匿於井，被隋軍發現後遭殺害。這些女子的遭遇，正如同張麗華於劇中所言：

> 俺想古今以來，傾城破國俱由我輩尤人。後來國家難起，玉碎香殘，
> 還是我輩先受其禍。只是鬥寵爭妍，事不自由，好苦也。〔註26〕

古來對於女子的束縛即比男子爲多，如西施、趙飛燕、張麗華等貴爲后妃之人，則受到更多的禁錮，更無自由，甚且於國破家難之際，其遭遇比一般人更加悲慘，許多事她們都身不由己，而只能聽憑命運的擺弄。

　　以同樣的觀點再看曹植、劉楨、李白、杜甫等人，曹植雖貴爲王侯，卻屢遭其兄曹丕的打擊與迫害，一再地被貶爵徙封，行動並受到監視，實爲極不自由的囚徒。劉楨爲建安七子之一，善爲詩，負盛名，卻屢遭困厄，經歷坎坷。他曾從曹丕飲酒，座中曹丕命甄夫人出拜，劉楨卻因平視夫人而以不敬被罰輸作部，劉楨的作品中常在憂傷中流露深深的恐懼與惶惑之情。李白少有逸才，以詩仙之名著稱，然因永王璘兵敗，坐流夜郎，使其後期處於現實與理想的矛盾境地之中。杜甫初舉進士不第，遂事漫遊，後困居長安近十年。由此可知，這班同遊之才子佳人皆可說是憂愁抑鬱之人，在人間世俗之中尋覓不著知音的何皋，將這班歷史中的人物引爲同調，無疑是有自比之況，是欲借他人酒杯澆自己塊壘。因此，這班存在於幻境中的歷史人物，並非無故地憑空生出，他們在過往歷史中的遭遇及其孤獨不自由的苦痛心境，皆象徵著何皋飄泊無依之心靈寫照。除此之外，尚有一位非常重要的人物，即是被置於幻中之幻的屈原，有關於屈原的部分，則待下節作進一步的分析。

〔註26〕第二齣〈征友追妹〉（同注9），頁11下。

第三節　穿越現實與虛幻的度脫歷程

　　如前所述，以幻境作爲度脫的方法常爲度脫劇所運用，《化人遊》一劇亦是以幻境作爲啓導何皋出世入道的手段。容世誠於〈度脫劇的原型分析──啓悟理論的應用〉中提到，啓悟的儀式包括「分離──過渡──結合」三個階段，使被啓導者離開以往的環境，經過試練和啓悟，再次回到社群中而獲得社會身份和智慧的上升。〔註27〕何皋穿越現實與虛幻兩個世界而悟道的度脫過程，便是一段經歷「現實→虛幻→現實」的歷程，這樣的歷程同樣包含了「分離──過渡──結合」三個階段，而這一歷程也成爲《化人遊》的主要情節結構。《化人遊》中被度脫者何皋於東海賃舟而航，脫離了原來的現實世界，而進入虛幻的時空之中，在經歷過一段「三江四海五嶽十洲，任意遊上三年五載」的夢幻旅程之後，再次回到現實世界，這段虛幻詭譎的經歷，使得他對生命有更深一層的體驗，不論在肉體上或精神上皆得到超越與提升，進而修成正道進入仙界。

　　然而伴隨虛幻之旅而來的卻是苦痛、坎坷的折磨與試練，被度者總是必須歷經種種的艱苦考驗，最終才能修成正道。何皋於初抵東海岸邊時，就已開啓了那充滿未知前途的旅程，此處所顯示的正是他進入幻境試練的起點。而這段過渡之旅將會經歷的災難，如同何皋登舟前，舟子所唱：

> 【混江龍】（丑）你看風翻浪高，黑騰騰百丈一孤橈。馮夷掀舞，河伯狂號，殘夜紅生千古日，桑田雪壓萬層潮。說什麼妖螭怪蟒、毒蠣狂蛟，俺自有穿波鐵柁，到岸銅篙。櫓分山自轉，帆定浪難搖。風起仙人吹鐵笛，月明龍女送鮫綃。猶難道，那怕他風吹八面，一任你路入三茅。〔註28〕

儘管此處主要是舟子自誇其所駕之舟是多麼地堅固平穩，自己駕舟之術是如何地高超熟練，但曲文中「馮夷掀舞，河伯狂號」、「妖螭怪蟒、毒蠣狂蛟」等敘述，也說明了眼前這片茫茫不可知的大海之上，充滿了艱險與危難，而何皋則必須通過海上種種的考驗與試練，才能航向光明的彼岸。這段過渡之旅，我們可以將它分爲兩個層面，一是肉體軀殼的死亡與再生，一是精神層次的超越與提升。

〔註27〕容世誠：〈度脫劇的原型分析──啓悟理論的應用〉（同注8），頁224～225。
〔註28〕第一齣〈買舟逢幻〉（同注9），頁4下。

一、肉體軀殼的死亡與再生

　　首先，何皋於大船上與眾人共同享受了豪華的盛宴與歡快的吟唱之後，在汪洋大海上遭遇了鰲精所興起的狂風巨浪：

> 近聞得有個何生，輒敢狂遊，犯我邊界。又有幾個亡國的潑掃，好事的文人，同來囉唣。我好惱也！叫眾將帥們，你可候其將到，用狂風暴浪，打碎舡隻，漂溺魚腹，有何不可？〔註29〕

何皋與眾人的狂遊之舉，惹惱了水族鰲精，因此興起險浪巨濤，欲阻止眾人前行。不過何皋面對這樣的風濤，並不在意，他甚至認為「我聞至人不死，大道難聞，今日風濤，正是上仙相試，也未可知。」將此等危險視之為上仙相試，不但下船「閒步一番」，更登上岸邊的小舟垂釣，可說是一派悠閒景況。

　　不料，奉命前來的鯨精卻將何皋連人帶船吞食入腹。何皋為鯨精吞食，乃是他所遭遇的第一場劫難，而其所面臨的暗無天日的境地，也同時表現出他尚在執迷未悟的階段。何皋為鯨所吞食後唱道：

> 【牧羊關】（生）他暗黑全無日，陰幽未有涯。你看這崚嶒白骨亂杈枒，怎能勾破天昏撞出光華？又不見繩纏鎖亞，只俺這肉皮囊已困在酆都下，好一似縮金丹坐化楞伽，鬼門關空占卦。〔註30〕

此處「崚嶒白骨」、「酆都」、「鬼門關」顯示的都是與冥界相關的表徵，如同進入冥府或六道輪迴一樣，進入陰幽黑暗的魚腹，同樣具有「死亡」的象徵意義。而死亡與再生是啟悟過程中非常重要的關鍵，一般的啟悟過程都包含有死亡和再生的象徵符號，何皋為鯨所食即象徵其肉身軀殼的死亡。但死亡卻又是再生的開端，鯨精於吸舟入肚時，由淨角扮演的左慈即曾言道：「莫道口中無造化，須知腹內有仙舟」，若說在大海之上的仙舟為顯性的、引渡何生的工具，則暗黑的鯨腹則為隱性的、使何皋脫胎換骨的場所。進入鯨腹的死亡象徵使何皋與過往的經驗割離，他在鯨腹幻境中經歷一番修為而再生，便意味著他的生命將進入另一個新階段與新境界。

　　何皋的再生表現在他的第二場劫難之中。此一劫乃肇因於魚腹之中又別有一魚腹國，因魚骨大王恐練道將成的何皋將會傷他先天元氣，故而命魚腸劍士前往刺殺何皋。然而魚腸劍士刺殺何皋時，卻「只見魚腸寶劍，段段化

為蓮花」。在佛教中，謂眾生往生彼國極樂世界，即是在七寶蓮華（蓮花）台中化生；而蓮花又常被比喻為真如佛性，象徵著修行最終的目標，即修成正果，足見歷此一劫的何皋，不但已得再生，並且修練成道。何皋可以說經歷了一段完整的「死亡——再生」的歷程，擺脫了俗世的軀殼。但由他尚未出脫鯨腹來看，可知他雖已歷經一番歷練，但仍處於渾沌未明的境地中，雖已得再生，但尚未真正領悟。因此，在此困境之中，由魚腸劍士引領其往見屈原一事，便成為何皋開悟的重要關鍵。

二、精神層次的超越與提升

　　將屈原置於魚腹國中，除了符合其投江而亡的典故之外，在此處安排何皋於虛無幻設的國度裡與屈原會面，自有其特別的深層意涵。觀看這場引渡的旅程，左慈是將何皋從現實空間引領至虛幻之境，使其遭遇種種歷練的前導，而且又是最後喚醒他，使之出脫幻境，完成全部引渡之旅的引渡人。對比於左慈的引領，屈原在此幻中之幻的境界，是使何皋的精神層次有所提升，令其真正覺悟，引領他走出魚腹困境之人。何皋遇見魚腸劍士時，已於鯨魚腹中修練多時，道果已成。然而他卻仍迷失在昏濛不清的魚腹中，不知將往何處尋覓出路；而他的精神與情感，便如同他所處的環境一樣，是充滿疑惑與困境的。因此他必須有一個更清楚明晰的形象來引領他，使他能夠真正體悟。屈原於上場時唱道：

　　【前腔】（末扮屈原上）湘蘭恨渺烟水空，美人遲暮難容。薜荔江蘺
　　　香自逈，渡江干誰折芙蓉。招魂勞宋，任漁父浮沉悲痛。〔註31〕

屈原自遭上官子蘭大夫之讒，得罪楚懷王後，託志《離騷》，沉江魚腹之中，而他的悲劇性處境也代表了何皋的生存困境。如同他在《離騷》中鋪寫出超越現實的境界，或飛渡沅湘，南征九嶷，向重華傾訴心腸；或朝發蒼梧，夕至懸圃，在崑崙山上的靈宮前徬徨；或乘龍馭風，上扣天關，下求佚女，尋覓志同道合的伙伴。他的作品述說著自己在政治上受挫後，其苦悶、徬徨和憤懣的心理，而那種無限廣闊的非現實世界，藝術而形象地展現了詩人那豐富、幽微的內心世界。

　　何皋甫出場即慨嘆「天下無非一片亂昏昏的排場」，謂「世人本是一樣密糊糊的眼界」，如同屈原於〈漁父〉一文中所云：「舉世皆濁我獨清，眾人皆

〔註31〕第五齣〈幻中訪幻〉（同注9），頁26上～26下。

醉我獨醒」一般，皆不願「以皓皓之白，而蒙世俗之塵埃。」表現出不與世俗同流合污的可貴精神。因此屈原出現的同時，他那憂懷鬱悶、上下求索的的形象，霎時間便與何皋的影像疊合在一起，而使得何皋的形象愈發地清晰明朗。此外，劇中又以「橘」盛讚這種高潔的品性。屈原以南海進貢之大橘款待何皋，並為〈橘頌〉一首，歌曰：

> 后皇嘉樹，橘徠服兮。青黃雜糅，文章爛兮。受命不遷，坐南國
> 兮。〔註32〕

此詩讚美橘樹的美好鮮豔，及其秉受天命不可移植，牢固專一的生長在南國的土地上。此處所引詩句，在句次上有所更動，主要加強「受命不遷，坐南國兮」一句，象徵詩人自我情志專一、永不轉移的人格特色。〈橘頌〉句句頌橘，亦句句借詠橘歌詠品德美好的君子，讚頌其不隨波逐流，堅貞自守的品性。此處引用〈橘頌〉，使橘之燦爛美好，與屈原、何皋二人之高潔品性相互輝映。

　　歷史中的屈原，其孤獨的情結，乃因心底裡所負荷的是時代的苦悶，所展示的是其悲憤世俗的苦痛心靈。但是劇中身處於魚腹國境的屈原，卻云：「誰想此中世界，大勝人間」，謂其「大樂在此」，但這個大勝人間的大樂之境，卻是一個幻中之幻的超現實空間。再看幻中之幻的大橘，二人剖橘之後，卻驚見橘中有二老對坐圍棋。橘中二老對奕之典故，出自《玄怪錄·巴邛人》，〔註33〕傳說有一巴邛人，家有橘園，霜後諸橘盡收，餘有二橘大如三四斗盎。巴邛人異之，攀摘剖開，每橘中有二老叟，鬚眉皤然，肌體紅潤，皆相對象戲，其中一叟曰：「橘中之樂，不減商山。」後人將「橘中戲」或「橘中樂」指稱對奕及其樂趣。看橘中二老對奕之情形：

> （二老相對大笑科）（一老）你輸我蓬壺一座，閬苑三山，三千年後
> 須當還我。（二老）啐！你輸我火棗十斛，瓊漿千石，待東海揚塵，
> 卻來勾賬！（外鳴鑼，二老躍下不見科）（末）遺下一石棋子，待我
> 看來。〔註34〕

〔註32〕劇中引用《楚辭·橘頌》，原詩為：「后皇嘉樹，橘徠服兮。受命不遷，坐南國兮。深固難徙，更壹志兮。綠葉素榮，紛其可喜兮。曾枝剡棘，圓果摶兮。青黃雜糅，文章爛兮。……」。

〔註33〕牛僧孺《玄怪錄·巴邛人》，見李昉等編：《太平廣記》（台北：文史哲出版社，1978年），卷第40〈神仙四十〉，頁250。

〔註34〕第五齣〈幻中訪幻〉（同註9），頁28下。

二老用以博奕輸贏之籌碼，竟是「蓬壺一座，閬苑三山」、「火棗十斛，瓊漿千石」，期限則是「三千年後」、「待東海揚塵」，其所顯現的是天地的遼闊與時間的永恆，反觀現實人間之中，世俗的一切繁華榮耀、功名利祿，轉眼成空，人們汲汲營營所追求的，不過是鏡花水月。橘中幻境之「樂」，可說與屈原的大勝人間之「樂」相呼應，皆在向何皋明白地表示，唯有拋卻世俗塵擾，才能進入永恆的樂境。

在會見屈原之後，何皋即出脫鯨腹，背上小舟，尋找來時的舊路與原乘之大船。〈再晤仙源〉一齣，可說是他出脫鯨腹之後，對短暫紅塵俗世的進一步體悟。他於上場時唱道：

> 【滿江紅】（生上）陵谷遷移，如夢覺逢人堪弔。向青磁方枕，來尋故道。遼鶴已歸城郭變，林烏空匝南枝繞。芒鞵千里訪孤航，烟波渺。

甫出鯨腹的何皋，便明顯地感受到人世間時移境遷的滄桑變化。他為了尋找大船，來至魚骨寺，而得遇西洋番僧廣惠禪師為其指點迷津。然此處的魚骨寺，相傳乃是大唐年間，潮過落出此魚而成，宋玉林於齣末評曰：

> 鯨魚化為古刹，孤舟化為煙巒，西子化為雲水道冠，何生聲色妄緣，一時頓盡矣。〔註35〕

這退潮時所殘留下的枯魚骨架，似乎亦象徵著滄海桑田的人世變遷，而這所有的變化顯示了人世間的短暫無常，現實世界中的一切刹那間都成為夢幻泡影，而一切虛幻妄緣也化為烏有。經歷這一切的何皋，正是醒覺的時候。擔任點化何皋重要推手的左慈，亦適時地喊出：「何生，何生，你好醒也！」此時的何皋才可說是真正的醒悟。

第四節　度世寓言之比興寄託

《化人遊》以豐富的想像及神奇瑰麗的內容，創作出一個超越現實的虛幻時空。對於丁耀亢撰作此劇，宋琬《化人遊·總評》云：

> 《化人遊》非詞曲也，吾友某渡世之寓言，而托之乎詞者也。世不可以莊言之，而托之於詠歌，詠歌又不可以莊言之，而托之於傳奇。以為今之傳奇，無非士女風流，悲歡常態，不足以發我幽思幻想，

〔註35〕以上二引文見第七齣〈再晤仙源〉（同注9），頁33下、36上。

故一扥之於汗漫離奇狂游異變，而實非汗漫離奇狂游異變也。知者
以爲漆園也，離騷也，禪宗道藏語錄也，太史公自敍也。斯可與化
人遊矣。〔註36〕

宋琬認爲《化人遊》爲丁耀亢「渡世之寓言」，與當時多是闡釋士女風流、
悲歡常態的作品有別。丁耀亢是以荒誕虛幻的藝術手段，抒發其內心的鬱
悶與感慨，而這種文學手法，最早見於莊子的寓言中。莊子自稱「以天下
爲沉濁，不可與莊語」，故而「以謬悠之說，荒唐之言，無端崖之辭，時恣
縱而不儻」、「以卮言爲曼衍，以重言爲眞，以寓言爲廣」，〔註37〕正因爲天下
沉濁，不宜以嚴正的話語談論，故而運用寓言、重言與卮言的形式，以放
任不受拘限的言論，來闡述道理。其言辭雖然看似荒誕玄虛，而其情理卻
眞誠切實。丁耀亢即是以寓眞於誕，寓實於幻的方法，將他所欲追尋的生
命理想及其所欲抒發的情感，寄託在這「汗漫離奇狂遊異變」的超現實想像
之中。

　　丁耀亢於明末清初社會動盪的時期，寫作《化人遊》一劇，與他的痛苦
遭遇及對周遭環境的思索有關。《化人遊》創作於順治四年，正是明清易代之
際，社會動蕩不安。生活在動蕩不安中的丁耀亢，抑鬱不得志，於是他將這
種對現實生活的不滿轉移到對仙界永恆不滅的追求，以此希望能獲得精神上
的某種慰藉。鄭騫〈善本傳奇十種提要〉言道：

耀亢生平好道家言，時見於著述，而遭逢喪亂，半生不偶，奇情鬱
氣，無所寄託。此劇乃其自爲寫照，故何生字野航，著者即題名野
航居士。〔註38〕

《化人遊》篇首開場署名「野航居士」，鄭騫以爲劇中人何皋（字野航）即是
丁耀亢的自我寫照，這是因爲他奇情鬱氣，無所寄託，故而撰作此劇以聊抒
情懷。也因此作品中除了顯露出對神仙不滅世界的追求與嚮往之外，也時時
流露出對人世無常的感懷與悲慨。

　　《化人遊》作於丁耀亢南遊之時，其時國亡家難給予他極大的精神痛苦
與打擊，他在署名「丁亥夏日野鶴自紀」的〈吳陵遊・序〉中曾云：

〔註36〕見《化人遊》卷前宋琬〈總評〉（同注9）。
〔註37〕以上二引文見《莊子・天下篇》，陳鼓應註譯：《莊子今註今譯》（台北：台灣
　　　　商務印書館，1989年），頁964～965。
〔註38〕鄭騫：〈善本傳奇十種提要〉，《燕京學報》第24期，1938年12月，頁143～
　　　　144。

旨哉，漢楊惲之歌南山也，曰：「種豆南山，化而為萁。人生行樂耳，
須富貴何時？」每讀此歌，實獲我心。丁亥仲夏，丁子家居鬱鬱不
得志，泛舟淮海，子焉無侶。〔註39〕

楊惲原詩為：「田彼南山，蕪穢不治；種一頃豆，落而為萁。人生行樂耳，須
富貴何時？」敘說在南山上辛勤的耕種，卻荊棘野草多得無法清除，種下一
頃地的豆子，卻只收到一片無用的豆莖，所以人生還是要及時行樂，因誰知
要等到何時才能享受富貴呢？詩中以種豆做為比喻，充滿對人生無常的無奈
感慨，而丁耀亢對此詩則表示深刻的認同。此時的丁耀亢因生活屢遭坎坷和
磨難，出海泛遊，其孤獨無伴的身影，恰似劇中何皋的影像。

　　劇中何皋駕舟出航，與古今名士、豔姝、眾家神仙一同遨遊在汗漫離奇
的空間之中，正是因為深感現實世界的束縛，難以容身。而丁耀亢此時即適
逢明末清初社會變革的動亂，兩次逃往海上避難，歷盡生活中的挫折與磨難。
清朝定鼎後，入京求官並不順遂得志，長期閒居漫遊，使他在精神生活上極
為苦悶。因此，《化人遊》的撰作，可以說是作家的主觀情志與客觀事物不著
痕跡的結合。石玲〈丁耀亢劇作論〉論道：

仙境，是何生擺脫煩惱的歸宿，也是作者自己的幻想。作者幻想有
那麼一個世外桃源，不知有漢，無論魏晉，風平浪靜，沒有任何煩
擾。任憑他處在狂風巨浪，我這一隅和平寧靜。渴求在一塊淨土上
得以棲止和喘息──這是一個被動盪生活逼得焦頭爛額、疲憊不堪
的人的心境。作者寫何生超脫入仙境，不能簡單歸結於迷信、出世，
也並非作者真正祈求解脫，而是表現了作者心靈深處對和平寧靜的
渴望、嚮往和追求。〔註40〕

此文中點出，在劇作的內容題材上，雖以度脫的形式描寫何皋從幻境中體悟
入道的過程，但是其類同於遊仙詩篇的藝術技巧，正說明慕道頌仙並非此劇
最大的撰作目的，對於生命永恆自由的追求才是其欲訴求的最終主題。丁耀
亢在《化人遊》中創造了一種擺脫時空，乃至於擺脫一切束縛的境界，寄寓
他內心對於自由翱翔的追尋與嚮往。

〔註39〕《逍遙遊・吳陵遊・序》，見《丁耀亢全集》，上冊，頁688。

〔註40〕石玲：〈丁耀亢劇作論〉，李增坡主編：《丁耀亢研究》（鄭州：中州古籍出版
　　　　社，1998年），頁225。

小　結

　　《化人遊》是以奇特的想像所撰作的一部變幻莫測、奇異荒誕的度脫劇作。此劇作在內容上，其主人翁何皋與元代度脫劇中，被度脫者多憤世嫉俗一樣，皆對現實有所不滿，執著於一股憤憤不平之氣。然不同於元代度脫劇的是，元劇中被度者多表現對於人世間「酒色財氣」的留戀，《化人遊》之何皋則是因為對於現實的不滿，故主動出海遊歷，而非對於塵世物質有所留戀。但是，它又不同於明代劇作中主人翁對於佛道的推崇，積極的修練成仙，而仍需歷經「度人者」成連、左慈、王陽等人以一場夢幻之遊，才使其有所領悟，在此點上，可說有相當的差異性。

　　在藝術手法上，《化人遊》則是以戲曲的形式，撰作遊仙的詩篇。雖然他在內容上是度脫者與被度者之間的互動與試練，但是通篇劇作，充滿詭譎華麗的想像，在無盡的想像時空中穿梭，上下求索，集結今古歷史人物共同遨遊。以如此豐富多彩的想像世界，釋放現實中遭受抑鬱壓制的不自由心靈，抒懷寫志，形成形式特殊的戲曲詩篇。

　　丁耀亢撰作《化人遊》，除了以度脫劇的形式闡發成道登仙之旨外，更重要的是要超越現實去尋找精神的寄託。人生活在現實社會中，受到種種條件的制約，本無絕對自由可言，但通過修練，將自我的精神從世俗的欲望煩擾中解脫出來。劇中何皋以現實而犀利的眼光，對當時社會的種種弊端看得十分深刻，他認為世間是一片昏亂的排場，而世人則是密糊糊的眼界，他無力改變自己的處境，只好出海遠遊。劇中的空間是虛幻的，古今人物的齊聚亦非真實，種種的幻設，點染出何皋宇宙獨行的孤獨影像，他沉醉在悠悠的玄想中，追求內心的平和，以撫慰那受傷的心靈。全劇內容充滿詭譎奇異的想像，卻又氣象萬千，令讀者（觀眾）眼界大開。而他那馳騁想像，神遊無涯的描寫，雖然超乎現實之上，卻又真實而形象的揭示其內心的世界。

第四章　從《赤松記》與《赤松遊》之差異論張良形象之轉變與寄託意涵

　　張良一生的功業事蹟與足智多謀的英雄形象，不僅載之史傳，也見之於文人的詩文傳述，更是小說、戲曲在創作上的良好題材。以張良為題材所寫作的雜劇、傳奇作品，元雜劇有李文蔚《張子房圯橋進履》、[註1]吳弘道《子房貨劍》、王仲文《從赤松張良辭朝》，明雜劇則有《子房歸山》。可惜除李文蔚《張子房圯橋進履》今尚有存本之外，其餘劇本皆已佚失。另描寫博浪沙襲擊秦始皇事的傳奇有明王萬幾《椎秦記》、張公琬《博浪椎》、清王翊《博浪沙》、范希哲《雙錘記》，以及楊潮觀《黃石婆授計逃關》等雜劇。[註2]王萬幾《椎秦記》、張公琬《博浪椎》已亡佚不存，今存范希哲《雙錘記》主要描寫博浪沙力士錘擊秦皇一事，因誤中副車，以雙錘投海中，琉球國女王姐妹各得其一，後招為婿，所述事蹟雖涉張良，然情節重心則在力士，故本文在此不贅述。另楊潮觀《黃石婆授計逃關》雜劇則搬演張良與力士於博浪沙錘秦不成而逃亡，黃石公特叫黃石婆授張良錦囊妙計，使之妝扮為妙齡道姑，才得以逃出重關。此劇為單折短劇，以幽默風趣的形式表現，然事涉不稽，且未能全面展現張良的人物形象，也與其形象轉變因素無關，故亦不列入本

〔註 1〕 李文蔚：《張子房圯橋進履》，《脈望館鈔校本古今雜劇》（出版地不詳：商務印書館，1958 年），冊 15。本文根據此版本論述。

〔註 2〕 此處所列諸曲目之亡佚情形，根據趙景深主編，邵曾祺編著：《元明雜劇總目考略》（鄭州：中州古籍出版社，1985 年）一書之考據。

文討論之列。

　　本章將討論明佚名作品《赤松記》與清丁耀亢《赤松遊》二劇，同樣都以張良事蹟作為創作題材，二劇皆描寫張良功業彪炳的一生及其功成身退後從赤松子歸隱修道。這兩部作品以長篇的傳奇結構，較能完整地呈現出張良精彩的人生歷程，本章以下各節將對二劇從情節內容方面的舖陳與剪裁，在敘述重心相異的情形下，探討《赤松記》、《赤松遊》如何塑造人物的性格心態與人生抉擇的轉變，及其相異的形象轉變所寄託之意涵。其中，由於《張子房圯橋進履》雜劇主要搬演圯下拾履一事，對於張良形象的初步轉變有所描繪，因此於第二節中也將對此劇進行分析討論。

第一節　張良本事

　　張良輔佐劉邦創建漢室天下，與蕭何、韓信並稱開國三傑。張良，字子房，出身韓之貴冑，本為姬姓，祖、父五世相韓。秦滅韓國，其時張良雖年少不曾仕韓，卻傾全部家產，積極結交豪俠，圖謀擊秦，誓報滅韓之仇。後覓得鐵椎力士，擊秦始皇於博浪沙，卻因誤中副車，以致功敗垂成。為避秦之追捕，便更改名姓，隱居下邳。秦末群雄起義，張良亦聚眾響應，原欲投奔被封為楚王的景駒，卻於留偶遇劉邦，二人相談甚歡，張良自此跟隨劉邦，為其策劃謀略天下。在漢之開國爭戰過程中，張良雖然未曾領兵親取一毫之地，但其輔助劉邦入關滅秦、勸阻其入居秦宮、計使劉邦逃離鴻門宴之險、並使其取得漢中之地奠定東進基礎，爾後漢楚之爭中，張良的謀畫獻策無疑更是劉邦能夠以弱博強、反敗為勝的關鍵。劉邦即曾讚道：「運籌策帷帳中，決勝千里外，子房功也。」〔註3〕張良以機智謀略建立輝煌的功業，其「以三寸舌為帝者師」的足智多謀形象深植人心。

　　而張良更為後世所樂道者，乃其功成不居，淡薄名利的處世態度。所謂「狡兔盡則良犬烹，敵國滅則謀臣亡」，〔註4〕功高震主向為君主所忌，開國君王誅殺功臣的規律，自秦而上，不乏其事。漢之開國功勳中，軍功彪炳的韓信被誅，劉邦稱其為開國第一功臣的蕭何繫獄，張良則是少數得以全身而

<hr />

〔註3〕　司馬遷：《史記‧留侯世家》，瀧川龜太郎：《史記會注考證》（臺北：中華書局，1978年），卷55，頁788。

〔註4〕　《韓非子‧內儲說下六微第三十三》，顧廣圻校本《韓非子》（臺北：廣文書局，1991年），第10卷，頁2上。

退者。漢主劉邦性本多疑，張良身為帝師長期跟隨，自是清楚。他以謙恭退避的態度，辭謝劉邦封賞的齊三萬戶食邑，另擇與劉邦相遇的留作為封地，不僅避免劉邦的猜疑，也巧妙地遠離群臣爭功的權力爭鬥。其後張良更常稱病杜門不出，亦未參予擒殺韓信之事，更表明其「願棄人間事，欲從赤松子遊」的想法，學習辟穀、導引輕身之術。張良的身分從韓之貴冑到為報韓仇的擊秦之士，進而成為輔建帝業的謀臣與功成名就的王侯；其性格具有豪爽任俠、機智多謀及避世隱晦等多種色彩。

　　丁耀亢《赤松遊》是以張良事蹟為題材所撰寫的傳奇劇作，全劇四十六齣，分為上中下三卷，主要依據《史記・留侯世家》舖演張良事，並參以史傳中其他諸人傳記，如〈高祖本紀〉、〈項羽本紀〉〈淮陰侯列傳〉等有關張良之記述，詳細搬演楚漢興亡諸事。丁耀亢〈作赤松遊本末〉云：

> 因讀史至〈留侯傳〉，太史公摹擬椎秦、授書大關節處，鬚眉衣摺勃勃，欲動頰上三毛矣。千古傳奇之妙，安有如太史公者？何假別作註腳，登場扮演乎？〔註5〕

司馬遷善於刻畫歷史人物，其以入神之筆描摹留侯之精神風貌，神態逼真，丁耀亢讚其「鬚眉衣摺勃勃，欲動頰上三毛矣」，彷彿能使讀者親見其人。之所以如此，乃是因司馬遷能精確地掌握張良的特點，如〈太史公自序〉所云：

> 運籌帷幄之中，制勝於無形，子房計謀其事，無智名、無勇功，圖難于易，為大於細，作〈留侯世家〉。〔註6〕

張良為漢室創建帝業運籌帷幄，擁有克敵制勝的機智謀略，其為軍國大事獻策立功，卻不汲汲營營、醉心名利。而司馬遷撰作〈留侯世家〉，即精確地掌握了張良能置名利於不顧，視功名為外物的特點，於細微之處展現張良治身行事的精髓與風格。已有史遷如此絕妙作品撰之於前，丁耀亢之所以再「別作注腳，登場扮演」，乃因慕留侯之為人，以為子房是「第一人品，第一事功，俠矣而不死，宦矣而不溺，勇矣而不武，仙矣而不詭。」〔註7〕三代以下，能不慕名利、功成身退者，僅范蠡堪與之並提，而〈留侯世家〉中張良的形象

〔註 5〕　〈作赤松遊本末〉，見丁耀亢：《赤松遊》，據中國社會科學院文學研究所藏清　　　　順治刊本影印，收錄《古本戲曲叢刊》五集（上海：上海古籍出版社，1986　　　　年）。本章所引《赤松遊》曲文皆依據此版本。

〔註 6〕　《史記・太史公自序》（同注3），卷130，頁1343。

〔註 7〕　見〈作赤松遊本末〉，同注5。

則又比〈越世家〉所描寫的范蠡更加豐富生動，故而再「借宮商，傳史記」，〔註8〕以闡發對留侯的孺慕之情。

司馬遷《史記・留侯世家》所記述留侯張良的生平事蹟，依其文章結構約可分為：為韓報仇、圯上納履、道遇沛公、說立韓王、破關入秦、諫留秦宮、固要項伯、燒絕棧道、捐關三人、借箸銷印、讓功封留、急封雍齒、勸都關中、寄存太子、願從赤松、並葬黃石等事件。而《漢書・張良傳》文字多因襲《史記》，所載內容及事件與《史記》幾無二致。

依《史記》所載，張良畢生活動大約可劃分為三個時期：首先，第一時期的張良主要以為韓復仇為己任，因此司馬遷所寫第一件大事，便是張良傾全部家財以求椎秦之客。其後亡匿下邳，於圯橋遇黃石公，授予《太公兵法》，張良雖自此開展了一條完全不同於行刺的路，但陳涉起兵，張良聚少年百餘人響應，難以忘卻的仍是欲報韓仇。道遇沛公後，即使慨嘆「沛公殆天授」，但往見項梁說立橫陽君為韓王，為的仍是故韓。助劉邦破嶢入關，所為亦非全為劉邦，而是志在滅秦復仇。

其次，張良正式歸漢至項羽敗亡則為第二時期。西元前 206 年，項羽自封為西楚霸王，不遣韓王成就國，而於彭城誅殺之，遂使張良「閒行歸漢王」，一心追隨劉邦同項羽相抗。在長期的楚漢戰爭中，張良為劉邦所策畫的謀略，是漢以弱者卻能立於不敗之地，最終反戰勝項羽，一統天下的關鍵。

第三時期天下歸漢，張良雖繼續為漢廷出謀劃策，如封賞雍齒，以平息群臣之疑；勸其建都關中；從劉邦擊代，出奇計下馬邑；並曾為呂后獻計，保全太子等等。然而此一時期的張良已抱定功成身退的決心，開始逐漸遠離政治是非的漩渦。漢六年大封功臣，劉邦以張良謀劃之功，讓其「自擇齊三萬戶」，超越當時諸臣眾將之封賞。而張良卻辭謝道：「始臣起下邳，與上會留，此天以臣授陛下；陛下用臣計，幸而時中，臣願封留足矣，不敢當三萬戶。」捨棄富庶豐饒的齊地而擇留，其無欲無求的表現，為的是使劉邦放心，並避免捲入群臣爭功奪利的爭戰。張良雖為開國功臣，但始終未於漢廷擔任要職，且勸劉邦立蕭何為相，甘心隱於人後，其言道：「今以三寸舌為帝者師，封萬戶，位列侯，此布衣之極，於良足矣。」故而常稱病，閉門不出，從而學習導引辟穀，自稱：「願棄人間事，欲從赤松子遊耳。」張良以善於謀略、巧出奇計著稱，其畢生為帝者出謀劃策，最終也為自己謀劃了一條

〔註8〕見第四十六齣〈雙旌〉，【尾聲】。《赤松遊》（同注5），卷下，頁38下。

－52－

全身而退之路。

　　丁耀亢《赤松遊》分上中下三卷撰寫，上卷敍張良椎秦不成，進履受書，至劉項起兵止。中卷敍張良佐漢滅楚諸事，至保全太子止。下卷敍呂后誅殺韓信，張良辭爵訪道，至張良夫婦飛昇成仙。各卷分期，雖與上述《史記》之結構稍異，然而各卷所舖演情節則大略仍符合「爲韓復仇」、「楚漢相爭」、「漢歸一統」的三期區分。

　　除依據《史記》作爲撰劇基礎外，劇中也以赤松子度化張良爲線索，使其傳授張良天書，以成爲帝王之師，功成之後，再度化張良夫婦而去。有關於神仙度化張良之事，本爲史傳所無，〈留侯世家〉中僅載張良曾學辟穀導引之術，並未辭朝，亦未嘗有仙去之事。然同樣以描寫張良從赤松子學道的明佚名作品《赤松記》即已如是舖演。《赤松記》除依據《史記》、《漢書》等史傳記載外，也輔以《仙傳拾遺》等雜傳小說家言，由張良「欲從赤松子遊」一語，衍生出赤松度化等情節。丁耀亢受《赤松記》一劇影響，加以增刪而作《赤松遊》，並寫黃石老人爲赤松所幻，將二人合併爲同一腳色，使其能貫穿全劇，並增飾力士證爲菩提，共度張良成仙之事。

　　劇作中最後度化張良的重要人物赤松子，原作「赤誦子」，首見於《淮南子‧齊俗》之記載，但文中僅見赤誦子之名與王喬並列，並敍「吹呴呼吸，吐故內新，遺形去智，抱素反眞，以遊玄眇，上通雲天。」〔註9〕除此之外，未見有更明確的說明。東漢‧許愼注《淮南子》則曰：「赤誦子，上穀人也，病瘌入山，導引輕舉」。〔註10〕而對赤松子有更進一步詳細敍述者，乃西漢‧劉向《列仙傳》所記載：

> 赤松子者，神農時雨師也。服水玉以教神農，能入火自燒，往往至
> 崑崙山上。常止西王母石室中，隨風雨上下。炎帝少女追之，亦得
> 仙俱去。至高辛時，復爲雨師，今之雨師本是焉。〔註11〕

《列仙傳》明確地指出赤松子乃神農時雨師，能入火自燒，並可隨風雨上下。然而不管赤松子是《淮南子》中習導引輕舉之術的赤誦子，抑或是《列仙傳》中能隨風雨上下的雨師，皆可由以上記載約略明瞭赤松子於漢時民間傳說中

〔註 9〕見張雙棣：《淮南子校釋》（北京：北京大學出版社，1997年），冊下，頁1158。又莊逵吉箋釋云：「俗本赤誦作赤松，蓋誤改之，古字誦與松同聲通用。」可知俗稱之赤松子乃赤誦子音近而誤植，頁1164。

〔註10〕《淮南子校釋》（同注9），頁1164。

〔註11〕劉向：《列仙傳》（臺北：廣文書局，1989年），頁1。

的仙人形象。

　　至於張良辭朝一說，原《史記》、《漢書》中僅言其學道辟穀，死後諡文成侯，爵位由其子不疑承襲，並無辭朝記載，亦無所謂張良隨赤松子仙去之事。有關張良修道成仙的傳說，唐無名氏《仙傳拾遺》載曰：

> 子房佐漢，封留侯，爲大司徒。解形於世，葬於龍首原。赤眉之亂，人發其墓，但見黃石枕，化而飛去，若流星焉。不見其屍形衣冠，得素書一篇及兵略數章。子房登仙，位爲太玄童子，常從老君於太清之中。其孫道陵得道，朝昆侖之夕，子房往焉。〔註12〕

史傳道「留侯死，並葬黃石塚」，而《仙傳拾遺》則稱於赤眉之亂時發張良之墓，僅見黃石，且化而飛去，而張良已屍解成仙，爲侍奉太上老君之太玄童子，東漢道教祖天師張道陵即是張良的八世孫。可見在民間傳說中，張良已從漢之開國元勳轉化爲道教中的神仙，爲其避世歸隱蒙上濃厚的神秘色彩。此後，《前漢書平話》中卷載張良知漢王損壞三將，於漢王面前納其靴、袍、笏祥、官爵，隨後辭官而去。〔註13〕張良辭朝歸隱的作品如話本《張子房慕道記》，乃據此演述張良因見韓信、彭越、英布三王苦死，不能全終，故慕道修行一事。〔註14〕宋官本雜劇則有《慕道六麼》、《三偌慕道六麼》；元王仲文有《從赤松張良辭朝》雜劇，明初無名氏有《子房歸山》雜劇，雖然皆已佚失，但皆可能對後來專以撰寫張良從赤松子遊之《赤松記》及《赤松遊》二劇有所啓發。

第二節　「任俠復仇」與「忍讓謀略」性格心態之轉變

　　若說博浪沙擊秦揭開了張良富於傳奇色彩的一生，則圯橋拾履、道遇沛公便是張良人生發展過程中的重要轉折。〈留侯世家〉中對於張良圯橋拾履、

〔註12〕　無名氏：《仙傳拾遺》，《舊小說乙集（六）》（上海：上海商務印書館，1914年），頁708～709。

〔註13〕　《全相平話前漢書續集》，鍾兆華：《元刊全相平話五種校注》（成都：巴蜀書社，1990年），頁332。

〔註14〕　《寶文堂書目》著錄，現存《清平山堂話本》，文中舖敘張良納官辭朝而去，高祖差人四下追趕數日不得，後往訪白雲山，於回程中遇張良，高祖苦勸張良，張良不改其志。其內容多爲虛構，文中張良所吟之詩多勸世人及早收心，莫把名揚。洪楩編，譚正璧校注：《清平山堂話本》（上海：古典文學出版社，1957年），頁102～114。

授書的神奇遭遇，原本就有十分精彩的描繪，這也正是丁耀亢所讚「鬚眉衣摺勃勃，欲動頰上三毛矣」之絕妙關節處。依《史記》所述，黃石老人故意將鞋扔下橋時，張良的反應是：「良愕然，欲毆之，爲其老，強忍」，此段描述點出一「忍」字，不僅可看出張良情緒上的轉折，也傳達了黃石老人所欲試練張良的精神。子曰：「巧言亂德，小不忍則亂大謀」。〔註15〕處事之時，忍能決斷大事；待人之時，忍則能與人爲善。張良於博浪沙擊秦之所以功敗垂成，並不在其缺乏謀略，而在其年少血氣方剛，急於爲韓復仇，不能忍一時之忿的原故。此一拾履的經過，正是黃石老人有所授，而張良有所感悟，使張良由一任俠豪爽的貴冑公子，逐漸演變成遇事能忍讓的機智謀士。如此關鍵情節，《赤松記》與《赤松遊》兩部長篇傳奇劇作當然不會遺漏，而更有元・李文蔚《張子房圮橋進履》一劇，專由此一關節處著手創作。以下，將從此三部不同篇幅的創作，分析張良形象的轉變與創作上的差異。

（一）《張子房圮橋進履》雜劇

本劇現存脈望館鈔校本，現存劇本卷首缺四頁半，不見撰作者姓名。《錄鬼簿》李文蔚名下著錄有《張子房圮橋進履》，〔註16〕《太和正音譜》李文蔚名下亦有《圮橋進履》一劇，〔註17〕與現存脈望館本劇末之題目正名：「黃石公親授兵書，張子房圮橋進履」相同，王季烈校記《孤本元明雜劇》據此定現存脈望館本爲元・李文蔚所撰。〔註18〕

本劇共四折，二、三折之間有過場楔子，由正末扮張良主唱全劇。但由於卷首已佚失四頁半，故今所見第一折由喬仙起始，舖演張良遇太白金星爲其指點前往下邳尋師之路。雖然今本所見第一折劇情並不完整，但據卷末所附〈張子房圮橋進履雜劇穿關〉可知第一折中尚有李斯、蒙恬、祇從等人上場，由此推斷第一折前半可能是舖演張良因於博浪沙椎擊秦始皇未成，李斯、蒙恬奉旨緝捕張良，張良逃往山中以致迷失路徑等情節。

第二折敘演張良來至下邳，寄食長者李仁之所，李長者欲齎舉張良功名，令其往長街問卜，遇福星所扮貨卜先生，經福星指點，張良得於圮橋會見黃

〔註15〕《論語・衛靈公》，朱熹著：《四書章句集注》（臺北：大安出版社，1996年），頁233。

〔註16〕鍾嗣成：《錄鬼簿》，《中國古典戲曲論著集成》（北京：中國戲劇出版社，1959年），冊2，頁108。

〔註17〕朱權：《太和正音譜》，《中國古典戲曲論著集成》（同註16），冊3，頁30。

〔註18〕王季烈：《孤本元明雜劇提要》（臺北：台灣商務印書館，1971年），頁7上。

石公，二人相會三次，最終傳授三卷天書。前兩折情節，雖有喬仙、太白金星、李長者等角色之增潤，但如張良椎擊始皇、圯橋下遇黃石，拾履傳書等情節則皆本於正史，而本折也是全劇重心所在。

第三折敘項羽將定天下，豪傑已歸，只有平陽魏豹、西洛申陽二處，未能收取。蕭何奉命往捉申陽，以張良之計擒拿申陽、陸賈，並擊破鍾離昧、季布二將所率領軍馬。此折出場人物繁複，情節稍嫌雜湊，張良佐漢功蹟良多，本折卻單取此事舖陳，不知用意何在？且獨敘計擒申陽，漏缺魏豹，前後亦矛盾甚多。

第四折舖演蕭何奉命設宴，慶功陞賞眾人，但僅用【雙調新水令】、【沉醉東風】、【水仙子】三曲便草草結束全劇。針對此點，王季烈提出其看法云：

> 四折前後情形，既不甚貫串，末折寥寥三曲，尤爲草率了事。曲文亦平平，惟第一折喬仙所唱【上小樓】四支，轉多清新及本色語，意者爲拉雜湊集所成之劇本也。〔註19〕

三、四兩折不僅在情節上無法與前兩折貫串，使劇本在情節上出現前後斷裂的情形，而末折草率，也與第一折清新本色之風格迥異。劇名《張子房圯橋進履》，但在情節上卻未見對黃石老人的後續交待，與前兩折情節亦無法貫通呼應。王季烈以爲本劇是「拉雜湊集所成之劇本」，而亦有學者以爲恐非出自一人之手，後二折是否爲李元蔚原作是大有問題的。〔註20〕

姑不論此雜劇是否爲李文蔚原作，從全劇關鍵處「圯橋納履」一事來看，此一事件在《史記》中即已呈現出非常傳奇的性質，雖不知黃石究竟爲何方

〔註19〕《孤本元明雜劇提要》（同注18），頁7上。

〔註20〕針對《張子房圯橋進履》一劇前後情節無法貫串一點，多位學者提出不同的看法。如王季思認爲李文蔚乃元劇名家，而此劇情節拉雜，文筆粗率，與《燕青博魚》的創作風格相距較大，疑非李氏原作。見王季思主編：《全元戲曲》（北京：人民文學出版社，1990年），頁69～70。《元明北雜劇總目考略》以爲第二折的【鵪鶉兒】、第三折【貨郎兒】、【脫布衫】、【醉太平】三曲都不是明中葉以後一般劇本所常用的曲牌，或此劇原是李文蔚舊本，歷經排演改編，故與原作距離較大。見趙景深主編，邵曾祺編著：《元明北雜劇總目考略》（中州古籍出版社，1985年），頁119～120。嚴敦易則認爲此劇有補苴湊攏的跡象，似乎是兩部曲子，經過相互接續黏合而成，第三折以上，可能是經過竄潤的原文，此劇下半，或因缺佚，由教坊伶工從另一劇本中摘出與張良相關之情節加以填補。見嚴敦易：《元劇斟疑》（上海：中華書局，1960年），頁1～4。

神聖，但其與張良相遇，則是必有所教，而所欲教者，乃其所尚欠缺者。張良求得力士擊秦皇於博浪沙，可謂有勇，博浪擊秦雖則失敗，然張良與力士卻皆能全身而退，並使秦大索天下而不可得，可謂有謀。而促使擁有豪氣任俠性格且機智過人的張良勇往向前的動力，乃是其堅決爲韓復仇的強烈意志。如第一折中，張良於逃避秦軍追捕，迷蹤失路之時遇太白金星，經太白金星詢問根由，張良以一曲【青哥兒】表白其心志：

> （正末唱）盡忠呵，須把這皇恩皇恩答報。（太白云）盡孝呵，可是怎生？（唱）盡孝呵，想著我哀哀父母劬勞。盡忠呵，也則要竭力侍君王輔聖朝，敢則要俺動合王道。正直臣僚，祿重官高，傘蓋飄飄。播萬古千秋萬古千秋的把名標，這的是爲臣子行忠孝。〔註21〕

博浪擊秦雖然失敗，卻充分展現張良不畏強權的精神，而一心復韓的意志，爲的是上報皇恩，行臣子忠孝之節，體現儒家所強調的忠、孝觀念。曲家由【青哥兒】一曲，結合了爲韓復仇的外在因素與內在的忠、孝精神，藉此突顯出張良的人格特質。

已然具備了忠、孝、智、勇等人格特質的張良，所尚欠缺者爲何？從圯橋墮履、張良進履，至三次約於平明相會，最終才認可張良而傳書，黃石所欲傳授張良者，又究竟爲何？《史記》、《漢書》並未提及所授之書，《隋書‧經籍志》則明白指出：「《黃石公三略》三卷，下邳神人撰。」〔註22〕後人亦多謂張良所得書即是《黃石公三略》。《四庫全書總目提要》論此書謂：「其大旨出於黃老，務在沈幾觀變，先立於不敗，以求敵之可勝，操術頗巧，兵家或往往用之。」〔註23〕雖然《黃石公三略》一書疑爲僞託之作，張良所得之書也未必即是此書，然「沈幾觀變」，正是黃石老人所欲授予張良的機關所在。張良有勇有謀，然卻因急於復仇，以致過於躁進，不能待機而動，故未掌握住正確的時機與局勢，導致輕觸秦軍鋒芒而功虧一簣。蘇軾〈留侯論〉謂黃石授書「其意不在書」，圯橋納履主要欲使張良有所體悟，教導其柔忍之道，磨練其急進的性情。而此一事件不僅使張良從任俠豪爽的復仇者變爲忍讓謙和的謀略者，此種靜觀時變、待機而動的原則更進而影響了劉邦的決策，成爲楚漢爭戰勝敗逆轉的關鍵。

〔註21〕《張子房圯橋進履》（同注1），頁11下～12上。
〔註22〕魏徵：《隋書‧經籍志》（臺北：鼎文書局，1987年），卷34，頁1013。
〔註23〕《四庫全書總目提要》（臺北：藝文印書館，1997年），子部，卷99，頁1956。

可惜的是，《張子房圯橋進履》一劇雖依據《史記》所載圯橋事舖演張良為黃石進履及三約授書，然而在情節的安排上，卻過多神仙附會摻雜其中，以致重心有所偏移。首先，劇中張良於逃避秦軍追捕而迷蹤失路時，先有太白金星上場，因感張良為韓報仇的忠烈之心，為其指引前往下邳之路，並言下邳必有教訓張良之師，使其有立身揚名的去處。其後至下邳，再有李長者收留，並欲齎舉張良進取，令其往長街尋覓卜者預卜功名。繼而福星扮成貨卜先生對張良排算，言道：「你今日日當卓午，必然遇著賢人，指教你也。」凡此種種舖排，皆使張良已事先預知將遇賢人指點，因此便有預設立場之嫌。如張良為黃石老人拾履時所唱【牧羊關】一曲云：

> 你著我待忍來如何忍，他看承的我如小哉，不由我嗔忿忿氣夯破我
> 這胸懷。我做學那豫讓般忠孝無嗔，我似那廉頗般避車路，我索與
> 你躬身兒下階。……（正末云）想小生離了家鄉，逃難到於途中，
> 迷蹤失路，神靈指引，著我往下邳避災，必有教授你之師。今日長
> 街上算了一卦，說道我今朝日當卓午，必遇名師也。（唱）這一個老
> 先生敢是那教訓我的祖師來？想著我離故邦，受辛苦言難盡，張良
> 也，你正是成人的可也不自在。〔註24〕

此處，我們仍可看到一個面對忽來羞辱，一時嗔忿難忍的張良形象，最後雖為顧全大局而效豫讓無嗔、廉頗避車，但是一個事先預知將遇賢人的復仇者，由於急於謀求協助而有所忍讓，只求得報國仇，其心理層面所顯現的轉折是機謀之心多於忍讓之性，因此其之所以為老人進履的動機便使人存疑。也由此緣故，張良所求，黃石所授，便只能落實於授書一事。

再者，由於第三折乃舖演擒拿申陽、陸賈等情節，而第四折又草草結束了事，因此，劇情最末並未與前半部所展演的黃石情節作相互呼應的舖排，劇名雖稱《張子房圯橋納履》，然而就情節發展的線索來看，卻無法得知圯橋納履授書之事究竟對張良造成什麼樣的改變與影響，也成為此劇最大的缺失所在。

（二）《赤松記》與《赤松遊》傳奇

不同於雜劇四折的短篇結構，傳奇戲曲有足夠的篇幅得以將情節作更詳細地舖排。《赤松記》、《赤松遊》二部舖演張良故事的傳奇劇作，針對圯橋進

〔註24〕《張子房圯橋進履》（同注1），頁21下～22上。

履之關鍵處，不再只是截取部分的簡要情節，《赤松記》以〈進履〉、〈失約〉、〈傳法〉三齣舖演進履、授書事，各齣間另雜〈望靜〉、〈斬蛇〉兼敘他事；《赤松遊》則〈進履〉、〈授書〉二齣緊連，緊湊地開展此一關節處。此外，在前後齣目中，二劇也都能詳細地展演事件發展的前因後果，並對張良輔漢的事蹟加以發揮，更能顯現出前後不同階段張良的改變。

　　《赤松記》爲明人所撰，撰者姓名不詳。全劇共四十一齣，分爲上、下二卷。《曲品》評《赤松記》爲中中品，曰：

> 留侯事絕佳，寫來有景。但不宜鈔《千金記》中〈夜宴〉曲。且此何必夜宴也？如許事而遣調不煩，亦得簡法；倘更以詞藻潤之，足壓《千金》矣。〔註25〕

《赤松記》一劇之佳處在於能收束頭緒繁多的情節，且文字運用上亦較爲簡練。針對此點，《遠山堂曲品》評曰：

> 全以簡練爲勝，遂使一折之中無餘景，一語之中無餘情。〔註26〕

《赤松記》舖演張良一生事蹟，多平舖直敘之描寫，文字亦平整單調，然而事繁言簡，雖可使情節發展較爲緊湊，然而情節中輔以適當的疏緩空間，使之有餘景、有餘情，卻能使劇情迭宕生姿，《曲品》謂《赤松記》若能再增添詞藻之潤飾，當可勝過《千金記》即是此理。相較於《赤松記》的簡練風格，丁耀亢《赤松遊》於文詞的運用及情節的舖排上，無疑地更能體現有餘景、有餘情的風姿，塑造出更爲生動靈活的人物形象。

　　首先，如前文所述，圯橋進履爲張良人生發展過程中的重要轉折。《赤松記》與《赤松遊》二劇於圯橋進履一節前，皆先預作另一層舖敘，藉以做爲前後情節的對比與照應，突顯圯橋進履事對張良所造成的影響。如《赤松記‧出遊》一改史傳記載張良未曾授官事，而謂其受韓國司徒之職，韓爲秦所滅，張良痛不可當，因此交結傑士，欲報韓仇。張良於啓程之前，與其妻妾相聚時言道：

> 【石榴花】（生）清顏消瘦，心在報韓仇，情未展淚先流，還須赤手

〔註25〕《千金記》爲明‧沈采所撰，寫淮陰侯韓信事，而《赤松記》劇中情節有蹈襲自《千金記》者，如〈夜宴〉敘項羽與虞姬宴樂之事，不僅情節相彷，且其中四支【香柳娘】曲詞全襲自《千金記》。〔明〕呂天成：《曲品》，《中國古典戲曲論著集成》（同註16），冊6，頁249。

〔註26〕〔明〕祁彪佳：《遠山堂曲品》，《中國戲古典戲曲論著集成》（同註16），冊6，頁27。

向前求。把千金續買吳鈎，交結士儔，且維持護存韓後。（合）會須殺無道強秦，荷恩榮裂土封侯。

【前腔】（旦）欲存韓後，須苦運心籌。宗與社變荒丘，誰□臣子不慚羞。相公，你不曾見當時齊襄公，（生）齊襄公卻怎麼？（旦）他能復九世之仇，功高業優，這芳名美譽不朽。（合前）

【前腔】（占）君休株守，及早為韓謀。人處世類蜉蝣，一生消得幾春秋，把豐資厚產拋投，今將遠遊，我知君義膽真如鬥。（合前）
〔註27〕

此段曲詞不僅張良心繫韓仇，欲以千金求得結交士儔，以殺無道強秦；其妻亦以齊襄公報得九世之仇，芳名流傳不朽，勉勵張良應效法前人堅決復仇之志；其妾則視人生如蜉蝣般短暫，讚夫婿能拋卻利祿、誠心為復國仇的雄心壯志。劇作家以直接明白的敘述手法舖陳張良報仇之志，描繪出夫妻三人同心一志，為復韓仇的悲憤情態，將炙熱的情感展露無遺。

相較於《赤松記》直敘的方式描寫張良激進的態度，且其妻妾亦勸其勿守株待兔，應為秦滅韓之仇有所作為；《赤松遊》則以對比的手法，來突顯張良的憤恨不平之情。如第二齣〈辭家〉：

【正宮過曲·傾盃玉芙蓉】（生）霸氣陵原野色消，懷恨心如搗。空想那秦庭泣楚，離黍悲周，魯矢援聊。夫人，你把家私巨萬，俱為俺結客之資，不必再問了。待千金散盡酬朋好，萬裡重飛整羽毛。（合）空悲嘯，看煙塵四擾。肯安居，草茅垂首老漁樵。

【前腔】（旦）坐守空房嘆寂寥，花落聞啼鳥。相公，你終日慊慊憤悶，奴家豈不料你心事？要占星識寶，釣月潛鈎，垂餌偷鰲。雖是如此，還該穩重機秘些纏是。怕武陽色變無同調，曹沫心多少定交。〔註28〕

由張良所唱【傾盃玉芙蓉】一曲來看，此時的張良滿懷亡國的悲慨與憤恨之情，不惜傾萬千家私，一心只想盡速為韓復仇，故其一言一行皆顯現出慷慨躁進的跡象。而其妻深識其心，但恐過於急切反誤大事，故反勸其需穩重

〔註27〕《新刻全像點板張子房赤松記》，明金陵唐氏刻本，收錄於《美國哈佛大學哈佛燕京圖書館藏中文善本彙刊》（北京：商務印書館；桂林：廣西師範大學出版社，2003年），集部37，頁162～163。

〔註28〕《赤松遊·辭家》（同註5），卷上，頁2上～2下。

機秘、待機而動。除此之外，第四齣〈俠逢〉描寫張良往訪滄海君，於此處巧逢鐵椎力士，滄海君言秦數將終，豐沛間必有異人。張良再次表明其復仇心志：

> 【前腔】（生）痛韓亡故國傷殘，更孤羽遭時淹蹇。欲傾家報主，怕
> 失機先。俺待藏刀炙繪，擊袂環橋，國士空吞炭。獨夫驕甚也，枉
> 求仙，狹路相要血可濺。〔註29〕

此處抒發張良亡國之痛與爲韓報仇的急切之心，慷慨激昂之情溢於言表，因此儘管滄海君亦勸說「此事雖係俠舉，還宜計議而行」，張良仍奮不顧身地積極謀畫椎秦之行。以張妻及滄海君的冷靜，對比張良的激情，此種刻畫方式更生動地將人物急切的心態呈顯出來，使人物面貌逼眞動人。此外，從張妻、滄海君等人多次對於張良的勸說無效，也隱約地預示人物激進憤慨、無法等待時機的性情，成爲可能導致椎秦將敗的因素。

其次，對於張良於圯橋遇黃石老人一事，《赤松記》與《赤松遊》則分別對史傳有不同的解讀與看法，因而在情節的舖排上也各有巧妙。《赤松記・進履》一齣敘黃石公研讀太公兵法，以爲有術不可無傳，故於圯橋下閑樂，恰遇來至圯橋的張良。《赤松記》所寫，黃石公並非有意等待張良，而屬巧遇，二人相會於圯橋之上，暢談孟子觀瀾、孔子稱水的道理，故爾後黃石墮履測試張良，或可視爲二人相談甚歡後，因黃石賞識張良，故才進而傳授其術。而拾履進履一事，黃石以當尊老者，圖大事不可懷小忿之語，使張良爲其拾履：

> 【前腔】（生）取履下圯橋，念鯫生豈敢辭勞。幸得這履呵，安然無
> 恙，值平灘不逐波濤。尊翁，履在此。（外）孺子，你就與我穿。（生）
> 尊翁齒高，待後生不合如斯傲。（外）少侍長，賤侍貴，禮所當然，
> 汝亦何屈，我亦何傲？（生）是小子得罪了。與尊翁納履何嫌，任
> 傍人笑口相嘲。〔註30〕

此處對張良的心境轉折描述較少，雖然從曲文中可看出他也曾稍有疑慮，但也僅僅對黃石言道：「尊翁齒高，待後生不合如斯傲。」言詞反應並未過於激烈。而黃石以侍長侍貴之語，也似乎非常輕易地就說服了張良爲其進履。此種平舖直述的描寫，儘管言簡意賅，情節亦順暢地進行，但人物的情緒變化

〔註29〕《赤松遊・俠逢》（同注5），卷上，頁7下～8上。
〔註30〕《赤松記・進履》（同注27），頁171。

則展現得較爲不明顯。

　　《赤松遊・進履》則舖演赤松子因見張良擊秦不中，藏身下邳，於是變化眞形，來至圯橋之上，自稱爲黃石老人，其目的是「張良未經折挫，英氣太露，只恐大道難傳。」因此黃石是專爲測試張良而來，故特有墮履一事。黃石老人於圯橋上墮履，先是以傲慢的態命張良拾履，「生怒介」則是張良當下之立即反應，緊接著【普天樂】一曲唱道：

　　　　覷衰翁，渾無賴，那搭兒，相攛掇？圯橋下何事差排，沒來由頤使，

　　　　看作藏獲，他伴伴面咍。欲拂衣袖手，閑步溪厓。

此處將張良之「怒」點染得恰到好處。張良暗罵黃石老人爲衰翁、無賴，詞語雖近於俚俗，人物卻顯生動活潑之態。顯而易見，當時張良對於老人墮履，又命其拾履的行爲十分不滿，本欲拂袖而去。然而筆鋒一轉，隨即寫道張良「行又止科」，這一行一止，心中思緒則早已千迴百轉。張良再言：

　　　　我想俺子房，一生猛氣，半世雄心，到此還不磨折。見一老人不能

　　　　起敬，分明又是椎秦的故智了。待俺跪而進之。〔註31〕

從怒氣陡升至忽而平息，勾勒出瞬息間張良內心的轉折變化。與《赤松記》簡潔的筆法相較，《赤松遊・進履》則深得《史記》「鬚眉衣摺勃勃，欲動頰上三毛矣」之神采，使人物躍然紙上，面目逼眞。且由情節發展來看，《赤松遊》中的張良能體會拂袖而去乃「椎秦的故智」，是切實地自我反省，而非由旁人勸說，使人物刻畫的深度更深一層。這種發從內心自省的轉變，便是張良從躁進的復仇之士蛻變爲機智冷靜之謀士的證明。

第三節　「積極謀略」與「消極避世」人生抉擇之轉變

　　張良得黃石授書之後，繼而出山輔漢成就大業。從張良遇劉邦於留，進而輔助劉邦入關滅秦，爾後漢楚之爭中，盡其心力爲漢出謀獻策。此時期可說是張良人生階段中最爲積極活躍、功蹟也最爲顯著的階段，鴻門解危、燒絕棧道、歸漢薦將、借箸論勢，皆顯示其過人的智慧與深遠的韜略。《赤松記》與《赤松遊》對此段爭戰過程皆有所描寫，然而由於創作主旨上的差異，二劇在情節舖敘的重心上也有所不同。

　　《赤松記》以「遣調不煩」的簡練筆法，從第十一齣〈演武〉搬演項羽

〔註31〕以上二引文見《赤松遊・進履》（同註5），卷上，頁26上。

領軍演習武藝，欲成霸業起始，繼而〈投漢〉描寫張良、劉邦相遇於留，直至第三十齣〈自刎〉項羽終敗烏江之畔，以長達二十齣的篇幅詳盡地搬演楚漢相爭之始末。雖然其中穿插〈整衣〉、〈寄衣〉、〈妄報〉等三齣敘及鄰人代其妻妾送衣，後卻謊稱張良遭楚王誅戮的虛妄情節，然而劇中亦不乏精彩描繪張良卓越機智與輔佐才能的齣目。例如選擇以鴻門宴集中舖陳張良的智謀，先以〈秦降〉暗伏曹無傷的不滿，進而於〈獻讒〉中曹無傷往進讒言，激怒項羽欲擒捉劉邦，〈為友〉則敘張良奔走，往說項伯，以安撫項羽，乃至〈會宴〉一齣，眞正進入鴻門宴的主軸，可說將整個事件的前後因果搬演得十分詳盡精彩。

　　相較於《赤松記》對楚漢爭戰、張良用智等細節的長篇演述，《赤松遊》對於張良輔漢事蹟的處理方式就顯得輕描淡寫。《赤松遊》中卷共十六齣，雖然此卷的主要重點在於描寫楚漢相爭之過程，但後五齣從〈尊帝〉至〈扶祚〉，實已進入天下一統歸漢時期。而前十一齣中，張良出場者雖有〈出山〉、〈遇留〉、〈入關〉、〈碎斗〉、〈洗足〉、〈散楚〉等六齣，但許多齣目中都僅點到爲止，並未有太多的發揮。同樣以鴻門宴一事來看，《赤松遊》並未正面描述鴻門宴的全部經過，而以〈碎斗〉一齣續寫劉邦走脫鴻門之後，張良以玉璧、玉斗進獻項羽、范繪來突顯張良之謀略與項羽輕忽劉邦之失策。另〈洗足〉一齣雖也插敘張良借箸謀畫，勸阻劉邦立六國之後，然而也僅只是輕輕帶過。與《赤松記》中張良積極謀略的形象相比，《赤松遊》中的張良則顯得有些神龍見首不見尾。反倒是〈散楚〉一齣以張良爲主上場唱道：

> 荒城月照，暗朦朦荒城月照，長征人半老。聽風前畫角，帳底銅鐎，
> 悶淹淹憔悴倒。萬里故鄉遙，年華馬上消。夢裡鮫綃，水上浮泡，
> 那能勾上凌烟圖畫巧。……朱顏暗凋，空自嘆朱顏暗凋。青春歌笑，
> 辜負了青春歌笑。嘆江湖，烟月冷，老漁樵。〔註32〕

此齣描寫張良攜簫至楚營以歌楚音，目的在瓦解項羽八千子弟兵。其所唱之曲，慨嘆長征之人遠離故鄉，獨於荒城孤月下埋逝了青春歲月。曲詞情感幽微，在月白風清之時，配以寂寥的簫聲，易於觸動人之心緒。而《赤松記》同樣有〈教歌〉、〈散楚〉搬演此事，但張良教歌，眾軍合唱的陽剛風格，呈現的是張良的謀略及漢營欲一擊潰楚的壯盛軍心。〔註33〕相較之下，《赤松遊》

〔註32〕《赤松遊・散楚》（同注5），卷中，頁23下～24上。

〔註33〕《赤松記・散楚》並無曲文，僅註：「散楚軍曲依前唱」，大略應是將前齣〈教

明處所寫雖在動搖楚營軍心，但觀曲文，這種慨嘆月遠鄉遙、長征人老的曲調，又何嘗不是張良心懷故國，自我心緒鬱結難解的情懷寫照。

這種將智謀機關寫得隱微輕淡，卻以較大的篇幅抒發張良個人情懷的藝術手法，也顯現出《赤松遊》與《赤松記》的最大相異處。查繼佐於〈赤松遊序〉言道：

> 亡秦以韓，善耳。不然，亡秦不以韓，而秦亡即何必以韓？顧余以留侯之始終爲韓者，一在秦，一在楚。秦之有韓不可忘，楚之無韓不可忘。不忘秦，於是從漢王入武關；不忘楚，於是從漢王逼垓下。此留侯之所爲始終也。〔註34〕

擊秦王於博浪沙，爲的是報秦滅韓之仇；圍楚於垓下，爲的仍是不得復韓的憤恨。無論是椎秦亦或滅楚，張良時刻掛念在心的是故韓而非新漢。丁耀亢把握住的便是張良憤慨爲韓的基調，並將之從頭貫徹至尾。因此，縱使中卷的篇章乃演楚漢之事，其對爭戰的描寫、智策的運用皆僅用來呈現楚漢兩方勢力的消長，而並不著重於張良運籌畫策的描繪。中卷後段五齣，如〈尊帝〉、〈封留〉則成爲開展下卷隱世思想的先導，使張良辭朝歸隱一事躍而成爲《赤松遊》全劇的焦點，辭朝歸隱無疑又是張良人生中的另一重要轉折。

老子曰：「持而盈之，不如其己；揣而銳之，不可長保；金玉滿堂，莫之能守；富貴而驕，自遺其咎。功遂，身退，天之道。」〔註35〕過度自驕自滿，鋒芒太露，將不免傾覆之患；人若只知進而不知退，善爭而不善讓，便易招致禍害。如秦李斯位高權重，顯赫一時，然而終不免遭致刑戮。吳、越相爭，文種、范蠡輔佐句踐成其霸業，功成而范蠡翩然遠去，文種則因見讒而自刎。〔註36〕同樣地，淮陰見誅、蕭何繫獄，獨張良得以全身而退，便是因爲張良能知止而不爭，故能遠災避禍。司馬光《資治通鑑》評論張良云：

> 夫生之有死，譬猶夜旦之必然；自古及今，固未有超然而獨存者也。以子房之明辨達理，足以知神僊之爲虛詭矣；然其欲從赤松子遊者，其智可知也。夫功名之際，人臣之所難處。如高帝所稱者，三傑而已，淮陰誅夷，蕭何繫獄，非以履盛滿而不止耶！故子房託於神僊，

歌〉中之【耍孩兒】曲數支，再演唱搬演一回。
〔註34〕〈赤松遊序〉（同注5），頁1。
〔註35〕見《老子》第九章。
〔註36〕《史記·越王句踐世家》（同注3），卷41，頁654。

　　遺棄人間。等功名於外物，置榮利而不顧，所謂明哲保身者，子房
　　有焉。〔註37〕

張良深知劉邦心理，明瞭君臣相處的利害關係，故已預見先機，早一步作出退讓的道理，其避世的思想，可說於漢入關之後便已漸次形成。如鴻門宴後，劉邦賜金百鎰、珠二斗，張良「具以獻項伯」；諸臣爭功，劉邦賜張良齊三萬戶食邑，張良卻讓功封留，既不貪圖利祿，亦不戀棧名位。劉邦對之封賞愈重，張良舉止則愈見謙退。且張良雖爲劉邦出謀畫策，但既不掌兵權，平素又稱多病，常杜門不見賓客，自然不會見疑於劉邦。爾後習辟穀、導引輕身之術，乃至最終表明「願棄人間事，欲從赤松子遊耳。」皆是張良全身遠禍之道。司馬光以現實的政治利害角度切入，以爲神仙之事乃附會虛妄，張良獨能置身於事外，是因爲他能對功名榮利等閒視之，故才得以明哲保身。

　　而所謂的神仙虛詭之說，如第一節本事中所述，張良從道成仙之事乃由史傳中「欲從赤松子遊」一句衍申而出。《前漢書平話》、《張子房慕道記》等話本小說，演述張良辭朝成仙事大約由此而來；元王仲文《從赤松張良辭朝》、明《子房歸山》雜劇，雖已佚失，無從得知詳細內容，然從劇名可知是搬演張良辭朝歸山的情節。《赤松記》、《赤松遊》傳奇受前述諸作影響，在張良的出處進退之描寫上，亦脫離了史傳的記述，而對辭朝、修道、歸隱等事有更進一步的發揮，因而張良辭朝修道遂成爲二部劇作後半段的重心所在。

　　《赤松遊》中卷後半即已進入漢歸一統時期，其中〈尊帝〉、〈封留〉二齣則初步顯露出張良讓功退隱之心。〈封留〉一齣，漢帝賜予張良留侯爵位，張良便曾對其妻言道：

　　俺雖扶漢功成，存韓未遂。感漢王客卿之禮，因而竭忠；受黃石守
　　素之書，志不在祿。俺已奏過聖上，辭三萬而不受，自願封留，仍
　　有遠圖。〔註38〕

張良以紀念自己與劉邦相遇於留的理由自請封留，除了向漢帝表明知遇之恩外，辭齊三萬戶封賞，更意欲顯示其淡泊名利的性格。所謂「仍有遠圖」，可

〔註37〕司馬光撰，胡三省注：《資治通鑑・漢紀三》卷11，《景印文淵閣四庫全書》
　　　　（台北：台灣商務印書館，1983年），冊304，頁201。
〔註38〕《赤松遊・封留》（同註5），卷中，頁30上～30下。

見張良早已為自己預留了退路，而此「遠圖」也與下卷諸齣遙相呼應，使全劇歸隱出世的思想線索更加清晰可辨。故而下卷一開始，即連續以〈藏弓〉、〈嘆功〉、〈勸隱〉三齣搬演韓信被誅、彭越遭醢、蕭何繫獄等戮殺功臣等情節，不禁使張良興起「那少年場中爭名奪利，分明是三春花柳，一轉眼間有多少興亡，如九秋霜雪，草木凋零了」〔註39〕的深切感嘆。

漢帝誅戮功臣，可說是張良歸隱的主要原因之一。雖然《赤松記》與《赤松遊》同樣搬演戮韓、繫何等事，但在情節的舖排上，《赤松記》以〈封贈〉、〈餞別〉開啟張良修隱之路後，情節的發展即分為兩條線索，一條線索以〈擒信〉、〈誘信〉、〈殺信〉、〈拿何〉四齣，展現對帝王殺戮功臣的批判；另一條則敘寫張良穀城遇黃石、終南訪赤松過程，以張良「清淨無為，心慕丹丘，浮世何如物外悠遊」的無欲無求之心，對比蕭何「謀戮王侯，暗藏機事之心」，及韓信「怨氣沖霄」的滿懷恨意，使張良與這場慘烈的殺戮事件沒有內在的交集，張良的求道之途便完全地超然於世俗之外。

丁耀亢於《赤松遊》中卻捨棄這種平行對比的寫作方式，除〈藏弓〉由韓信主唱外，〈嘆功〉、〈勸隱〉皆由張良的視角切入，安排張良目睹韓信、彭越等將領被殺，親見功高的蕭何亦不能免縲絏之苦的情節。因此張良雖未直接參與誅戮功臣的機謀，但也並未全然置身事外。透過張良的觀照，使其批判意識更加突出顯著。〈嘆功〉齣中，張良於得知彭越慘遭醢刑後，連用三曲抒發其感，其中【解三酲】一曲唱道：

> （生）嘆英雄，取謀決勝。圖南面，帶礪金城。挽青鋒一掃狼烟淨，少甚麼取中原百萬提兵。想當日烏江滅項千金賞，此日裡鐵券封梁九鼎烹。堪悲哽，只落得寶刀力盡，戰馬空鳴。

古來功臣名將遭致殺戮，如白起賜死，王翦就刑，雖功勳彪炳、位極人臣，卻終究難以保全其性命。而彭越昔日領受豐厚犒賞，今日則遭罹斧鉞鼎烹酷刑，如此強烈的對比，怎不令人欷歔慨嘆。【山坡羊】一曲，則透露出張良淡薄名利的思想，乃是來自於對人生的徹悟：

> （生）青史上雌雄休競，鐵券上興亡未定。亂紛紛莊周夢蝶，急攘攘修短蜉蝣命。敗和成，天心暗有憑。石麟金馬笙歌慶，爭奈回首紅樓蟲香霧冷。難明，蝸角頭利與名；休爭，棋枰中死與生！〔註40〕

〔註39〕《赤松遊·嘆功》（同注5），卷下，頁3下。
〔註40〕以上二曲見《赤松遊·嘆功》（同注5），卷下，頁4上～5上。

生命苦短，在紛亂的世道中，汲汲營營於名位利祿，成敗轉頭皆空，最終亦不過是南柯一夢。雖然自古多遭殺戮之功臣，然亦不乏能全身遠害者，其中關鍵，只在於退與不退而已。張良辭朝退隱的人生抉擇，體現的正是老子「功遂身退」的精神。儘管他與劉邦不僅是君臣關係，且存在著知遇之恩，天下既定後，劉邦仍採納其言，並寬厚善待。然而從歷史與現實的教訓中，張良清楚地意識到作為「王者師」的利害關係，因此才會告病辭爵。也正是由於能對俗世煩擾有所覺悟，才能不執著於蝸頭名利之爭，擺脫榮辱的羈絆。

此外，張良求道成仙，雖是得赤松子、滄海君及力士的共同引渡，然而亦經歷了刻苦清修的過程。有關於張良求道成仙一事，《赤松遊》下卷十四齣中，便有〈三笑〉、〈祀石〉、〈訪松〉、〈辭爵〉、〈辟穀〉、〈敕餞〉、〈歸山〉、〈雙旌〉等八齣專以描寫張良從道成仙等情節，較之《赤松記》以〈遇石〉、〈訪道〉、〈途嘆〉、〈登仙〉四齣展演張良登仙事，《赤松遊》在情節的舖排，使求仙的過程更加完備縝密。首先，張良因未辭去人間爵祿，故而訪赤松之時，被拒於門外；繼而辭爵，辟穀修煉，乃得正果，展現的是一種從人間世到神仙道的漸次轉換。而修道成仙情節雖屬虛妄假託，然而丁耀亢卻能使之與現實緊密扣合，在張良忠孝智勇皆備的前提之下，求道而羽化成仙成為提升人物形象的另一種作用。如〈歸山〉一齣描寫道：

> 【北沽美酒帶太平令】（末）論三家本一荄，儒道釋原同派。完了忠
> 義人倫，才煉形魄。飲東溟沆瀣，超西域出蓮胎。道家要一個有，
> 佛家要一個無，儒家要一個現在。各臻絕頂，俱是長生！（眾笑科）
> （眾）纔轉眼韓誅彭醢，猛回頭花開葉敗。沒要緊楚笛吹哀，孟浪
> 殺秦槌喝采。俺呵，說甚麼吳臺、越臺，王才、霸才，呀，伴終南
> 松石常在。

由此處曲文看來，劇作家認為「儒、道、釋原同派」，使儒、道、釋三者相互溝通而相成，世間人倫與道術修練都要能各臻絕頂，才可俱得長生。故而《赤松遊》全劇的出世思想，並非憑虛而生，而是建立在入世的基礎之上。如〈歸山〉曲末下場詩又云：

> 鶴馭鸞驂赴太空，神仙原是古英雄。若無仗義酬忠力，問藥求仙枉
> 費功。〔註41〕

〔註41〕以上二曲文見《赤松遊‧歸山》（同註5），卷下，頁35上、35下。

更將虛無縹緲的神仙之輩,與世俗中盡忠孝節義的人間英雄相結合,說明修道成仙並無他法,而是必須完成個人本身所應盡的責任,此種精神同時也體現了傳統儒家知識份子所追求的獨立人格。

《赤松遊》中的張良椎秦滅楚,得報韓仇,於俗世中已完成其身為故韓臣子所應盡的忠孝之節,輔漢功成之後,更能拋卻功名利祿等外物牽絆,故而修道成仙,便勢所必然。而其所強調忠孝乃神仙根底的觀念,又與中卷〈入海〉一齣所述徐福出海求仙之事遙相呼應。徐福出海為秦皇求長生丹藥,卻笑言曰:「那秦王一意荒殘,豈有仙分?況丹本內足,藥豈外來?」〔註42〕說明神仙之道不假外求,人若不能盡諸本份,更兼荒殘無道,則只有毀滅一途。此種論斷人世功過的精神,將原本附會的神仙傳說,落實於現實的人生景況之中,使成仙一事不再虛無荒誕。因而縱使《赤松遊》於劇中附會了張良成仙的傳說,卻能無損於人物完整的形象,反而使人物形象獲得更進一步的淨化與昇華。

第四節 《赤松遊》之寄託與意涵

丁耀亢撰寫《赤松遊》一劇,始於明崇禎十六年(1643),完成於清順治六年(1649),〔註43〕歷時七年,主要依據《史記‧留侯世家》描繪張良一生之傳奇事蹟。其撰作動機,丁耀亢於〈作赤松遊本末〉一文中云:

> 昔吾友王子房,慕漢留侯之為人,因自號子房。既通朝籍,見逆闖起於秦,乃抱椎秦之志。明癸未,請兵滅闖而及於難。余悲子房之亡,欲作《赤松》以伸其志。至甲申,而中原淪於闖。我大清入而掃除秦寇,真有漢高入關之遺風焉。〔註44〕

由此可知,丁耀亢作此劇除紀念亡友王子房之外,亦有借史言志之意。王子房,本名應駿,萊州掖人。其兄應豸任薊州巡撫時,因部卒索餉事件,為上司所處死,因此更名為漢,字子房,以懷張良報仇之志。李自成圍汴,王子房率兵解圍,後入京進陳勦撫機宜,授御史,監左良玉軍,不久改按豫。督領諸將渡河,連戰皆捷,擢撫河南,又降大盜李魁、袁時中等十餘萬,戰功

〔註42〕《赤松遊‧入海》(同注5),卷中,頁3下。
〔註43〕丁耀亢於〈作赤松遊本末〉自云:「作於明之癸未,成於今之己丑」,同時亦署題「順治六年華表人漫題」。
〔註44〕〈作赤松遊本末〉(同注5),頁1。

顯赫，後於平劉超之亂中遇害。〔註45〕根據龔鼎孳所作〈逍遙遊序〉云：「其壁間常隱隱有數人，則子房故人中之尤親暱者也。……今來海陵，忽遇山東丁野鶴。與之譚，伉爽磊落，心知爲豪傑士。及敍述平生所與遊，則故吾子房壁間一人。」〔註46〕可知丁耀亢曾於明末參與王子房戎幕，丁耀亢所著《逍遙遊》詩集中亦有〈王子房登第後過齋同杜宴集〉、〈同王子房集丘子廩齋中〉等詩作。〔註47〕王子房身亡後，丁耀亢曾奔赴東萊弔唁，並寫〈癸未十月入東萊哭王子房大中丞〉一詩痛念亡友，其詩眉批云：「爲子房寫眞，不負知己」，〔註48〕二人交情非同一般。

　　丁耀亢於王子房遇害當年，即著手創作《赤松遊》傳奇，除紀念亡友，「以伸其志」之外，亦兼有託古寄慨之意。鄭騫先生評論《赤松遊》曰：

> 此劇蓋以秦政喻李闖，韓喻明，漢喻清，張子房喻王子房兼以自喻。託古寄慨，紀念故友，且以抒發故國之思，全劇沉雄悲壯，良有以焉。〔註49〕

張良本爲韓相之子，秦滅韓後，懷著爲韓復仇之志輔助漢主劉邦滅秦入關，又於項羽誅殺韓王成，復韓無望後，進一步投入楚漢爭戰之中。張良傾其全力「椎秦滅楚」的最終目的全是爲了故韓。丁耀亢爲此特撰有〈修韓〉一齣，描寫張良衣錦還鄉之際，尚仍不忘故主，請旨修祭韓家陵墓，以示其不忘舊恩。劇中借由故韓老鄉官之口道出其悲慨之情：

> 【玉絳眉】（外）園陵氣黯，最堪憐故國淪亡夷珍。松柏摧殘，無羔河山圖鼎換。愁聽麥秀歌，黍離怨。笑鹿走漫道能奔，畢竟與黃羆同殲。蒼天不肯從人願，空落沉泉幽苑。〔註50〕

此曲沉痛悲涼，全是麥秀黍離之怨、頹喪感傷之情，而張良身爲漢之謀士，

〔註45〕見嚴有禧纂修：《萊州府志》卷11〈忠節〉，清乾隆庚申年（1740）刊本，頁6。

〔註46〕龔鼎孳：〈逍遙遊序〉，丁耀亢：《逍遙遊》，清順治刻本，據北京圖書館館藏影印，收入《四庫禁燬叢刊》集部（北京：北京出版社，2000年），冊186，頁3。

〔註47〕《逍遙遊》（同註46），頁41、42。

〔註48〕〈癸未十月入東萊哭王子房大中丞〉詩云：「……與兄弟好，則見醇醪投。既入金閨籍，不忘燈火幽。風雪夜載酒，深山恣冥搜。連床各摩腳，說鬼忽蒙頭。得金軺揮贈，有酒相歌謳。……」可知丁耀亢任王子房幕僚時，二人常共飲酒暢談，情誼深厚。見《逍遙遊》（同註46），頁27。

〔註49〕鄭騫：〈善本傳奇十種提要〉，《燕京學報》第24期，1938年12月，頁145。

〔註50〕《赤松遊・修韓》（同註5），卷下，頁12下。

最終雖功成名就，贏得漢主的讚揚與封賞，然故國已淪亡不再的遺憾，卻是其心底無法抹滅的遺憾。《赤松遊》全劇以張良始終爲韓爲主要基調，其風格無疑亦是沉痛而悲涼的。

丁耀亢雖是悲王子房之亡，作《赤松遊》代伸其志，然而仔細玩味其中內容，仍可以體察到作者將本身對亡明故國的思想情感投射於劇作之中。正如查繼佐於〈赤松遊序〉中所言：「張良始終爲韓，野鶴子所爲寓言而心傷者哉！」〔註 51〕丁耀亢借史言志，以李闖喻秦，以韓喻明，以漢喻清，藉戲曲的形式傳達對故國與故友的懷念，也抒發一己的悲慟與憤懣。

清初戲曲創作作品，多普遍具有遺民情結及充滿悲涼哀傷的黍離之思，廖奔《中國戲曲發展史》中曾論道：

> 清初戲曲創作的特點之一是由明清易祚帶來的普遍哀感悲涼情緒。
> 明清易代的事實把一大批人憑空拋入了失土蘆葦、無根浮萍的尷尬
> 境地。於是，前朝遺老遺少們承受了巨大的時代痛苦之後，試圖尋
> 求精神上的解脫。他們或隱跡山林，或遁入佛老，或寄情詞曲。然
> 而，無處能夠逃離內心的慘痛。這種惶惶的精神狀態表現在戲劇作
> 品中就是隨處可見的黍離哀嘆。〔註 52〕

作爲易代之際的劇作家，面對時代的巨革、家國的殘破，無力改變現狀，其思念故國的慨嘆無從傾訴，也唯有將滿腔的熱血與情懷全部傾注於戲曲創作之中。觀丁耀亢劇作，字裡行間雖然流露著哀怨而悲涼的亡國憤慨，帶有濃厚的遺民情結，然而丁耀亢於明代並未在朝仕宦，入清之後又充任清旗教習，故並非是純粹的前朝遺民。而其入仕新朝，卻又對故明存在著依依不捨的眷戀之情，其思緒無疑是更爲複雜而矛盾的。有關此一因素，約略可從丁耀亢的生平及思想中一窺究竟。

明清鼎革之際，丁耀亢親眼目睹了家國遭受戰火摧殘的悲慘景況，其經歷是一生難以抹去的夢魘。自崇禎十五年（1642）清軍破諸城，直至順治五年（1648），入京謀事，此段期間，幾乎都在戰亂逃亡中渡過，女兒禮姑於前往南山舊廬避亂途中病卒，〔註 53〕其弟耀心、姪兒大穀則皆於守城之時殉

〔註51〕見查繼佐〈赤松遊序〉（同注 5）。
〔註52〕廖奔、劉彥君：《中國戲曲發展史》（太原：山西教育出版社，2000 年），頁
217～218。
〔註53〕丁耀亢曾作〈冬夜聞亂入廬山〉詩數首記避亂廬山事，〈其五〉爲懷女而作，
其注曰：「女乳名禮姑，亂中畏怯病卒。」見《逍遙遊》（同注 46），頁 28。

難。丁耀亢二次攜家轉徙入海避難，生活艱困，尙賴朋友周濟。而回至諸城，遭受戰火蹂躪的諸城「縣無官，市無人，野無農，村巷無驢馬牛羊，城中仕宦屠毀盡矣。」更兼家中莊田大半爲強鄰惡族所占。面對遍地的荒蕪及殘破的家園，丁耀亢曾積極投入抗清的活動中，崇禎十七年（1644）七月間助明將王遵坦與山東巨族合作，解除渠邱之圍。九月往謁劉澤清，授以贊畫之職，爲陳方略。可惜次年五月，清兵渡江，南明弘光帝降，劉澤清解甲，王遵坦亦遣散屯兵。其時王遵坦曾邀其入淮往見豫王，以期敘功別用，但丁耀亢見復明無望，以歸省老母之由辭拒，泛舟東去。〔註54〕由此可見，爲了復明圖存，丁耀亢曾積極地爲故國展現一己之力，並一度放棄入清爲官的機會。

　　復明無功之後，丁耀亢謝辭劉澤清投清「敘功別用」的邀請，原是乘舟歸鄉，奈何諸城仍舊是劫亂不斷，無法安居。而明末戰亂已使族中弟姪多人喪生，贍養老母、撫養孤姪的重任遂由丁耀亢一肩擔負。加以清王朝初建之時，以殘暴血腥的手段對待生儒，爲避諸艱，使其不得不入京謀事。順治六年（1649）三月，充任鑲白旗教習，開始其入清仕宦的生涯，而《赤松遊》亦於此年完成。

　　《赤松遊》歷時七年方始完成，而丁耀亢的身份從抗清之士到入清爲官，雖說其並非故明舊臣，但入仕新朝，其內心仍充滿了迷惑與掙扎。丁耀亢之所以將張良引爲同調，除肯定其爲韓復仇的堅毅決心外，尙有借用張良「始終爲韓」之意，以韓喻明，以漢喻清，暗寓自己的出仕實是爲明而非爲清，用以安撫身爲傳統知識份子的自己，在道德良心上的矛盾與不安。除此之外，更令丁耀亢欣羨的是張良能於創建一番功業後，不慕名利、功成身退的高潔品格。正如張良於《赤松遊》甫出場時所云：

> 風物蕭疏故國荒，丘陵喬木鬱蒼蒼。誰將遊子河山淚，盡入英雄俠烈腸。空舞劍，一沾裳，中原王氣卜行藏。他年得遂封侯志，拂袖白雲出帝鄉。〔註55〕

曲詞傳達的是張良最初爲復故國河山的願望，也是丁耀亢內心最渴望而無法達成的遺憾。張良從立功到功成身退，由盡忠孝節義的入世英雄，轉爲不問

〔註54〕〈航海出劫始末〉，見《出劫紀略》，收入《丁耀亢全集》，下冊，頁 277～280。

〔註55〕《赤松遊·辭家》（同注5），卷上，頁 1 下。

俗事的出世神仙,這種理想的人生道路,也正是丁耀亢所衷心企求的。丁耀亢不僅於《赤松遊》一劇中塑造了張良完美的人物形象,也從此形象中寄寓了對故國的懷念之思,並賦予入世爲官的動力及對自我的懇切期許。

小　結

　　《赤松遊》以張良椎秦輔漢之事蹟爲題材,舖演張良與力士椎擊秦皇失敗,後助劉邦亡秦滅楚,最後功成身退,從赤松子修道成仙之故事。於歷史的長流中,能夠如張良一般功高而不震主者甚少,而能在獲得人世至高的功勳爵位之後,反「願棄人間事,欲從赤松子遊耳」更是屈指可數,之所以能夠如此則在其高潔不慕名利之心,與始終爲韓的忠孝之節。全劇主旨即是以張良始終爲韓作爲劇作主軸,說明韓受欺於楚而滅於秦,張良借漢主以報亡韓之仇,其作爲非爲漢乃爲韓也。而丁耀亢借史言志,寓明朝爲李闖所滅,滿清入關掃除李闖,乃是爲明復仇,有如高帝之入關滅秦,以強調其入清仕宦,終究是爲明之意。全劇寄託了劇作家對於國亡家破所產生的憤激之音與悲涼幽怨之情。

　　此外,不同於《赤松記》搬演的藝術手法,《赤松遊》對於人生在出處進退的抉擇上,雜糅了儒、道、釋三者對於人生理想的看法,使三者可以相互融通,並且相輔相成,將原本迴異的入世與出世的觀念,在劇中作了緊密的結合,使出世思想不僅體現了傳統知識分子的入世人生觀,並且完成其獨立的人格。而像張良這樣能夠在儒、道、釋三方面皆能各臻絕頂的英雄、神仙,其人物形象則成爲一種完美人格的表徵,因此不管入世抑或出世,其豁然融通的人生道路,皆寄託了劇作家對於理想人生的追求與嚮往。

第五章　借題詩扇敘離合：比較《西湖扇》與《桃花扇》

　　在戲曲的舞台表演上，扇子是常見的砌末，根據人物的身份、性格及特徵，配合演員的身段表演，讓扇子呈現出多樣的變化。而在戲曲劇本的創作中，透過劇作家的巧思，扇子也具備了穿針引線的重要功能。如丁耀亢之《西湖扇》便以「紈扇離合，萍蹤聚散」來「借題說法，寓意寫生」；孔尚任（1648～1718）之《桃花扇》則是「南朝興亡，遂繫之桃花扇底」。在兩部劇作中，扇子成為貫串全劇的重要砌末，它不僅是劇中男女主角的訂情信物，更以此為線索鋪展出動人的戲劇情節。如〈桃花扇凡例〉中所言：「劇名《桃花扇》，則桃花扇譬則珠也，作《桃花扇》之筆譬則龍也。穿雲入霧，或正或側，而龍睛龍爪，總不離乎珠。」二劇中的詩扇如同吸引龍之目光的閃亮龍珠，緊密地聯綴著劇中的人物、事件和情節發展，並且成為全劇主題的重要線索。

　　《西湖扇》約比《桃花扇》早半個世紀於北京問世，兩劇不僅皆以扇為龍珠，而且劇中許多細節亦有不少相似之處。例如《西湖扇》中顧生因與太學生陳道東友善，遭秦檜追捕，《桃花扇》裡侯朝宗則因與復社文人交往，為馬士英所陷害；流落金國的顧生於酒樓逢至交陳道東，逃亡在外的侯朝宗則於舟中遇友人蘇崑生；且兩劇的結尾，顧生與宋娟娟完扇在雲堂，侯朝宗與李香君則逢扇於道觀。兩部劇作如此多的巧合與相似性，實為一相當有趣的情形。《西湖扇》完成後，曾於京師及丁耀亢家鄉山東流傳一時，其子丁慎行於〈重刻西湖扇傳奇始末〉中謂丁氏劇作「久已流傳遠近，膾炙人口」，

〔註1〕這或許對孔尚任創作《桃花扇》一劇有所影響。

《桃花扇》為中國戲曲名篇之一，歷來討論的文章自然不少，而特別將扇子在劇中的作用提出討論者有：葉長海〈一部繫之桃花扇底的亡國痛史〉、〔註2〕魏淑珠〈孔尚任的扇裡乾坤〉、〔註3〕廖玉蕙《細說桃花扇──思想與情愛》。〔註4〕此外孔繁信〈丁野鶴戲曲創作簡論〉、〔註5〕秦華生〈丁耀亢劇作劇論初探〉、〔註6〕徐貴振〈孔尚任何以要用戲劇形式寫作《桃花扇》〉〔註7〕則比較了《西湖扇》與《桃花扇》相似及相異之處。孔繁信認為孔尚任應會讀到《西湖扇》劇本或受其啟發，二者皆以一扇貫穿全劇，《桃花扇》吸收了《西湖扇》的優點而避開其缺點，並指出二劇乃愛情劇與歷史劇的根本性差異。秦華生一文認為丁耀亢重視道具在劇中的作用，並提出《西湖扇》、《桃花扇》二劇都是以扇為龍珠及兩劇有許多細節相似，認為《西湖扇》對孔尚任的創作可能有影響。徐振貴則於文末提到《桃花扇》與《西湖扇》有七點相似之處：(1)劇名相似、(2)兩劇之扇皆起穿針引線的作用、(3)兩劇皆借兒女之情抒興亡之感、(4)劇首都附有所據之事實、(5)卷首都附有「作劇始末」、(6)兩劇生旦皆於法會上重逢、(7)《西湖扇·竊扇》與《桃花扇·題畫》所寫意境、人物心情與詞句相似。秦文與徐文所提出的論點主要在於推測孔尚任作《桃花扇》乃受丁耀亢《西湖扇》之影響，但二文皆僅是提出簡略的說

〔註1〕 丁慎行：〈重刻西湖扇傳奇始末〉云：「《西湖扇》詞曲，浙中舊有刊本，蓋先惠安公羈迹燕京時筆也。如所著《天史》……等，久已流傳遠近，膾炙人口。」收入《西湖扇》，《古本戲曲叢刊五集》(上海：上海古籍出版社，1986年，據中國社會科學院文學研究所藏清康熙重刊本影印)。

〔註2〕 葉長海：〈一部繫之桃花扇底的亡國痛史〉，常丹琦編：《名家論名劇》(北京：首都師範大學出版社，1994年)，頁229～247。後收入葉長海：《曲學與戲劇學》(上海：學林出版社，1999年)，頁286～306。

〔註3〕 魏淑珠：〈孔尚任的扇裡乾坤〉，《中外文學》第26卷第9期(1988年)，頁55～69。

〔註4〕 廖玉蕙：《細說桃花扇──思想與情愛》(台北：三民書局，1997年)，第二章〈《桃花扇》中桃花扇的運用線索〉對桃花扇的形狀、意涵表徵及其表記運用有詳細分析，頁77～166。

〔註5〕 孔繁信：〈丁野鶴戲曲創作簡論〉，收錄李增坡主編：《丁耀亢研究──海峽兩岸丁耀亢學術研討會論文集》(鄭州：中州古籍出版社，1998年)，頁203～218。

〔註6〕 秦華生：〈丁耀亢劇作劇論初探〉，《戲曲研究》第31輯(北京：文化藝術出版社，1989年)，頁62～90。

〔註7〕 徐貴振：〈孔尚任何以要用戲劇形式寫作《桃花扇》〉，《東南大學學報》第2卷第4期(2000年11月)，頁76～81。

法，徐文雖注意到了二劇有七點相似之處，但並未針對二部作品的相似之處
作更進一步的分析比較。因此，本章將試從二劇的結構中心「詩扇」著手，
分析劇作中扇子的象徵及運用，探討劇本的構思安排、情節開展與劇作的主
題思想。

第一節　題材反映的時代背景

　　《西湖扇》與《桃花扇》二劇不論在題材或結構上都有著許多相似的特
點。在題材上，《西湖扇》寫南宋時宋金對峙之局面，《桃花扇》則敘南明傾
覆之悲，二劇都是以才子佳人的愛情故事為經，以時代的亂離為緯，又都是
在真人真事的基礎上譜寫出曲折動人的劇曲。《西湖扇》一劇描寫顧史、宋娟
娟和宋湘仙悲歡離合的愛情故事，劇首附有〈宋娟題清風店原詩並序〉及〈宋
蕙湘原詩〉，〔註8〕說明其乃根據事實所作。丁耀亢詩集中有〈感宋娟詩二首〉，
詩前注曰：「娟，浙中名妓，沒於兵，題詩清風店壁，寄浙中孝廉曹爾堪求贖，
都中盛傳此事」。〔註9〕曹爾堪，字子顧，號顧庵，浙江嘉善人。〔註10〕從丁
耀亢的詩作來看，丁耀亢在京師期間與曹爾堪即有交往，〔註11〕其詩集《陸
舫詩草》卷五亦收錄了順治十年丁耀亢所作〈曹子顧太史寄草堂資三百緡，
時為子顧作《西湖傳奇》新成〉一詩，因此《西湖扇》應是寫成於順治十年

〔註8〕《西湖扇》劇首所附之〈宋娟題清風店原詩並序〉，前序乃宋娟自述因遭罹干
　　　戈而幾欲自刎，因思及與曹子顧已訂終身，念其必不棄己，乃又強食，文中
　　　道及宋娟與曹子顧交往及以詩扇為媒之經過，並附一詩抒寫自己辛酸悲慘的
　　　遭遇，及深盼顧生相救之心願，見《丁耀亢全集》上冊，頁743。〈宋蕙湘原
　　　詩〉四首，除《西湖扇》劇首所附外，另見於《明季南略》卷6，《筆記小說
　　　大觀十二編》（台北：新興書局，1980年），冊2，頁1111。此外余懷《板橋
　　　雜記》中所載除原詩四首外，尚有宋蕙湘之詩後跋語，述其題詩於壁之因由，
　　　見《筆記小說大觀五編》，冊9，頁5022～5023。
〔註9〕《丁耀亢全集》上冊，頁43。
〔註10〕曹爾堪，順治九年進士，官至侍講學士，後以事罷歸。曹爾堪工填詞，與曹
　　　申吉稱南北二曹；詩亦清麗，與宋琬、施閏章、王士祿、王士禛、汪琬、程
　　　可則、沈荃稱海內八家。清國史館原編：《清史列傳·文苑傳一》，周駿富輯：
　　　《清代傳記叢刊》（台北：明文書局，1985年），冊104，頁707～708。
〔註11〕從丁耀亢詩作來看，順治六年（己丑，1649）丁耀亢與曹子顧即有往來，丁
　　　耀亢《陸舫詩草》卷一有〈己丑新正二日曹子顧、匡九畹、宋艾石、傅上生
　　　共集小齋，大司馬張坦公偶至〉一詩，記述眾人即席分韻賦詩，曹子顧之詩
　　　先成一事。《丁耀亢全集》上冊，頁25。

（1653），且是代曹爾堪所作，〔註12〕並以曹爾堪與名妓宋娟爲本創作了顧史及宋娟娟兩個人物。劇中另一女子宋湘仙，則是據金陵人宋蕙湘所創。宋蕙湘爲弘光時宮女，年十四歲，爲兵掠去，題詩於汲縣店壁。〔註13〕湖上鷗吏之〈敘〉中謂其詩「清婉悲怨，使人感痛欲泣。」從宋蕙湘之詩可知其落入清兵之手，題詩壁上以乞人贖救，但原應與曹爾堪及宋娟一事無任何關係，而丁耀亢在劇中則借用了一把詩扇連繫起三人的命運。本劇題材雖取自於明清之際，然爲避時諱，則將時間點往前推至南宋與金朝對峙時期。

　　《西湖扇》是受曹爾堪之託而作，《桃花扇》則於劇前〈凡例〉說：「朝政得失，文人聚散，皆確考時地，全無假借。至於兒女鍾情，賓客解嘲，雖稍有點染，亦非烏有子虛之比。」〔註14〕當然戲曲創作與歷史事實並不相同，爲了戲劇效果，對情節內容難免有所增刪點染，然而作者特別於劇前以〈桃花扇本末〉及〈桃花扇考據〉加以說明，亦在強調其乃根據眞人實事所撰。《桃花扇》係以侯方域和李香君的愛情故事爲經，以明末政治腐敗及奸臣誤國爲緯；借兒女之情，寫亡國之恨。侯方域，字朝宗，乃明末四公子之一，以文章著稱。〔註15〕而關於李香君的記載今則不多見，除侯方域所撰〈李姬傳〉，僅《板橋雜記》與《婦人集》中稍有述及。侯方域〈李姬傳〉形容李香君「亦俠而慧，略知書，能辨別士大夫賢否。」「風調皎爽不群，十三歲從吳人周如松受歌玉茗堂四傳奇，皆能盡其音節，尤工琵琶詞，然不輕發也。」此一形象當爲孔尚任描寫李香君形象之所本，然而侯方域於此傳中對於與李香君交往之事著墨不多。〔註16〕《板橋雜記》則載：「李香身軀短小，膚理玉色，慧俊婉轉，調咲無雙，人名之爲香扇墜。」《婦人集》對李香君的描述同〈李姬傳〉，又云：「與歸德侯方域善，曾身許方域」，二人並曾立下誓詞。〔註17〕孔

〔註12〕〈曹子顧太史寄草堂資三百緡，時爲子顧作《西湖傳奇》新成〉爲《西湖扇》完成時，丁耀亢所作贈予曹子顧之詩。《丁耀亢全集》上冊，頁200。

〔註13〕《明季南略》卷6〈宋蕙湘題壁〉，《筆記小說大觀十二編》（同注8），冊2，頁1111。

〔註14〕孔尚任撰，吳梅、李詳校正：《桃花扇》（揚州：江蘇廣陵古籍刻印社，1990年，煖紅室彙刻傳奇影印），頁12。

〔註15〕明末四公子爲方以智、冒襄、陳貞慧、侯方域。見胡介祉：〈侯朝宗公子傳〉，侯方域撰：《壯悔堂集》，《和刻本漢籍文集》第十七輯（東京：汲古書店，1977～1979年），頁9～11。

〔註16〕侯方域撰：《壯悔堂集》第5卷，《四庫禁燬書叢刊》集部51（北京：北京出版社，2000年），頁508。

〔註17〕余懷：《板橋雜記》，《筆記小說大觀五編》（同注8），冊9，頁5011～5012。

尚任在〈李姬傳〉等素材的基礎上，根據李香君「俠而慧」、「少風調皎爽不群」的性格特徵，生動地刻畫了李香君鮮明的藝術形象。而劇中香君面血濺扇，楊龍友以畫筆點之，則是楊龍友之書童告知孔氏族兄之言。[註18]

《西湖扇》以宋金之亂爲背景，敘寫顧史與宋娟娟、宋湘仙之間的聚散離合；《桃花扇》則寫侯方域與李香君的愛情故事，以映襯南明之傾覆。二劇情節皆以才子佳人的愛情故事爲主線，並帶入與異族爭戰的歷史事件，在抒寫人情的悲歡離合之時，同樣訴說著對家國興亡的憾恨與慨嘆。

第二節　詩扇舖陳戲劇結構

在結構上，《西湖扇》與《桃花扇》皆以一把詩扇作爲主要線索來撰寫劇本。《西湖扇》以西湖上生旦定情之詩扇貫穿全劇，牽動男女主人翁的悲歡離合，通過題扇、憶扇、悲扇、竊扇、完扇等，引發一系列情節，將文士佳人的風流韻事，織入朝廷忠奸權謀及與異族爭戰的經緯之中，欲以「紈扇離合，萍蹤聚散」來述說家國之悲及亂離之苦痛。同樣地，《桃花扇》亦是以扇爲線索所創作的劇本，劇中之扇如同龍珠般，擔負起穿針引線的重要功能，成爲全劇結構的中心，密針細線地連繫著全劇的情節。

一、詩扇於情節中的運用

《西湖扇》與《桃花扇》兩部劇作都以二條線索交錯進行，形成雙線式的敘事架構。在二條線索同時發展的情節中，事件繁雜，人物眾多，如何將全劇作一井然有序的聯繫，對劇作家來說便是相當重要的課題。李漁《閒情偶寄·立主腦》說道：

> 古人作文一篇，定有一篇之主腦。主腦非他也，即作者立言之本意也。傳奇亦然。一本戲中，有無數人名，究竟俱屬陪賓，原其初心，止爲一人而設；即此一人之身，自始至終，離合悲歡，中具無限情由，無窮關目，究竟俱屬衍文，原其初心，又止爲一事而設：此一人一事，即作傳奇之主腦也。[註19]

陳維崧：《婦人集》，《筆記小說大觀五編》，冊5，頁3162。

[註18]〈桃花扇·本末〉云：「此則龍友小史言於方訓公者，雖不見諸別籍，其事則新奇可傳。」（同注14），頁19。

[註19] 李漁著，江巨榮、盧壽榮校注：《閒情偶記》（上海：上海古籍出版社，2000年），頁23～24。

立主腦是在確立一劇中的主要人物和主要事件，所謂「一人」指的是劇作主題的體現者，而其他劇中人物則俱屬陪賓，都以此「一人」為中心，圍繞著這「一人」發生聯繫，展開衝突。此外，還必須有「一事」與「一人」相結合，由這「一事」帶起和生發出許多情節，並與劇作的主題思想相統一，因此「一事」必須具備將全劇貫串起來的關鍵性作用。俞為民在《李漁閒情偶寄曲論研究》中認為作為結構中心的「一事」，也可以指某種道具，而這種道具必須始終貫串於全劇的情節發展和矛盾衝突，且與作為劇作結構中心的「一人」密切相關。〔註20〕《西湖扇》與《桃花扇》二劇即是以「扇子」為「一事」，作為貫串全劇的主要樞紐，扇子不僅是男女主人翁的定情信物，牽動著人物的喜怒哀樂，也藉由扇子帶領情節與引發衝突，扇子既聯繫劇中的人物與事件，更將國家的興亡與男女情愛交織在一起，引發黍離之悲的哀嘆。

　　首先，以扇子作為貫穿全劇的核心，必須先找出扇子在全劇中的線索。在《西湖扇》三十三齣中，以扇為題的齣目計有〈題扇〉、〈憶扇〉、〈悲扇〉、〈竊扇〉、〈完扇〉等五齣，此外提及詩扇或與詩扇有關的另有〈閨訓〉、〈驚避〉、〈雙題〉、〈遇詩〉、〈雙逅〉、〈亂盟〉、〈鬧宴〉、〈宮訊〉等齣目。劇情以宋湘仙題春蘭詩於扇頭為起始，〈閨訓〉齣中，宋湘仙應母親要求，題詩於扇頭，其詩曰：「九畹移根幾處栽，香隨仙佩下瑤台。春風零落還相識，似逐湘皋太史來。」宋母以為詩雖好，但「春風零落」一句不吉，恐成詩讖，點出宋湘仙隨扇飄零的命運。因此，繼以宋湘仙遊湖失扇，顧史、陳道東、吳玄亭及歌妓宋娟娟遊湖拾扇承接。〈題扇〉敘顧史與宋娟娟等一行人遊西湖，恰宋湘仙與母親於法華庵拈香後亦遊西湖，後因遇雨躲避，宋湘仙遺落詩扇，為顧史等人拾得，眾人於詩扇上和詩一首云：「山下雲根處處栽，懷疑採藥入天台。湘蘭並作嬋娟珮，春燕秋鴻去復來。」吳玄亭並代顧史以此扇為聘，與宋娟娟共結盟誓。一把詩扇幾經輾轉，使情節沿著詩扇這條線索一幕幕漸次開展。

　　此後〈雙題〉一齣，詩扇更將三人的命運緊密地串連起來。由於奸相秦檜計害陳道東，使眾人紛紛避禍，卻於途中遇金兵南侵，顧史、宋湘仙與宋娟娟同被擄至軍中。因緣湊巧地宋娟娟與宋湘仙隨金兵行至燕京，夜宿清風

〔註20〕俞為民：《李漁閒情偶寄曲論研究》（揚州：江蘇教育出版社，1994 年），頁38〜42。

店，娟娟於夜半時分因感自己流落之悲苦，故將苦情作詩一首，題於清風店壁，卻因此遺落詩扇；宋湘仙繼至，續詩於後，而詩扇復回湘仙之手。顧史充當金兵書記，亦來至清風店，故得以讀前後題壁之詩。在混亂的世局中，離亂的悲苦無可避免，如同顧史於清風店讀罷二詩後所唱道：

> 【繡帶兒】風花信何期再遘，連環難解雙鉤。恰同沉水底藍橋，更關雎永別河洲。那湖山春夢猶拖逗，更紅顏薄命相前後。空邂逅芙蕖並頭，織女牛郎，遙隔天河雲竇。

> 【前腔】難酬，天將扇憑空相授，黑漫漫一樣牽愁。似落花飛過東鄰，被流鶯啣上西樓。輕丟，風沙萬里啼紅袖，有甚麼鸞膠能續離弦斷。難消受癡情未休，苦海飄零，何日雲歸楚岫！〔註21〕

顧史與宋娟娟因戰亂而離散西東，如同水湄藍橋、天河相隔，二人不知何時能再有相見之期，然而冥冥之中，一把詩扇卻又悄悄地將宋湘仙牽引過來。雖不知何日可雲歸楚岫，但這把牽繫三人的詩扇也並非「空相授」，因為正是宋湘仙遺落了詩扇，才成就了顧史與宋娟娟之間的盟誓，而這把題就雙詩的詩扇，再次回歸宋湘仙之手，三人的姻緣之份便在無形間緊密地繫連在一起。

最後，詩扇也擔負起團聚三人的主要功能。在抵達金朝之後，宋娟娟淪為織坊奴僕、宋湘仙則被逼入皇姑寺出家。清明節，顧、宋等三人在皇姑寺會面，為金將粘沒喝探見，欲作奸情送官。金將原是欲以詩扇作為奸情證物控告顧生，而其時顧生已中探花，故金主請娘娘審扇。面對此遭遇，宋娟娟嘆道：

> 【步步嬌】(旦) 為甚東風偏惹桃花片，柳線將人絆。無端引恨牽，牆外黃鸝，啣入昭陽院。今日宋娟入宮對審呵，聚散總由天，至誠心只在西湖扇。〔註22〕

三人雖因金將粘沒喝的胡纏而無端捲入是非，但也因金將以詩扇為憑，反而成為轉變三人命運的契機。正如宋娟娟所言「至誠心只在西湖扇」，詩扇不但緊緊地牽繫著處於亂離之世的三人，詩扇上所題之詩，更見證了三人的心意，故使金朝娘娘認為此乃天賜奇緣，因而將詩扇交予宋娟娟留存，金主並下詔使三人完婚。顧、宋三人雖然歷經離亂兵災之苦，最後還是以詩扇為媒，成就其姻緣之份，完成大團圓的喜劇結局。全劇曲折巧合之處甚多，但由於劇

〔註21〕《西湖扇·遇詩》（同注1），下卷，頁3下～4上。
〔註22〕《西湖扇·宮訊》（同注1），下卷，頁37下～38上。

作家匠心獨具的構思及對於詩扇的巧妙運用，情節上的諸多巧合也因詩扇的串連更增添其藝術感染力。

在《桃花扇》四十四齣中，扇子則出現了八次，計有〈眠香〉、〈卻奩〉、〈守樓〉、〈寄扇〉、〈逢舟〉、〈題畫〉、〈棲眞〉、〈入道〉等八齣。劇敘侯方域來至南京，賞識秦淮名妓李香君，以一柄宮扇題贈香君，其上題詩曰：「夾道朱樓一徑斜，王孫初御富平車。青溪盡是辛夷樹，不及東風桃李花。」以此扇作爲彼此訂盟之物。阮大鋮假楊文驄之手，欲出資爲侯生打點妝奩酒席，意在納交。香君得知後嚴詞拒絕，阮大鋮爲此銜恨，誣陷侯生勾結左良玉作亂，慫恿鳳陽督撫馬士英殺害之，侯方域逃往揚州史可法處避禍。阮大鋮爲報卻奩之仇，威逼香君嫁與漕撫田仰爲妾，香君堅拒不從：

> 【攤破錦地花】案齊眉，他是我終身倚，盟誓怎移。宮紗扇現有詩
> 題，萬種恩情，一夜夫妻。……忍寒飢，決不下這翠樓梯。〔註23〕

詩扇乃二人愛情的象徵，故香君不惜捨命捍衛，血濺侯方域所贈詩扇。血染詩扇，代表著香君對其愛情的堅持與守護。其後楊文驄將扇上幾點血痕點染成朵朵桃花，香君觀後言道：

> 【錦上花】一朵朵傷情，春風嫩笑；一片片消魂，流水愁漂。摘的
> 下嬌色，天然蘸好；便妙手徐熙，怎能畫到。櫻唇上調朱，蓮腮上
> 臨稿，寫意兒幾筆紅桃。補襯些翠枝青葉，分外夭夭，薄命人寫了
> 一幅桃花照。〔註24〕

桃花雖美，然而轉眼間即隨流水飄逝，香君觀桃花後自認「桃花薄命，扇底飄零」，似乎預示了香君坎坷的未來。而潔白的扇面上染上了鮮紅的血污，就像二人的愛情已遭橫阻，即便點染桃花裝飾，但血痕已滲透詩扇，顯示其無法團圓的命運。因此即便香君託曲師蘇崑生將詩扇帶予侯方域，望其早來相聚。然而待侯生重來之時，香君早已被選入宮。其時馬、阮正大捕東林復社黨人，侯方域被逮入獄。不久，清兵南下，南都被滅，侯、李趁亂逃出，二人於白雲庵中相遇。而正當二人憑藉桃花扇互訴別離情懷之時，扇子卻爲道人張薇撕裂，張薇怒道：「阿呸！兩個癡蟲，你看國在那裡，家在那裡，君在那裡，父在那裡，偏是這點花月情根，割他不斷麼？」〔註25〕牽繫二人情愛、

〔註23〕《桃花扇・守樓》（同注14），頁90。

〔註24〕《桃花扇・寄扇》（同注14），頁93。

〔註25〕《桃花扇・入道》（同注14），頁147。

命運的桃花扇遭致撕裂，又經張薇道人的嚇斥，侯方域自此如夢初醒，如同碎裂一地的桃扇，在國亡家破的時刻，他毅然割斷情緣，自此拜師學道。而這樣的情節也破除了生旦團圓的傳統結局。

同樣作爲劇中重要關鍵的詩扇，《西湖扇》運用諸多巧合，使一把詩扇將顧史、宋湘仙、宋娟娟三人密湊緊合的兜繫起來；而《桃花扇》中侯方域與李香君卻遭逢諸多不巧，使二人多次錯身而過。桃花扇出現的篇幅比率雖不若《西湖扇》中的詩扇來得多，但從〈眠香〉的贈扇題扇；〈守樓〉的血濺宮扇；〈寄扇〉的染畫詩扇，直至〈入道〉的撕裂詩扇，扇子儼然是全劇結構的核心，再加上孔尚任借由劇情的層層進展對那柄「桃花扇」特意地描繪點染，其藝術形象可說比《西湖扇》中之詩扇更加地鮮明強烈。而這把染有香君鮮血的詩扇，也同時預示了南明王朝的傾覆及侯方域、李香君之間無法復合的悲劇。

在確立主腦之後，全劇依循此線索發展，從整體結構來看，主、副情節必須安排妥當。李漁〈密針線〉言道：

> 編戲有如縫衣，其初則以完全者剪碎，其後又以剪碎者湊成。剪碎易，湊成難，湊成之工，全在針線緊密。〔註26〕

李漁以縫衣作爲比喻，說明戲劇的情節必須透過針線細密的巧織，才能使戲劇線索的發展能夠連貫一致，也就是要能埋伏照應，才能使章法井然有序。丁耀亢在〈嘯臺偶著詞例〉也說道：

> 要照應密，前後線索，冷語帶挑，水影相涵，方爲妙手。〔註27〕

一劇的前後線索，必須如水中之影一般緊密相應和，才能使劇情合理的發展。《西湖扇》中小旦宋湘仙與正旦宋娟娟，一爲大家閨秀，一爲平康歌妓，二女雖然身份地位懸殊，然而作者卻能以一把詩扇將二人的命運緊密地栓連在一起。例如宋湘仙於〈題扇〉一齣，在遊西湖時遺失詩扇，於後便有〈憶扇〉，抒寫湘仙因失扇而心生愁悶，懨懨成病之態。其後，宋娟娟也於〈雙題〉因題詩於壁而遺落詩扇，下則同樣緊接〈悲扇〉，讓娟娟傾訴失扇之悲及對顧生的懷念。前後安排十分妥貼，二人得失相互照應，有如水中之影一般，而且全劇在「一扇欲合二美」的前提下，使二者的形象形成了一體兩面的藝術

〔註26〕《閒情偶記》（同注19），頁26。
〔註27〕〈嘯臺偶著詞例〉爲丁耀亢所作之戲曲創作理論，附於傳奇《赤松遊》劇首。《丁耀亢全集》，上冊，頁808。

效果。

除情節的前後照應之外，丁耀亢認爲「串插奇」才能製造戲劇的特殊效應。其〈嘯臺偶著詞例〉即說道：

> 要串插奇，不奇不能動人。如《琵琶》，〈糟糠〉即接〈賞夏〉，〈望月〉又接〈描容〉等類。〔註28〕

丁耀亢以《琵琶記》一劇爲例，其情節安排以一苦一樂的交錯作爲對比，來說明其結構串插之妙。如前所述，〈悲扇〉描寫流落異鄉的宋娟娟，秋夜手執顧史所贈詩扇思念意中人的情景。以下則接生戲〈逢故〉，描述顧史於異邦酒樓之上，與友人陳道東相逢，陳道東問起宋娟娟，牽動顧史情思，兩人相話蒼涼。這種雙線交替穿插的敘事方式，不僅能使兩個不同時空的事件和人物得以分頭發展，而且能維持劇中的懸念，引起觀眾濃厚的興趣，保持觀眾的欣賞注意力。

《桃花扇》傳奇全劇細針密線，環環相扣，一絲不苟。〈凡例〉云：「每齣脈絡連貫，不可更移，不可減少。」由《桃花扇》整個結構走向來看，侯方域與李香君二人自第十齣〈辭院〉後，便無緣相見，直至第四十齣〈入道〉，全劇將終，始得重逢。劇中亦有幾次相遇團聚的可能，但竟陰錯陽差地錯失機會，因而爲〈入道〉的結局預留地步。然而即使對於侯李二人相聚的描寫不多，桃花扇出現的關目亦少，但桃花扇則連結了生旦二人，又以生旦來聯綴這些相對獨立的歷史事件。如第七齣〈卻奩〉搬演李香君嚴辭推卻阮大鋮打點的妝奩酒席，此乃全劇關鍵所在，且承第四齣〈偵戲〉而來，將阮大鋮的機謀打算舖排敘述得十分完整。而往後的情節發展，如第十三齣〈辭院〉，又承〈卻奩〉而來，乃是阮大鋮因香君卻奩之故，而銜怨報仇所致，中間則又插入〈鬧榭〉、〈撫兵〉、〈修札〉、〈投轅〉等各齣，雖看似與侯李愛情無關，卻使情節涉及南明朝政。以後各齣，侯生、香君雙方際遇，又以交替手法來敘述，中間穿插〈寄扇〉、〈逢舟〉、〈會獄〉等齣，使侯生、香君重逢，最後以皈佛作結。以生旦的離合賦予這些事件的前後因果，以達到寫興亡之感的目的。

二、詩扇導向悲喜不同的結局

從二劇的結局來看，扇子在二劇中也發揮了悲、喜不同的導向作用。《西

〔註28〕《丁耀亢全集》，上冊，頁808。

湖扇》自第十六齣〈雙題〉開始，即已預示了欲以一扇合雙美的團圓結局。〈雙題〉中一曲：

> 【簇御林】（小旦）還珠痛，合劍悲，似孤山鶴再回。這扇兒不知落
> 在何人手中，今日又得相逢。那多情物在還重會，況人生離合能無
> 異？

在此齣劇情中，詩扇再回宋湘仙之手，此一情節成爲全劇的轉折點。曲中言道「那多情物在還重會，況人生離合能無異？」人生聚散如物之離合，雖然過程周折風波不斷，而今詩扇重歸湘仙之手，物與人的重會彷彿預示三人團圓的可能。緊接著在第十七齣〈參謁〉中，則更進一步的確定這種可能性。此齣顧生途遇西番僧人，向他卜問行藏，僧人言道：

> 先生你聽俺道來：北海當逢故友，西湖舊有奇逢。秋風團扇兩詩通，
> 二美一時跨鳳。道院重逢家木，丹宸更占花榮。紅絲雙繫紫泥封，
> 兩姓同歸一姓。〔註29〕

西番僧人的這一番言語，使這一生雙旦的未來命運有了轉闢的發展空間，爲往後的情節發展預舖了一條明確的線索。除此之外，如第二十八齣〈亂盟〉亦有：「原來天遣二美同逢，完成一扇。」、「從今執扇秋風歇，永作團圓無敗缺」；第三十齣〈宮訊〉：「天賜奇緣，始終完全一扇。」；第三十二齣〈完扇〉：「詩爲證，扇作伐。」〔註30〕一再地以一把詩扇顯示其成就三人姻緣的功能，故而團圓的喜劇結局成爲全劇必然的走向。

另外陳道東這條副線情節，則在全劇喜劇的必然導向之下，也發展成陳道東終於不辱使命，完成任務得以持節返歸宋朝。雖然陳道東個人堅毅忠貞的形象塑造得相當成功，但這條副線與顧宋間愛情的主線關係較爲薄弱，主副線之間雖然穿插敘寫，但是因喜劇結局走向的影響，使得史的作用弱化成爲一種引線，歷史批判的功能被淡化，成爲劇作中時代環境背景的效果反而較形顯著。全劇沒有寫到宋朝的覆亡，而是以兩國通好作結，顧宋三人間的情愛分合，並未點染出朝代的興亡因素，反倒是人物在大環境中的無奈與矛盾被突顯出來，讓劇中「情」的因素比「史」的因素更形突出。

不同於《西湖扇》的圓滿結局，《桃花扇》則讓劇中主角雙雙入道，突破

〔註29〕以上2條引文引自《西湖扇》（同注1），上卷頁41上、下卷頁2上。

〔註30〕同上，下卷頁33下、34下、39上、43下。

喜劇結尾的傳統，為全劇塑造了新的境界。李香君於〈守樓〉血濺詩扇，不但在劇情上達至高潮，劇情也自此大轉，從此不論是侯李的命運抑或南明的局勢，都開始走下坡。染血的桃花扇，使侯李二人的命運與南明的興亡緊密的結合在一起，正如〈入道〉中道人張薇所言：「兩個癡蟲，你看國在那裡，家在那裡，君在那裡，父在那裡，偏是這點花月情根，割他不斷麼？」國、家、君、父都已渺不可尋，何來兒女之情？至此齣南明王朝已滅，家國不在，情愛亦轉頭成空，可以說寫侯李之離合即是寫南明之興亡。從贈扇定情，寫到明亡扇裂，他們的生命歷程在情節中層層向前推進的同時，也反映了國家一步步走向覆滅，傾覆的王朝如同撕毀的扇子已無法挽回。這樣的安排，使雙線的結構不再是無關的兩條平行線，而是相互關聯，彼此影響。

第三節　詩扇的象徵意義

在戲曲的舞台表演上，非常重視砌末的運用，往往一個小小的物件，便可發揮很大的藝術功效。在戲曲劇本的創作中，以砌末為中心貫穿全劇也是劇作家經常使用的藝術手法。透過劇作家的巧思，使砌末在組織情節、引發衝突、塑造人物形象及主題思想上起關鍵性的作用，尤其在抒寫才子佳人離合聚散的劇目中更是受到廣泛的運用。例如《荊釵記》、《香囊記》、《玉簪記》、《長生殿》等劇目，都是以一件砌末作為貫穿全劇的作品，劇中的荊釵、香囊、玉簪及鈿盒等物，既是劇中男女主角的定情信物，是其愛情的憑藉與見證，在劇末時也多成為主角團圓的媒合之物，除此之外，這些砌末也是推演情節發展及緊扣各個環節的重要線索。本文所討論的兩本劇作《西湖扇》與《桃花扇》便都是以一把扇子作為重要砌末，用以開展情節並貫串全劇。

扇子在《西湖扇》和《桃花扇》中的首要功能即是作為男女主角的定情信物，顧史於西湖畔贈宋娟娟詩扇以成就雙好，侯方域以詩扇與李香君互為誓盟，扇子成為見證愛情堅貞的象徵。然而，「扇」與「散」的諧音，則彷彿有離散的寓意。從兩劇往後的情節發展來看，初始以扇定情，後則悲離的局面，「扇」似乎預示了分散的命運，而《桃花扇》更是以「散」作為終結。由「散」的觀點來看《西湖扇》中宋湘仙題於扇頭之春蘭詩，其詩曰：

> 九畹移根幾處栽，香隨仙珮下瑤臺。春風零落還相識，似逐湘皋太

史來。（〈閨訓〉）

此詩原是宋湘仙於扇頭題詠春蘭之句，然而此詩一出，宋母見後即認爲「春風零落」一句，似是不利之語，恐成詩讖。果然，隨著宋湘仙的遊湖失扇，雖然扇子爲顧史、宋娟娟拾得，並再和一詩以爲定情之物，然而無論是失扇的宋湘仙，或是得扇的宋娟娟，其後來的遭遇都有如失根的蘭花，避免不了流離他鄉的命運。這首扇上春蘭詩映證了二女流離悲苦的未來，一詩成讖，象徵女主角隨風飄零的命運。不同的是，雖然《西湖扇》中扇頭之詩爲預示分離的讖言，卻因扇在劇中對生旦三人起了聯繫的作用，因而最後是以完扇完成三人的姻緣。而《桃花扇》卻是以「散」作爲終結，在《桃花扇》中，香君自嘆「桃花薄命，扇底飄零」，尤其香君的桃花扇還是由「美人之血痕」點染而成，香君血染詩扇，爲的是不屈於權貴，敢於向險惡的權勢挑戰，使這把血染的詩扇更添一分悲壯的色彩。桃花扇原本只是愛情的象徵，一旦成爲侯李離合和南明興亡的歷史見證，便賦予了特殊的象徵意義。魏淑珠〈孔尚任的扇裡乾坤〉一文認爲桃花扇主要的功用是作爲明朝的象徵。〔註31〕因此其命運在扇底飄零的，不僅只是不肯事二夫的青樓女子，眾多不肯事二主的明朝臣子與人民，爲了捍衛江山，皆血濺江山，然而無力可以挽回的局面，與李香君血染扇面的壯烈無奈，如出一轍。李香君濺血以保持自身的貞節，正如明朝百姓灑熱血以護衛江山的完整一般，最後國亡家滅，道士裂扇執地，使天地間似乎已無可容身之地，因此侯李二人雙雙入道，使全劇悲傷的情調愈加濃烈而持續縈繞不去。

此外，由整部《桃花扇》的發展邏輯看來，魏淑珠與廖玉蕙都以爲桃花扇有桃花源的象徵意義。〔註32〕如一開始柳敬亭說唱鼓詞「俺們一葉扁舟桃源路，這才是江湖滿地，幾個漁翁」，他漁翁的身份成爲桃花源的指路人，埋下眾人日後追尋桃花源的線索。借由柳敬亭這個指路人，循著他的一舉一動，

〔註31〕魏淑珠〈孔尚任的扇裡乾坤〉（同注3），頁57。

〔註32〕廖玉蕙〈《桃花扇》中桃花扇的運用線索〉綜合歷來文學作品中有關桃花的種種象徵，認爲《桃花扇》是一部尋找桃源仙境的歷程，在戰亂的洗禮下，促使侯李以情悟道，並藉著張薇撕碎桃花扇的儀式，使縱慾的桃花往煙霞高處引申，進入桃花源境界。（同注4），頁121～125。魏淑珠〈孔尚任的扇裡乾坤〉一文認爲孔尚任將扇上桃花幻化成理想國桃花源，而對侯方域來說，李香君的妝樓無異於人間桃源：而對於忠心愛國的英雄好漢而言，真正的桃花源乃是明朝的江山，而裂扇執地是國破家亡、桃花源已毀之抽象意義的具體表現。（同注3），頁58～62。

將扇上之桃花與桃花源相扣合，也將明朝的興亡透過桃花扇與桃花源連繫起來。孔尚任借用侯方域和李香君的離合之情，其目的是要寫對明朝的興亡之感。用桃花扇的幾番輾轉來寫明朝顛覆的經過，其裂扇的結局是在宣告家國傾覆的悲劇，失去明朝就是失去桃花源，剩下的出路就不在人間。〈入道〉批語說：「悟道語非悟道也，亡國之恨也。」〔註33〕男女主角在追求愛情的過程中，一方面飽嘗相思之苦，另一方面也在國破家亡的威脅中，接受戰亂的洗禮，促使他們能從欲望的重負下，逐漸割捨，這段以情悟道的艱難路程也是對人生的徹悟。

　　如前段所述，扇子象徵女主角隨風飄零的命運。湖上鷗吏〈西湖扇敘〉曰：

> 余昔走馬向長安道上，見所謂蕙湘詩者四首，清婉悲怨，使人感痛欲泣下。每思傳其事而未得。及來湖上，則放鶴主人已攜友人成本矣。〔註34〕

丁耀亢有感於宋蕙湘題壁詩清婉悲怨之情，故思為蕙湘傳其事，並完成《西湖扇》之撰作，又云乃是「為天下憐才者一澆塊壘」。丁氏親身經歷過明清鼎革之動亂，並且避難於海上，深受兵災危害之苦。數十年的兵荒馬亂，攻城掠地時被屠殺的人民不可勝數，搶劫財物和掠奪男女為奴隸婢妾之事更是比比皆是。長期的戰亂，使許多女子流離失所，甚至淪落風塵。《西湖扇》中所描繪的宋娟娟與宋湘仙，只是眾多命運乖舛的女子之一。在丁耀亢的詩集中尚有這樣的例子，如《陸舫詩》卷四中有〈秦姬梁玉良家子〉詩二首，是順治九年丁耀亢在京師遇秦梁玉時所作。秦姬原本是良家女，因兵火落於教坊，丁耀亢感其遭遇，故作詩「代述所遇」。秦姬也曾題詩於扇，涇陽孝廉劉季侯見此惻然而贖之。〔註35〕可見宋娟娟與宋湘仙的遭遇並不是單一偶發的事件，她們是整個亂離時代女兒命運的代表，丁耀亢是借由《西湖扇》一劇，對她們悲苦而無奈的命運寄予無限的同情與關懷。若同樣以桃花源的象徵來看《西湖扇》，正如宋娟娟在〈宮訊〉中所言：「聚散總由天，至誠心在西湖扇。」宋娟娟與宋湘仙因戰亂而顛沛流離，前途未卜，而詩扇便是她們全部

〔註33〕《桃花扇》（同注14），頁147。

〔註34〕《西湖扇》（同注1），頁2。

〔註35〕〈秦姬梁玉良家子〉其一小注曰：「由兵火落教坊，代述所遇」。其二小注曰：「詩為書扇，有涇陽孝廉劉季侯諱弘猷見此惻然，贖之，遂成義舉。」《丁耀亢》全集，上冊，頁164。

精神的寄託。舊詩成讖，新詩再題，宋娟娟盼詩扇成爲其與顧生再會的信物，
宋湘仙於絕望無助之時再得詩扇，失而復得，則彷彿爲其離合無定的人生際
遇開啓一線光明。在混亂的世局裡，扇子寄寓了二人的理想，成爲其精神上
的桃花源，象徵著她們企盼的理想所在。

　　另外，顧生與宋娟娟、宋湘仙相會於皇姑寺，而侯朝宗與李香君則逢扇
於道觀。皇姑寺與道觀都是宗教清修之地，將道觀寺廟介入人物的愛情事件
中，形成環境與人物之間荒謬的、突兀的對照。但我們從另一個角度來看，
卻會發現道觀寺廟在情節中起著另一層重要的作用。《西湖扇》第二十三齣
〈歸道〉：

　　　　【長拍帶短】（小旦）感謝垂憐，感謝垂憐，溝渠涸鮒得脫。矛頭虎
　　　　吻，松堂鶴觀，禮金仙超出紅塵。洗去舊丰神，對琉璃鐘磬，天花
　　　　雲粉。似金繩開路，從今去，桃花流水渡迷津。〔註36〕

此齣原是描寫小旦宋湘仙因難忍婁妻欺凌，原欲投井，幸爲耶律楚材所救，
耶律楚材遂安排湘仙往皇姑寺出家，因此使湘仙暫得棲身之所。由曲文可見，
往皇姑寺出家的湘仙，感謝上天的垂憐與耶律楚材的搭救，她洗去舊時丰采
誠心禮佛。對於尚青春年少的湘仙來說，出家非但不是禁梏，反而解除了她
艱危難捱的災厄，皇姑寺成爲庇護她的淨土，是讓她遠離人世禍患的桃花源。
繼而，在第二十四齣〈雙逅〉中顧生與二宋相逢，皇姑寺再一次成爲他們在
亂世中的庇護之所。又第二十五齣〈竊扇〉唱道：

　　　　【醉扶歸】（生）悶煎煎芳草春郊步，美婷婷青蓮玉貌姑。喜漁郎曾
　　　　入武陵源，更劉晨熟識天台路。〔註37〕

此處由生角顧史所唱之曲，可以明確的看出顧史亦以皇姑寺爲庇護其愛情的
桃花源，如同成漁翁誤入桃花源、劉晨誤闖桃源洞一般，顧史進入皇姑寺會
見湘仙並竊其詩扇，透過詩扇及皇姑寺這樣的場景，使二人的關係及情節得
到更進一步的蘊釀及發展。

　　從全劇的線索來看，我們從〈開場〉一齣便可以看出全劇梗概與隱含的
桃花源之寓意。《西湖扇》的〈開場〉中使用了【蝶戀花】及【沁園春】二支
曲子，首先由【蝶戀花】總括劇作之旨，再以【沁園春】略述全劇大意。細
觀【蝶戀花】之曲詞云：

〔註36〕《西湖扇・歸道》（同注1），卷下，頁19下。
〔註37〕《西湖扇・竊扇》（同注1），卷下，頁25。

今古排場無定案，假假眞眞，世事同秋扇。風惹游絲春色亂，漁郎
笑指桃花片。　　對酒高歌休按劍，醉眼蒙騰，爭甚秦和漢。夢裡
閒情吹不斷，呢喃且聽雙飛燕。〔註38〕

丁耀亢首先以秋扇比喻世事，以扇子來聯繫世事的眞假虛幻，正點明詩扇在
全劇中的作用，而此曲中「漁郎笑指桃花片」、「爭甚秦和漢」二句，則似有
暗指桃花源之寓意。雖然《西湖扇》一劇道盡悲離辛酸之苦，然而其結局的
團圓走向，則使之前的離亂哀傷有了補償的代價。劇中顧史以一扇完成二美，
並在金朝爲官；陳道東亦一試中第，受金主禮遇，達成議和使命，持節南歸。
這雖然與他當時反對議和的初衷相矛盾，但在奸相秦檜的陷害下，他在漠北
歷盡艱辛，終能不辱使命，返歸宋朝，也算一件天大的功勞與喜事。但綜觀
全劇，顧、陳可以各司其職，各事其主，原本劍拔弩張的宋金之戰也消弭無
蹤，這樣和樂無爭的喜劇氛圍無疑與現實之間有段差距！劇中著重描寫的兩
位人物顧史與陳道東，實代表二種不同心態的文人面向，丁耀亢塑造了這兩
種截然不同的人物，採取的是平等對待的方式，讓他們各自去面對自己的課
題，顧史與二宋歡喜成婚，並在金朝爲官，陳道東則秉持著他對民族氣節的
熱情執著，終於完成使命持節歸宋。儘管二人處世態度有如此大的差異，但
是他們仍彼此惺惺相惜，尊重對方所做的選擇。然而如同曲文中所說「對酒
高歌休按劍，醉眼蒙騰，爭甚秦和漢」，在現實與虛構之間，一個有如世外桃
源的美麗世界就呈現在眼前，那不啻是個人人都嚮往的境界。如果說，《桃花
扇》是一個桃花源的崩毀，則《西湖扇》便是在苦心經營一個理想，是在建
構桃花源。

第四節　《西湖扇》與《桃花扇》主題思想之比較

《西湖扇》劇中人物的悲離導源於金兵南下所造成的戰亂，然也因金
人的封賞而使三人得以團聚，顧史在宋朝遭奸人謀害，卻在異邦金朝同時
實現功名與愛情的圓滿；而與之相對照的腳色陳道東則完成使命持節南歸。
學者認爲這樣的書寫表現出作者的矛盾心理，如郭英德於《明清傳奇史》
言道：

一邊是宋朝書生顧史於國難之日沉迷美色，流落北方，高中金朝探

〔註38〕《西湖扇·開場》（同注1），頁1上。

花，授翰林院檢討；一邊是宋臣陳道東憂國傷時，痛訴奸臣，使金被陷，堅守氣節，不仕二朝。丁耀亢對陳道東的錚錚鐵骨既擊節贊歎，對顧史的風流韻事也津津樂道，同時接受了兩種截然不同的人格，表現出他留戀故國而節操難守，屈身仕清又心懷憾恨的矛盾心態。〔註39〕

又如廖奔、劉彥君於《中國戲曲發展史》中也說道：

劇中主人公顧生的獨特立場在於他是一個站在歷史中間的人。他與舊時代有著割捨不斷的精神連繫，但始終未能在那裡找到自己的位置；他對新政權本能地持有敵意，但後者卻顯示給他以某種希望。舊生活對於他來說已經成為觀念形態的回憶，而他必須面對現實。因而，作品中主宰顧生的，已經是人的實際生活需要。丁耀亢借劇中人之口對清廷說出「皇恩如此高厚」的贊譽，很難說是真心實意，但這卻又是全劇的總體立意，劇中「華夷一家」的主題十分鮮明。〔註40〕

承上一節所述，劇中著重描寫的顧史與陳道東二位人物代表二種不同心態的文人面向，這樣的處理方式，與丁耀亢當時所處的情勢有關。明清易代之際，在政權興替下引起的民族情感矛盾，使許多在傳統儒家思想薰陶下的漢人仍秉持民族氣節，拒不與清合作。然隨著清廷政權的穩固與新社會秩序的建立，也使一部分人心中的敵對情緒逐漸緩和。清順治十年，清朝統治已成定局，不少文人轉而於清廷政權中謀求仕進。丁耀亢在明朝並未擔任官職，舊時代裡並無屬於他的位置，於是他採取較為寬容的立場接受了清人的統治，並把他用世之心寄託於清廷，其作《西湖扇》一劇時正值教習之職三年考滿之期，順治十年春他仍在京等待消息，滿心期待能獲任好官職。丁氏藉由個人的經驗，通過劇作描繪了文人在面臨易代之際傳統觀念遭到土崩瓦解的過程，並藉此感受到其內心的矛盾與無奈；這也是顧、陳兩種人物並存於《西湖扇》的重要因素。

《西湖扇》與《桃花扇》兩部傳奇，均以愛情戲的面貌呈現，並假以時代的離亂，類似這樣的形式在傳統戲曲已是一種常見的套式。對於這種歷經

〔註39〕郭英德《明清傳奇史》（南京：江蘇古籍出版社，2001年），頁428。
〔註40〕廖奔、劉彥君：《中國戲曲發展史》（太原：山西教育出版社，2000年），第四卷，頁276。

離亂的愛情劇目,沈默在〈桃花扇跋語〉中指出:

> 《桃花扇》一書,全由國家興亡大處感慨結想而成,非正為兒女細
> 事作也。大凡傳奇,皆主意於風月,而起波於軍兵離亂。唯《桃花
> 扇》乃先痛恨於山河變遷而借波折於侯李,讀者不可錯會,以致目
> 迷。〔註41〕

《西湖扇》雖然仍以時代亂離為背景,但明顯地並未脫離傳統才子佳人劇的
套式,《桃花扇》雖借侯李悲歡離合的愛情為線索,但其主旨卻是著眼於國家
興亡大處,慨嘆的是整個時代環境崩壞的大事,因而提醒讀者莫只細觀兒女
小事。沈默強調的「讀者不可錯會,以致目迷」,正是孔尚任於〈凡例〉中所
說「觀者當用巨眼」之意。

《桃花扇》全劇的構思與主題思想,如作者自己所言乃「借離合之情,
寫興亡之感」。孔尚任於〈桃花扇小引〉中明言:

> 《桃花扇》一劇,皆南朝新事,父老猶有存者。場上歌舞,局外指
> 點,知三百年之基業,墮於何人?敗於何事?消於何年?歇於何地?
> 不獨令觀者感慨涕零,亦可懲創人心,為末世之一救矣。〔註42〕

雖然全劇以侯方域、李香君這對才子佳人的愛情為出發點,卻沒有用太多的
篇幅來描寫男女主角纏綿悱惻的愛情,孔尚任企圖全面呈現一個朝代覆亡的
因由,借事以寫興亡之感,其意在使明朝覆亡的歷史經驗教訓,可作為警示
後人的借鑒,也就是以南明王朝的墮、敗、消、歇的歷史悲劇來觸動人們的
家國情懷,使觀眾在感慨涕零之餘,亦要切記故國山河之悲與民族淪亡之痛。
也惟有如此,才可「懲創人心,為末世之一救矣。」《桃花扇》借由一把詩扇,
通過侯、李的兒女之情,凝結民族在亡國之際的悲劇精神,表現南明王朝的
興亡之恨,因此使《桃花扇》脫離了才子佳人悲歡離合的傳統窠臼,使其具
有更加深遠的意義。

就人物的思想精神及性格發展來說,侯李雙雙入道的結局雖是出人意外
的戲劇性突轉,但也是合於情理的自然結果,是結構上的必然要求。〈入道〉
末總批云:

> 離合之情,興亡之感,融洽一處,細細歸結,最散最整,最約最實,
> 最曲迂最直截。此靈山一會,是人天大道場。而觀者必使生旦同堂

〔註41〕《桃花扇》(同注14),頁158~159。
〔註42〕《桃花扇》(同注14),頁11。

拜舞乃爲團圓，何其小家子樣也。〔註43〕

在劇中雖然犧牲了侯李二人愛情的完整性，但是無國無家也無情愛可存的安排，卻增強了南明興亡的歷史感，使人情離合與國家興亡融合一處，脫卻一般傳統結局的窠臼。可是這種與傳統習於團圓結局的觀賞習慣不同，故而也引發一些不同的看法，如顧彩即更改《桃花扇》的結局作《南桃花扇》，寫侯李二人挈歸回鄉，作永偕伉儷的團圓。這種改動不僅引起孔尚任的強烈不滿，梁廷枏於〈曲話〉中亦言道：

> 《桃花扇》以〈餘韻〉折作結，曲終人杳，江上峰青，留有餘不盡
> 之意於煙波縹緲間，脫盡團圓俗套。乃顧天石改作《南桃花扇》，使
> 生旦當場團圓，雖其排場可快一時之目，然較之原作，孰劣孰優，
> 識者自能辨之。〔註44〕

梁廷枏認爲《南桃花扇》改《桃花扇》的悲劇結局爲生旦團圓，只是圖一時耳目之快，稍解觀劇時的期待心理因素。卻不似《桃花扇》以〈餘韻〉作結，將朝廷覆滅的無奈與悲涼情懷都表現出來，眞實深刻的哀嘆，更能有力地體現「借離合之情，寫興亡之感。」的創作主旨。

小　結

　　《西湖扇》與《桃花扇》兩劇不僅皆以扇爲龍珠，在題材或結構上都有著許多相似的特點。在題材上，《西湖扇》寫南宋時宋金對峙之局面，《桃花扇》則敘南明傾覆之悲，二劇都是以才子佳人的愛情故事爲經，以時代的亂離爲緯，又都是在眞人眞事的基礎上譜寫出曲折動人的劇曲。在結構上，《西湖扇》與《桃花扇》皆是以扇爲主要線索來寫作劇本，並且都以雙線式的敘事架構進行，扇子則在二部劇作中擔負起穿針引線的重要功能，密針細線地連繫著全劇的情節。二劇以「扇子」爲「一事」，作爲貫串全劇的主要樞紐，扇子不僅是男女主人翁的定情信物，牽動著人物的喜怒哀樂，也藉由扇子帶領情節與引發衝突，扇子既聯繫劇中的人物與事件，更將國家的興亡與男女情愛交織在一起，引發黍離之悲的哀嘆。

　　除此之外，扇子在二劇中也發揮了悲、喜不同的導向作用。從扇子在二

〔註43〕《桃花扇》（同注14），頁148。
〔註44〕梁廷枏：《曲話》，《中國古典戲曲論著集成》（北京：中國戲劇出版社，1982
　　　年），冊8，頁271。

劇中所佔的比率來看，《西湖扇》對於扇子的描寫比重顯然大於《桃花扇》，由扇子所聯繫的生旦愛情的描寫因而也有所差異。《西湖扇》對扇子使用較多齣數來舖陳描寫，使扇子發揮緊密繫聯的作用，而其扇乃是一扇欲合二美，故以團圓作結。《桃花扇》雖不若《西湖扇》對扇子有如此多的描寫，但從題扇、血濺扇面、點染桃花到裂扇，卻賦予這把桃花扇更鮮明的藝術形象。扇子除了作為男女主角的定情信物，成為見證愛情堅貞的的象徵之外，也與劇中角色的命運習習相關，扇子隨著劇中主人翁的顛沛流離，象徵女主角隨風飄零的命運。在現實與虛構交錯之間，《西湖扇》與《桃花扇》各自經營著一個美麗的桃花源世界，但是《西湖扇》建構了一個桃花源，《桃花扇》則象徵桃花源的崩燬，不但悲、喜境界不同，也形成二劇最大的差異。

　　同樣以詩扇作為串連全劇的關鍵，《西湖扇》中詩扇的主要功能在於成全顧、宋三人的愛情，故其在劇中所起之作用必往圓滿的目的前進，因此其所串連的目標也集中在三位主人翁身上，故而歷史家國的因素在詩扇中便漸次地模糊化，使得史的作用弱化成為一種引線，歷史批判的功能被淡化，全劇沒有寫到宋朝的覆亡，而是以兩國通好作結，顧宋三人間的情愛分合，並未點染出朝代的興亡因素，反倒是人物在大環境中的無奈與矛盾被突顯出來，讓劇中「情」的因素比「史」的因素更形突出。因而「史」的功能只成為導致生旦分離的因素，卻並未明顯產生對生旦團聚的影響。《桃花扇》則彌補了《西湖扇》的這個弱點，並未拘泥於傳統圓滿的結局，使染血的詩扇不再僅只是情愛的象徵，而更廣闊地涵蘊著南明王朝的興衰，使其意涵獲得更進一步的提升。

第六章 論《表忠記》修編《鳴鳳記》的敍述觀點與思想旨趣

　　明世宗嘉靖（1521～1566）一朝爲明代中晚期吏治走向衰敗的關鍵，世宗之昏憒與嚴嵩之奸橫，是造成政治腐敗最重要的原因。由於嘉靖皇帝崇信道教、沉迷於求道修仙之術，因此寵信道士，動輒官封一品、位列公卿；又對善寫祝禱青詞之輩大加褒賞，而嚴嵩正是此中之佼佼者，更是趁機詔媚以迎合上意。嚴嵩（1480～1567），字惟中，江西分宜人，弘治十八年進士。嘉靖二十一年，拜武英殿大學士，入值文淵閣，兼掌禮部，兩年後晉升爲首輔。由於世宗經年不理朝政，致使朝政大權旁落於嚴嵩之手，自此起至嘉靖四十一年被罷官爲止，掌握政權達二十年之久。〔註1〕嚴嵩於掌政期間媚上欺下，專權納賄，殘害忠良，導致政風大壞，邊備廢馳，國匱民窮；再加上俺答對河套地區的頻繁騷擾及倭寇爲亂，使嘉靖政局處於內憂外患的動盪不安中。其間雖然不乏忠義之臣屢次上書諫言，然而朝政把持在以嚴嵩爲首的奸黨手中，以致阻塞了賢臣進言之路，反致使直諫之臣遭到入獄、謫戍、殺身等災禍，其中又以夏言、楊繼盛等人與嚴嵩父子之間的政治衝突最爲激烈。對於嘉靖朝閣長期處於兩種政治勢力相互衝突的議題，不僅有史家爲其寫史作傳，這類的歷史題材也成爲戲曲家所關心注目的焦點。

　　首先以這段歷史作爲主要描寫題材的傳奇劇作爲《鳴鳳記》，此劇不同於一般傳奇以抒寫才子佳人爲主，而取材於離當時不遠的歷史事件，對往後的

〔註1〕見《明史》卷三百八〈奸臣・嚴嵩〉，張廷玉等撰，鄭天挺點校：《明史》（北京：中華書局，1974年），冊26，頁7914～7919。

歷史劇作影響深遠。繼之而起的則爲奉清順治皇帝勅令而改寫《鳴鳳記》的作品，如丁耀亢《表忠記》、吳綺《忠愍記》〔註2〕即爲奉勅所撰，二劇皆以描寫楊繼盛爲主。此外，同樣寫反抗嚴嵩的作品尚有無名氏《忠義烈》、史槃《忠孝記》，〔註3〕以描寫楊繼盛爲主的劇本尚有無名氏《丹心照》〔註4〕等劇。然《忠義烈》、《忠孝記》、《忠愍記》及《丹心照》等劇今已不復見，未能得知其詳細情節，《鳴鳳記》成爲相關題材中唯一存留的劇作。

　　《鳴鳳記》爲傳統戲曲名篇，歷來單篇探討此劇的相關篇章自然不少，目前專文研究《鳴鳳記》的碩博士論文有葉永芳《鳴鳳記研究》，〔註5〕而黃炫國《明代嘉靖隆慶時期三大傳奇研究》中亦有專章針對《鳴鳳記》加以分析。〔註6〕然一般討論《鳴鳳記》之文章則未見論及《表忠記》者。目前以專文討論《表忠記》的文章則有：周貽白〈丁耀亢《蚺蛇膽》〉、〔註7〕范秀君〈丁耀亢《表忠記》創作特點簡論〉，〔註8〕但尚未見將《鳴鳳記》與《表忠記》二劇加以比較論述之文章。《表忠記》乃依據《鳴鳳記》改編的劇作，因此不論在題材、人物或事件大致上皆相同，然而因爲撰作技巧與敘事角度的差異，

〔註2〕　《詞餘叢話》云：「吳圜次奉勅譜《忠愍記》，由中書遷武選司員外郎，即以椒山原官官之。」見楊恩壽：《詞餘叢話》，《中國古典戲曲論著集成》（北京：中國戲劇出版社，1959年），冊9，頁251。吳綺（1619～1694），字圜次，號聽翁，江蘇江都人，順治十一年拔貢生，以薦授秘書院中書舍人。奉詔譜楊繼盛《忠愍記》，即以楊官官之。著有《忠愍記》、《嘯秋風》、《繡平原》三種傳奇，皆佚失不存。

〔註3〕　無名氏《忠義烈》，今已佚，《曲海總目提要》錄其劇情梗概，劇寫明嘉靖年間杜憲父子、周仁等人遭嚴嵩父子迫害之事。史槃《忠孝記》，寫明嘉靖間沈鍊上章奏劾嚴嵩而貶謫保安，後嚴世蕃誣其謀反而慘遭論斬，其子沈小霞爲父昭雪鳴冤。今已佚，《群音類選》選有〈欲進諫章〉、〈打牛賣劍〉等齣。見黃文暘：《曲海總目提要》（台北：新興書局，1985年），卷37，頁1713～1718。

〔註4〕　據《曲海總目提要》卷37《丹心照》條目所載，《丹心照》亦因《鳴鳳記》而改，同樣也是鋪演楊繼盛事，但於史實之外，又加入一些穿鑿附會的內容，甚至有將楊繼盛之女配與穆宗之荒謬情節。《曲海總目提要》（同注3），卷37，頁1713～1718。

〔註5〕　葉永芳：《鳴鳳記研究》，東吳大學中文研究所碩士論文，1982年。

〔註6〕　黃炫國：《明代嘉靖隆慶時期三大傳奇研究》，政治大學中文研究所博士論文，1992年。

〔註7〕　周貽白：〈丁耀亢《蚺蛇膽》〉，收入《周貽白戲劇論文選》（長沙：湖南人民出版社，1982年），頁300～304。

〔註8〕　范秀君：〈丁耀亢《表忠記》創作特點簡論〉，《蘇州大學學報‧哲學社會科學版》2010年第2期，2010年3月，頁69～71。

使二劇產生不同的主題精神與風格迥異的藝術旨趣。本文即針對這二部取材於同一時代的歷史劇作，探討二劇在情節內容、主題思想與藝術成效等方面之異同。

第一節　《表忠記》改編《鳴鳳記》的背景

《鳴鳳記》爲最早取材於嘉靖年間政治衝突事件的戲曲作品，也是同時代以歷史爲其敘事主軸的傳奇劇作。此劇於明末時作者便已不可考，呂天成《曲品》與王驥德《曲律》皆將此劇列爲無名氏的作品；而後或說是王世貞所作，或說王世貞門人所作，迄今尚無定論。〔註9〕至於成書年代亦有爭議，焦循《劇說》卷三曾載：

> 初成時，命優人演之，邀縣令同觀。令變色起謝，欲亟去。弇州徐
> 出邸抄示之曰：「嵩父子已敗矣。」乃終宴。〔註10〕

據此記載王世貞曾於《鳴鳳記》初成之時命優人上演此劇，並邀縣令一同觀賞，其時縣令因懼怕嚴嵩勢力，急欲辭去，而王世貞乃出示查抄嚴家之令說明嚴氏父子已敗。青木正兒根據《劇說》此段記載，將《鳴鳳記》成書年代訂於「嘉靖四十四年」（1565）。〔註11〕然而《鳴鳳記》劇中所述史事，如鄒應龍、林潤登進士第；董傳策、張翀、吳時來等赦罪復職；追贈夏言、曾銑及楊繼盛等人皆在隆慶、萬曆年間，因此近來學者多將《鳴鳳記》之成劇年代延至穆宗隆慶（1567～1572）至神宗萬曆（1573～1620）之間。〔註12〕

〔註9〕 目前關於《鳴鳳記》作者的說法有三：一、無名氏之作——如呂天成《曲品》、王驥德《曲律》皆將之列爲無名氏作品。二、王世貞作——如毛晉《六十種曲》、無名氏《傳奇彙考》、姚燮《今樂考證》、王國維《曲錄》等，皆列爲王世貞之作品。三、王世貞門人所作——如焦循《劇說》、黃文暘《曲海總目提要》等，王昶所撰《直隸太倉州志》則將之歸於唐儀鳳名下。此外，近人對《鳴鳳記》作者問題亦有專文討論，如蘇寰中〈關於《鳴鳳記》的作者問題〉（《中山大學學報》1980年第3期，頁82～85）、徐扶明：〈《鳴鳳記》非王世貞作〉（《元明清戲曲探索》，杭州：浙江古籍出版社，1986年，頁76）、延保全〈《鳴鳳記》作者考辨〉（《中華戲曲》第24輯，北京：文化藝術出版社，2000年6月，頁88～104）等，然亦各有論據，結論不一。

〔註10〕 焦循：《劇說》，《中國古典戲曲論著集成》（同注2），冊8，頁136。

〔註11〕 嚴世蕃伏誅爲嘉靖四十四年之事，根據焦循《劇說》卷三所載，《鳴鳳記》初成上演之時，嚴家甫敗，故青木正兒據此將成書年代定於此年。見青木正兒著，王吉盧譯：《中國近世戲曲史》（台北：台灣商務印書館，1988年），頁193。

〔註12〕 張軍德〈《鳴鳳記》之創作年代初論〉一文，將《鳴鳳記》定於1573～1582

　　《鳴鳳記》全劇四十一齣，主要描寫以夏言、楊繼盛等朝臣與嚴嵩父子之間的政治對立與衝突。嘉靖年間，權臣嚴嵩利用收復河套之爭議殺害夏言，繼而以克扣軍餉誣蔑曾銑，並將其置於死地。楊繼盛冒死上書皇帝，痛陳嚴嵩五奸十罪，因而慘遭刑戮。董傳策、張翀、吳時來三人聯名劾奏嚴嵩，亦遭受嚴刑拷打，發配充軍。郭希顏向朝廷陳言極諫，又遭嚴嵩毒手。最後，鄒應龍、林潤、孫丕揚等人聯合朝野，經過種種曲折，終於打倒嚴嵩父子等黨羽。鄭振鐸於《中國文學史》論及此劇時說：

> 傳奇寫慣了的是兒女英雄，悲歡離合，至於用來寫國家大事，政治消息，則《鳴鳳》實為嚆矢。以後《桃花扇》、《芝龕記》、《虎口餘生》等似皆相繼而起者。〔註13〕

不同於一般以描寫才子佳人為主的傳奇作品，《鳴鳳記》劇中主要的人物、事件皆取材於離當時不遠的歷史事實，其所描繪的政治事件與人物皆有據可考，〔註14〕是一部展現當時政治景況的歷史劇作。

　　《鳴鳳記》對嘉靖一朝紛繁擾攘的政治紛爭有極深的刻畫，描寫夏言、楊繼盛等人前撲後繼地與嚴嵩父子對抗的經過，塑造出一群為國盡忠，不惜犧牲自我的忠臣形象，其以死相抗之慘烈情況動人心絃，其中又以〈燈前修本〉、〈楊公劾奸〉、〈夫婦死節〉等齣對楊繼盛的描寫最具傳奇性與典型性，充分展現出楊繼盛忠義不屈、大義凜然的堅毅性格。但由於全劇人物眾多，事件紛繁，故而影響情節發展的緊湊性與集中性。如郭棻於《表忠記・弁言》中所云：

> 曩如《鳴鳳》諸編，亦足勸忠斥佞。獨是以鄒林為主腦，以楊夏為鋪張，微失本旨。今上幾務之暇，覽觀興嘆，思以正之。

《鳴鳳記》雖於劇中強化了忠臣烈婦的藝術感染力，但因《鳴鳳記》「以鄒林為主腦，以楊夏為鋪張」的撰寫方式，因此順治帝有意改作。而在《鳴鳳記》所描寫的忠臣中，以楊繼盛的形象最為突出。郭棻〈弁言〉又云：

年之間。見張軍德：〈《鳴鳳記》之創作年代初論〉，《文學遺產》1986年第6期，1986年12月，頁50～51。

〔註13〕鄭振鐸：《中國文學史》，收錄《鄭振鐸全集》（石家莊：花山文藝出版社，1998年），第九卷，頁358。

〔註14〕葉永芳《鳴鳳記研究》曾對《鳴鳳記》全劇中所有登場人物之腳色、登場齣數及生平事蹟加以分析，認為劇中之人物真實度高達百分之九十以上，是純一以事實為背景之歷史劇。詳細內容參見葉永芳：《鳴鳳記研究》（同注5），頁94～100。

> 忠愍大節如日星海嶽，弇州題碑、中郎之誄有道無媿辭矣。後人敲
> 音推律，被之管絃，以其腴而易傳，婉而多風也。〔註15〕

楊繼盛之氣節有如日星海嶽，其忠貞堅毅的性格正如王世貞等人於碑誄中所
歌頌題撰般，足爲後世之忠烈典範，故後人將其事蹟被之管絃傳唱於世，這
也是丁耀亢之所以選擇楊繼盛爲主要描寫對象的原因。楊繼盛（1516～
1555），字仲芳，號椒山，保定府容城（今河北省容城縣）人。幼時因家貧牧
牛，仍苦讀不懈。嘉靖二十六年（1547）登進士第，授南京主事，改兵部員
外郎。三十年（1551），因上疏奏劾仇鸞開馬市一事貶爲狄道縣典史。不久仇
鸞事敗，乃遷諸城知縣，後升南京戶部主事、兵部武選司員外郎。抵任甫一
月，因奏劾嚴嵩觸怒皇帝而下詔入獄，身受百杖刑罰。刑前王世貞購得蚺蛇
膽，謂其能治杖傷。楊繼盛以爲用藥避免行刑之苦，非忠臣所爲，乃卻之不
受。後遭監禁三年，因嚴嵩陷害，將其附於張經之案而慘遭殺戮。穆宗立，
追諡忠愍。著有《楊忠愍公集》及獄中所著《年譜》一卷。〔註16〕《表忠記》、
《忠愍記》即是奉皇帝之旨意，在《鳴鳳記》的基礎上，改以楊繼盛爲主要
敘事而重新編寫的劇作。

　　《表忠記》全名《楊忠愍蚺蛇膽表忠記》，簡稱《蚺蛇膽》或《表忠記》。
據丁耀亢所作〈楊忠愍蚺蛇膽劇成，傅掌雷總憲易名表忠記，志謝〉一詩，
〔註17〕可知此劇原名《蚺蛇膽》，而傅掌雷將之更名爲《表忠記》。此劇成於
順治十四年（1657），〔註18〕乃丁耀亢官容城教諭時奉旨所撰。據郭棻〈弁
言〉載：

> 嗣以辭曲，非本朝所尚，應有旁啓，未渙綸音。相國馮公、司農傅
> 公相顧而語曰：「此非丁野鶴不能也。」於是，禮屬殷重。野鶴受
> 書，屏居靜室，整衣危坐，取公自著《年譜》，沉心肅誦，作十日
> 思。時而濡毫迅灑，午夜呼燈；時而劌心斷鬚，經旬閣筆。閱數月
> 而茲編成。

〔註15〕以上二引文，見《新編楊椒山表忠蚺蛇膽・弁言》，據上海圖書館藏清順治刊
　　　　本影印，收錄《古本戲曲叢刊》五集（上海：上海古籍出版社，1986年），頁
　　　　1～2。以下引文簡稱《表忠記》。

〔註16〕見《明史》卷二百九〈楊繼盛傳〉，《明史》（同注1），頁12～16。

〔註17〕《丁耀亢全集》，上冊，頁334。

〔註18〕據丁耀亢於順治十四年所作〈楊忠愍蚺蛇膽劇成，傅掌雷總憲易名表忠記，
　　　　志謝〉一詩，及第三十六齣曲文「一統王基歸順治，萬年天運狀清朝。今當
　　　　順治十四年」得知。見《表忠記》（同注15），卷下，頁73上。

因順治皇帝欲求一改定本,而馮銓〔註19〕、傅維鱗〔註20〕等人屬意丁耀亢,遂向皇帝舉薦。丁耀亢受命,屏居靜室,根據楊繼盛自著《年譜》編寫劇作,經數月嘔心瀝血乃撰寫完成。丁耀亢於扉頁自題云:

> 茲刻一脫《鳴鳳記》枝蔓,專用忠愍爲正腳。起孤忠於地下,留正氣於人間。全摹《年譜》,不襲吳趙本。奉命進呈,未敢自衒。姑公之海內,以補忠經云爾。〔註21〕

《表忠記》根據楊繼盛《年譜》撰作,擺脫《鳴鳳記》因事件龐雜、人物繁多而造成情節枝蔓過多的缺失,可說是立於《鳴鳳記》的基礎上,更進一步地刻劃出楊繼盛的形象。然而《表忠記》曲成之後,卻因〈後疏〉一齣指陳前代弊端過於刻露,與清人不許擅議前朝之禁令相抵觸,馮、傅等人欲令其更動部份的情節內容,但丁耀亢卻不願更改劇作,斂稿而去,因此作品最終並未進呈,故劇前篇題乃曰:「擬進呈楊忠愍蚺蛇膽表忠記」。與丁耀亢同時,吳綺(字園次)亦奉敕譜寫《忠愍記》,《詞餘叢話》云:「吳園次奉敕譜《忠愍記》,由中書遷武選司員外郎,即以椒山原官官之。」吳綺奉敕譜《忠愍記》一劇,劇成後進呈,竟因此劇而遷升武選司員外郎,也就是以楊繼盛原任之官職賞賜予他,這對儒生而言可謂備極榮耀,而類似的記載亦見於陳康祺《燕下鄉脞錄》。〔註22〕然而吳綺之劇作今已佚失,未得窺其內容,僅知與丁耀亢《表忠記》同樣皆以楊繼盛爲主腦,但不知與丁耀亢之《表忠記》一劇究竟有何不同。

第二節　《表忠記》對《鳴鳳記》情節之傳承與修編

　　雖然《表忠記》與《鳴鳳記》同樣都是以嘉靖年間的政治衝突作爲戲曲創作的題材,但是因創作目的及主旨上的相異,因此自然也選擇了不同的敘

〔註19〕馮銓(1595～1672),字振鷺,順天涿州人,萬曆四十一年進士。見趙爾巽等撰,楊家駱校:《清史稿》(台北:鼎文,1981年),頁9630～9633。

〔註20〕傅維鱗,初名維楨,字掌雷,號歉齋,直隸靈壽人,順治三年進士。入翰林爲庶吉士,授編修,分修明史,累官至工部尚書,著有《四思堂文集》。見錢儀吉:《碑傳集》(北京:中華書局,1993年)卷9,冊1,頁205～206。

〔註21〕見《表忠記》(同註15)。

〔註22〕陳康祺《燕下鄉脞錄》載:「吳蘭次以順治九年拔貢生授中書舍人,風負才望,尤以詞曲名。奉詔譜楊繼盛傳奇,譜成稱旨,即以楊繼盛之官官之,時以爲奇榮雅遇。」見陳康祺撰,晉石點校:《郎潛紀聞初筆二筆三筆》(北京:中華書局,1997年),冊2,頁634。

述觀點。《鳴鳳記》主要演述以夏言、楊繼盛等人為首的忠義之臣，與嚴嵩父子及其黨羽所組成的勢力之間的政治衝突，並穿插議復河套及倭寇入侵等事件。劇中描繪的重點是兩大勢力政治角逐與衝突的全部過程，涵蓋牽涉的層面廣泛，出場的人物也較為繁多。因此，雖然《鳴鳳記》是以生應楊繼盛一腳，但其出場的齣目僅有〈忠佞異議〉、〈驛里相逢〉、〈燈前修本〉、〈楊公劾奸〉及〈夫婦死節〉等齣，雖在短短數齣中已描繪出楊繼盛忠君和敢於直諫的特點，然而畢竟只是全劇眾多忠臣小傳之一。而《表忠記》則由皇帝下旨改作，是為了更易《鳴鳳記》「以鄒林為正生，以楊夏為舖張」的撰作方式，因此劇作一開始所切入的焦點便與《鳴鳳記》不同，雖然同樣述及夏言、嚴嵩之爭權及鄒、林劾嚴等事件，且在時間上仍橫跨至嚴嵩倒台，但在「專以忠愍為正腳」的原則上，其筆墨自然是集中於楊繼盛一人的忠義事蹟。

　　然而，縱使二劇切入的視角相異，但《表忠記》乃是依據《鳴鳳記》而改，是立於《鳴鳳記》的基礎之上而有所承襲的劇作，自然受到《鳴鳳記》很大的影響，對於二劇相異之處，丁耀亢於《表忠記》各齣之末另加批語，指出增刪之處及其改編的原由。因此下文將從《表忠記》對《鳴鳳記》在情節內容的承襲及創新著手，對二部劇作之異同加以比較。

（一）整齣承襲

　　首先，在曲文的承襲上，《表忠記》整齣承襲自《鳴鳳記》的齣目以第二十一齣〈修本〉及第二十二齣〈後疏〉的襲用最為明顯。〈修本〉延用了《鳴鳳記》第十四齣〈燈前修本〉之情節，並襲用其中【縷山月】與【太師引】等三支曲詞。〈燈前修本〉為《鳴鳳記》劇中非常重要的一齣，搬演楊繼盛決意彈劾嚴嵩，因此夜間於燈下修本，期間歷經昔日被拶折的手指舊傷復發作痛，並有鬼魂前來阻擾修本，及其妻恐丈夫因奏本遭遇不測而悲泣勸阻，但縱有種種的阻撓與考驗，都未能撼動楊繼盛誓死劾奸的決心。其中【太師引】二支，正是舖敘楊繼盛甫下筆寫本，鬼魂即上場隱燈阻止的情節：

　　【太師引】細推詳，這是誰作響？我曉得了，是我祖宗的亡靈，恐有禍臨，教我不要上這本了。心中自忖量，敢是我亡親垂念？咳！我那祖宗，你只顧子孫作個忠臣義士，須教你萬古稱揚。大抵覆宗絕嗣，也是一個大數。何慮著宗友淪喪？（鬼又叫介，生）你不要叫了。縱然恁哀鳴千狀，我此心斷易不轉，怎能阻我筆底鋒芒？我就拼得一死，也強如李斯夷族趙高

亡。(燈下鬼現形介,生) 呀!不惟聞其聲,抑且見其形。

【前腔】**這是幽冥誰劣像?您在此現形呵,似教我封章勿上。**你雖然如此,**怎當我戇言方壯?** (鬼作悲狀介,生) 你自去吧,休得要在此恓惶!我理會得了,你也不是什麼鬼。想是我忠魂遊蕩,到死也做個厲鬼顛狂。人生在世,左右一死。**生如寄,死誰曰難,須知安金藏剖腹屠腸。** 〔註23〕

此段唱詞主要展現楊繼盛剛毅不撓、不畏強權的品格,劇中虛構出鬼魂上場阻擾修本的情節,《曲海總目提要》謂:「〈寫本〉一齣,乃摘取蔣欽事。」〔註24〕此處摘取蔣欽彈劾劉瑾遇鬼之事而加以附會渲染,情節雖虛構荒誕,但鬼魂的出現,使原本呆板的書寫奏章一事顯得懸疑而扣人心弦,而在劇中發揮了極大的藝術效果。因為無論劇中鬼魂究竟是擔憂覆宗絕嗣的先祖亡靈,抑或是楊繼盛本身精忠魂魄的外顯,都預示了楊繼盛此次修本劾奸所可能導致的嚴重後果,除增添一股悲壯的氣氛之外,也突顯出楊繼盛將生死置之度外的慷慨豪情,將劇情推向高潮。丁耀亢於《表忠記·修本》劇末評云:

> 此齣舊關目生動,故至今梨園頻演。就其舊而略新之,如光弼入子儀軍,壁壘不移,旌旗變矣。〔註25〕

由於《鳴鳳記·燈前修本》寫得如此生動,因而梨園戲場頻演不衰,故丁耀亢在撰寫〈修本〉時,便襲用了《鳴鳳記》對鬼魂情節的附會與虛構,並保留了【太師引】的曲文,僅作些微詞句的更動:

【太師引】(生寫本介) 細推詳,寫不出姦臣樣。(鬼暗上遮燈介) 心中怒氣張,為甚麼風沙飄蕩?忽然燈又昏了,似有人影往來。**忽然間火暗燈光,**(生又寫鬼哭介)**莫不是邪神魍魎?**或者是嚴嵩精魂來此哀告,也未可知。**縱然恁哀千狀,誰能擋筆陣鋒鋩?**我楊椒山就以直言取禍,難道那嚴嵩父子,還容他在位不成?**定教他李斯夷族趙高亡。**(生叱鬼拍案,鬼下)(扮楊氏宗魂冠帶上,燈下立介)

【前腔】(生) 呀,這是幽冥誰劣相,您怕俺封章太長。(鬼泣介) 怎當

〔註23〕見《鳴鳳記》,延保全評注:《六十種曲評注》(長春:吉林出版社,2001年),冊4,頁412~413。

〔註24〕《曲海總目提要》(同注3),卷5,頁239。

〔註25〕《表忠記·修本》(同注15),卷下,頁13上。

我霜毫刀嚮，何勞你在此恓惶！我理會的了，你也不是鬼。**想是俺精忠
垂像，俺這裡閣著筆從頭想，**（生又寫，鬼吹燈下，失本，生覓介）**紛紛的
鬼哭神慌，**俺這本呵，**是魯陽戈轉回陽。**〔註26〕

此處與《鳴鳳記》原曲差異不大，但首支曲意由猜測祖先魂靈顧念楊家宗嗣
之意，轉而改爲猜測嚴嵩精魂來此哀告，些微的詞句更動，精神上卻是大爲
不同，尤其是「定教他李斯夷族趙高亡」一句，語氣轉爲積極主動，不但加
強楊繼盛修本的堅決意志，在氣勢上也顯得更爲豪壯，這種爲了社稷不惜犧
牲自我的大無畏精神，爲〈後疏〉情節作了預先舖墊。

　　緊接於〈修本〉之後，〈後疏〉則搬演楊繼盛進本上奏，無奈聖意眷顧嚴
嵩，反下旨著錦衣衛拷打。此齣除了增添黃門官的一大段唸白及刪去【神杖
兒】一曲，其餘部份幾乎全部承襲《鳴鳳記》第十五齣〈楊公劾奸〉，而之所
以會整齣襲用，依據丁耀亢的說法：

　　此亦《鳴鳳》舊齣，全摹《琵琶・辭官》，太依樣葫蘆，可厭！然詞
　　用原疏，非名手不能傳。爲弇州點竄，故存之。〔註27〕

在形式上，《鳴鳳記・楊公劾奸》一齣所用的曲牌組合及劇中奏章裡的語氣仿
自《琵琶記》第十六齣〈丹陛陳情〉之曲文，丁耀亢認爲這樣的仿作方式太
過於依樣畫葫蘆，而令人生厭。〔註28〕但是反觀其曲文內容，卻能將楊繼盛
彈劾嚴嵩之〈請誅賊臣疏〉的疏文化用於曲詞之中，〔註29〕這樣的轉化並非
易事，非作劇高手斷不能完成，且相傳此齣爲王世貞點竄而成，故丁耀亢作
〈後疏〉一齣時，除改動部分的曲文外，幾乎完全保留〈楊公劾奸〉原來的

〔註26〕《表忠記・修本》（同注15），卷下，頁11下～12上。

〔註27〕《表忠記・後疏》批語（同注15），卷下，頁18上。

〔註28〕《鳴鳳記・楊公劾奸》一齣所用曲牌爲：【點絳唇】、【神杖兒】、【滴溜子】、【入
　　　破第一】、【破第二】、【破第三】、【歇拍】、【中滾】、【煞尾】、【出破】、【滴溜
　　　子】二支，與《琵琶記・丹陛陳情》所使用的曲牌組合相似，這樣的套曲組
　　　合形式在二劇中皆是用來表現上呈皇帝之奏章，雖然奏秉之事相異，但曲文
　　　中部份的用辭及語氣亦極爲相似，因而丁耀亢認爲〈楊公劾奸〉一齣是摹仿
　　　《琵琶記・丹陛陳情》而作。

〔註29〕楊繼盛撰〈請誅賊臣疏〉，見《楊忠愍公集》，收入《叢書集成續編》（上海：
　　　上海書店，1994年），冊117，頁407～412。另《六十種曲評注》本《鳴鳳記・
　　　楊公劾奸》之〔短評〕分析此齣曲文，以爲由【入破第一】到【出破】中諸
　　　多詞句「句句實錄，切中權奸要害，使嚴嵩奸黨發悚，亦使所謂『明君』大
　　　不舒服。」並引湯海若先生評曰：「椒山先生奏疏點綴成詞，妙手也」。見《鳴
　　　鳳記》（同注23），冊4，頁429～430。

樣貌。

（二）沿用本事而改作

除〈修本〉及〈後疏〉二齣曲文襲自《鳴鳳記》外，〈佞壽〉、〈保孤〉、〈謫遇〉等齣則是引用《鳴鳳記》中所演述之本事，但做重新編寫的齣目。〈佞壽〉取自《鳴鳳記・嚴嵩慶壽》一齣，以嘲弄、諷刺的手法勾勒出趙文華、鄢茂卿的趨炎附勢，與嚴嵩結黨納賄的惡行。如〈佞壽〉一齣甫開場，描寫「猶子比兒」趙文華與「門下乾兒」鄢茂卿二人四更半夜便急忙趕早地前往祝壽，卻因摸黑撞著一塊兒的醜態：

> （虛下顧丑）（丑虛下顧末）（作撞頭大笑介）（丑扭末大叫介）拿賊、拿賊！（末掩口求丑介）青天白日，那得有賊？（丑笑介）一夥佞賊！（揖介）（丑）鄢老先生職居給諫，有何軍國大事來得這等早？
> （末）趙老先生刑案煩冗，想為斷決大事，上衙門這等勤。（眾大笑介）（丑）老先生可謂同心矣。（末）二人同心，其利斷金。同心之言，貽臭萬年。〔註30〕

〈佞壽〉一齣在熱鬧非常的情節中，一方面以嘻笑怒罵、輕鬆詼諧的方式達到冷熱調劑的作用，一方面極寫奸邪小人阿諛逢迎的無恥之態，借由對反面人物的刻畫，襯托楊繼盛忠義正直的性格，使忠、佞之間作了一次明顯的對比。丁耀亢於批語中云：

> 褒忠則必斥佞，有丑、淨而生、旦始可傳神。至忠孝節義之曲，尤忌板執，易使觀者生倦，故必借以開笑口焉。且小人逢迎，有甚於此者。〔註31〕

《表忠記》主要是寫楊繼盛忠貞愛國的事蹟，然而若僅止於寫忠孝節義之事，不但無法突顯其特色，也容易顯得枯燥乏味。如同劇場的演出中，必須有丑、淨等腳色的分工，才能使生、旦的演出更加傳神動人。

〈保孤〉、〈謫遇〉二齣，則是對夏言死後家人的情況作後續的處理與交待。〈保孤〉一齣承自《鳴鳳記・流徙分途》，此齣除採用〈流徙分途〉中的曲牌聯套，及略改朱裁上場〔菩薩蠻〕一詞外，餘則重新編寫，主要描繪朱裁全力保衛夏孤的忠義之舉：

> （副末）小人受老爺夫人大恩，無門可報。今老爺雖遭非禍，聞得

〔註30〕《表忠記・佞壽》（同注15），卷上，頁6下。

〔註31〕《表忠記・佞壽》（同注15），卷上，頁11下。

> 小夫人有五月身妊，只怕那嚴賊知道，必有毒害之計，萬里程途，
> 使人暗害，把老夫人的性命俱遭毒手。不如趁此時，將小夫人付與
> 我老兩口，帶回杭州，潛往他縣。倘生一子，就是趙氏孤兒一點血
> 脈。我朱裁也盡了一片忠心。老夫人回來，再得團圓，豈不兩全？
> 〔註32〕

朱裁因有感於夏家恩德，在夏言遭嚴嵩陷害而亡，老夫人亦遣往他鄉之時，及時伸出援手，保住夏家唯一血脈，真可說是忠義之人。作者於齣末批語中說明描寫朱裁保孤一事的原因：

> 朱裁，義僕也。當與東漢李善並傳。《鳴鳳記》載之甚詳，故不忍遺，
> 以度今之為人役者。又使桂洲有後，見天道之不絕善人也。〔註33〕

在《鳴鳳記》中即已對朱裁作非常深入的描繪，其對夏家的忠誠之心及保護夏孤的忠僕形象，足為後世典範，堪與東漢義僕李善並傳其忠義。夏家血脈因此得以延續，顯見天道之不絕善人。而朱裁的忠義之舉，正符合《表忠記》對於「忠」的敘述，因此丁耀亢於撰作《表忠記》時同樣以〈保孤〉一齣為朱裁立傳。劇中朱裁雖然是身份卑微的僕役，卻因深感夏家之恩而能「分主之憂」，反觀嚴嵩等人，高官厚祿，身受皇恩，不但不知「與君之難」，為國盡忠，且為了圖謀個人私利以致禍國殃民，兩相對比，更突顯嚴嵩等人行徑之卑劣。

第十六齣〈謫遇〉與《鳴鳳記·驛裡相逢》同樣搬演楊繼盛因阻諫馬市遭貶為狄道州典史，於赴任途中偶遇發配全州的夏夫人，楊繼盛乃修書請託在廣西的張羽代為照料夏夫人：

> 【北折桂令】（生上）望臨洮邊樹迷離，說甚麼投荒弔遠，遷客淒其。
> 嘆梅福當年作尉，浮沉小吏，半隱棲遲。本待要淨風霾澄清攬轡，
> 又誰料遇冰霜倒折傾葵。天運難回，臣力孤危，到不如擊柝關門，
> 負弩登陴。（下）
>
> 【南江兒水】（老旦、丑上）嘆白髮閨中寡，受黃封閣下妻。一朝禍
> 到翻天地，孤魂何日丘園瘞，遺珠何處天涯寄。瘴海蠻煙無際，萬
> 死殘生，望不見浮雲白日。（下）〔註34〕

〔註32〕《表忠記·保孤》（同注15），卷上，頁34上～34下。
〔註33〕《表忠記·保孤》批語（同注15），卷上，頁36下。
〔註34〕《表忠記·謫遇》（同注15），卷上，頁53上。

此處由生腳演唱北調，表現楊繼盛雖遭貶謫卻仍心懷報國壯志之慷慨激昂的情懷；而以老旦演唱南曲，曲詞哀淒宛轉，舖陳夏夫人因夫婿遭嚴嵩陷害而致家破人亡，自己又拖著年邁身軀長途奔波的淒涼景況。丁耀亢於〈謫遇〉齣末評曰：

> 《鳴鳳記》有〈遇夏〉一齣，乃作驛中相贈托書，事頗同。但詞與
> 關目俱欠生動，故以南北調暢之。〔註35〕

丁耀亢認為在〈驛裡相逢〉中純用南調演繹，文詞與關目俱欠生動，因此改用南北調穿插演唱的方式，如此一南一北相互穿插，除增添曲調的變化，也充分表露人物的心境。

再者，〈冥捉〉則搬演楊繼盛封蔭順天府都城隍，命沈鍊率領陰兵往捉趙文華、鄢茂山二人。此為虛構鬼神的情節，然也是前有所承，《鳴鳳記》曾分別於〈鄢趙爭寵〉、〈鄒孫准奏〉二齣中敘及。如〈鄢趙爭寵〉中鄢、趙為固寵而往西山求取長生仙丹以獻嚴嵩，齣末道童吊場時言道：「我師父有先見，常說鄢、趙二人當遇楊椒山陰靈而死。」在〈鄒孫准奏〉中孫丕揚道：「趙文華夜飲歸家，遇楊椒山陰靈，卒然暴死。鄢懋卿忿恨寵衰，疽發背而死。」〔註36〕此二處一為預言，一則僅簡略交待鄢、趙之下場，《表忠記》卻借用這二段簡短的敘述，舖演成一齣完整的冥捉情節。丁耀亢於〈冥捉〉批語曰：

> 此忠愍之衣錦完聚也。不大壯其威靈，無以洩滿堂之悲憤。內夏、
> 沈俱冥聚一堂，理有宜然者。至此而三公之結局全矣。當浮以金谷
> 酒數醉，看趙、鄢鞭背。〔註37〕

此齣中，於劾嚴中犧牲的忠臣如楊繼盛、夏言、沈鍊等人皆於冥府相聚，並擔任陰司各府城隍，具體而完整地展演捉拿鄢、趙之經過。而緊接〈陽誅〉一齣敘演鄒應龍、林潤成功奏劾嚴嵩，嚴嵩自己絞死，嚴世蕃押赴刑場斬首。二齣以一虛一實的互補形式，分別由陰間及陽世處理嚴嵩等權奸的下場，不僅在關目上避免重複，且如丁耀亢所言此齣既誅除奸佞一黨，亦總結楊、夏、沈三人，足使觀劇者宣洩滿腔悲憤，大快人心。

（三）剪裁與增飾

從全劇的結構來看，河套之議、馬市之爭都是嘉靖年間所發生的重要歷

〔註35〕《表忠記・謫遇》批語（同註15），卷上，頁55下。
〔註36〕以上二引文見《六十種曲評注・鳴鳳記》（同註23），頁577，頁603。
〔註37〕《表忠記・冥捉》（同註15），卷下，頁62下～63上。

史事件，此歷史事件也是《鳴鳳記》與《表忠記》劇中點燃二大政治勢力矛盾衝突的爆發點，但因敘事重心不同，因此在劇本編排上便有不同的剪裁與增飾。《鳴鳳記》中的人物、事件雖然都於史有據，但其中仍有一些情節內容是經過作者的虛構渲染。「議復河套」為嘉靖二十五年至二十七年之事，〔註38〕楊繼盛上疏請罷馬市則在嘉靖三十年，二者在時間上本有先後的區別，而楊繼盛在〈請罷馬市疏〉中也並未提及河套之議，但《鳴鳳記》卻將二事揉合在一起，讓事件的發展概括集中，使夏言、曾銑與楊繼盛之間的聯繫更為緊密，這是《鳴鳳記》在關目上有意的重新編排。《鳴鳳記》以〈夏公命將〉、〈二相爭朝〉、〈嚴通宦官〉及〈二臣哭夏〉等齣目，演述夏言、曾銑議復河套，嚴嵩恨夏言權高侵己，遂行賄太監，計殺夏言、曾銑，由此展開了一連串嚴嵩父子殘害忠良的悲慘過程。相較於《鳴鳳記》通過〈夏公命將〉、〈二相爭朝〉、〈嚴通宦官〉三齣的情節來展現夏言、嚴嵩之間的矛盾衝突，《表忠記》則以更凝鍊的方式將夏、嚴二人的正面衝突濃縮於〈忤奸〉一齣之中，而將嚴嵩對夏言的迫害置於他齣中以旁人敘述的方式呈現。丁耀亢於〈忤奸〉齣末評曰：

> 桂洲，《明史》中賢相也。分宜以私忿讒殺之。人神共憤，故首以此定嵩之獄焉。後忠愍修本，群公同義，皆由於此。〔註39〕

夏言，字公謹，別號桂洲，《明史》中有傳。〔註40〕嚴嵩與夏言爭權，將個人的恩怨置於國家利益之前，並由此引發一連串坑害忠良的奸邪計謀。《表忠記》以此齣首揭嚴嵩之惡，並作為後來楊繼盛與嚴嵩對抗的先導及舖墊。然而因《表忠記》乃是為楊繼盛作傳，因此在情節輕重的調配安排上，有關夏言的部份便作了高度的提煉與濃縮，使其能適當的導引情節卻又不佔去太多的篇幅而模糊重點。

「馬市之爭」是二劇情節發展所依據的另一個重要歷史事件，楊繼盛則是此事件中最主要的關鍵人物，因為他不僅首揭仇鸞陰謀，反對開放馬市，而且也是繼夏言之後敢於抨擊嚴嵩、反對奸臣弄權的代表。《鳴鳳記·忠佞異議》為楊繼盛的首次出場，描寫他與嚴嵩奸黨趙文華的初次交鋒及他的第一次奏本。奏本的主要內容是彈劾總兵仇鸞懷不臣之心，欲交通馬市，並買囑

〔註38〕谷應泰：《明史紀事本末·議復河套》（台北：三民書局，1985年），卷58。
〔註39〕《表忠記·忤奸》（同註15），卷上，頁19上～19下。
〔註40〕《明史》（同註1），卷196，頁12～16。

權臣嚴嵩內外同謀，陰排曾銑，破壞恢復河套之議。楊繼盛因此本反遭威逼，貶邊城典史，故而有〈驛里相逢〉一齣舖演與夏老夫人於驛站的相遇。不同於《鳴鳳記》的關目安排，由於《表忠記》主要描寫的人物即為楊繼盛，因此有更多的空間得以對此事件的發展作詳盡安排。如〈馬市〉借掩答番官之口，道出仇鸞以馬市為名，卻私下與番人通貢求和，並由番將欲借此犯邊的野心，確實呈現出開馬市一事所暗藏的危機。〈憂國〉舖演王遴、王世貞往訪楊繼盛，共同商議仇鸞上疏開馬市一事，陳述仇鸞發帑和戎之禍，更進一步地表明對嚴嵩等人專權納賄，以致使國家處於風雨飄搖之境的憂心，為楊繼盛上疏劾奏仇鸞預作舖墊。除此之外，於此齣上場的王遴與王世貞二人，也是往後情節中的重要人物。〈憂國〉齣末批曰：

> 按《忠愍年譜》，王公遴者，死友也。臨難託子，獄中結姻，不避禍，不棄貧，所謂死生節義之交，至王公而罕儔矣。官至工部尚書，享年耄耋而終。至歿期，夢忠愍來相迎。朋友一道，可忽乎哉？〔註41〕

王遴，為楊繼盛死生節義之至交，於其身繫牢獄之時，不避災禍至獄中探訪，更與楊繼盛於獄中結子女婚姻；王世貞則於楊繼盛遭杖刑前送來救命的蚺蛇膽，二人與楊繼盛患難扶持的深刻友誼真摯感人。〈憂國〉一齣於君臣之外，再譜朋友之義，除闡明綱常倫紀的重要也為往後情理下線索。〈前疏〉則俱以楊繼盛〈請罷馬市疏〉為本，演述其修本以參仇鸞，疏中正式指出開馬市之五謬、十不可。《表忠記》以此三齣詳細而完整地舖演馬市之爭，成為楊繼盛與嚴嵩一黨衝突的前導。此外，《鳴鳳記》對仇鸞下場交待非常簡單，《表忠記》則另譜〈梟鸞〉一齣。丁耀亢自評曰：

> 鸞不梟，無以快桂洲與椒山之憤也。《明史》戮屍，不足昭法，故使嚴用計行誅，亦以見小人之反覆，權利不可以久固耳。觀者至此快心，當浮一大白。〔註42〕

夏言與楊繼盛皆因仇鸞或受斬刑、或遇貶謫，故仇鸞不誅，不但無法洗刷楊、夏二人冤曲，也難以平撫觀者之憤，故別譜〈梟鸞〉自有其必要性。且仇鸞被誅，乃是因嚴嵩恐自己因仇鸞之事而遭連累，故向皇帝密奏其罪，也欲借此攏絡楊繼盛，由此也顯見小人為了自身私利而反覆無定的舉措，為嚴嵩之惡再添一筆，仇鸞伏誅，亦為整個馬市之爭作一小結。

〔註41〕《表忠記・憂國》批語（同註15），卷上，頁46上～46下。
〔註42〕《表忠記・梟鸞》（同註15），卷上，頁59上～59下。

第三節　《表忠記》與《鳴鳳記》敘述觀點之比較

　　《表忠記》主要以楊繼盛在史傳與《年譜》中的幾個重要事件作爲全劇的主要依據，並參照忠愍曾孫與諸城耆老的傳言而舖展情節。〔註43〕全劇三十六齣，以生扮楊繼盛，其出場的齣目共有〈矢忠〉、〈飯牛〉、〈盟義〉、〈憂國〉、〈前疏〉、〈謫遇〉、〈化番〉、〈修本〉、〈後疏〉、〈託子〉、〈揮臆〉、〈割股〉、〈赴義〉、〈天變〉、〈感夢〉、〈冥捉〉等十六齣之多，從其年少、出仕、劾奸一直寫到赴義、封蔭，將敘述的焦點集中在楊繼盛一人，深刻地突顯其不畏強權、忠貞愛國之堅毅形象。

　　如上文所述，《表忠記》、《鳴鳳記》同爲描寫嘉靖年間政治衝突的劇作，二劇所描寫的歷史事件和人物基本上是相同的，但卻有不同的立意及闡釋。這主要是由於劇作家創作的目的不同，故而即使針對同一題材，也因爲採用了不同的敘述觀點，使劇本在人物描寫與詮釋上有所差異，自然也就產生了不同的藝術效果。從《鳴鳳記》來看，劇中主要描繪的是二大政治勢力衝突的全部過程，所欲展現的是當時的歷史全貌，因而涵蓋的時間較廣，牽涉的人物也較爲繁多。茅盾評論《鳴鳳記》時說道：

> 《鳴鳳記》寫了兩個對外矛盾：收復河套問題和倭寇問題。這兩個
> 對外矛盾反映在明朝統治階級的內部矛盾並且和內部矛盾糾纏在一
> 起。在這裡，《鳴鳳記》的作者表現了他（他們）的視野的寬闊；它
> 並不局限在於楊繼盛、張翀等等冒死彈劾嚴嵩父子的歷史事件的狹
> 隘範圍內，而是把更大的歷史事件（對外問題）作爲背景。如果作
> 者的眼光只射在楊繼盛等人物身上，也盡有夠多的史實可供描寫，
> 然而作者寧捨此而就彼，這就說明了他（他們）取捨史實的眼光是
> 照顧到全局的。〔註44〕

〔註43〕據《表忠記‧憂國》批語所言，《表忠記》劇中所寫楊繼盛臨難托子於王璘，二家獄中結姻之事，乃據楊繼盛曾孫楊維新所述撰成。〈化番〉批語也載諸城耆老孝廉劉斗酌言楊繼盛赴南都時曾與一老生沽酒相別之事，謂其「殉義之志久決矣」。見《表忠記》（同注15），卷上，頁46上～46下、65上～65下。

〔註44〕茅盾：〈關於歷史和歷史劇〉，收入《茅盾評論文集》（北京：人民文學出版社，1978年），下冊，頁189。雖然河套與倭寇問題皆爲嘉靖時期的對外問題，然倭寇侵擾之事於《鳴鳳記》中並非重要關目，僅以〈文華祭海〉帶出邊防海患，其重心卻是借此描繪趙文華沿途劫掠民財，面臨大敵卻膽怯怕事的醜態。

朝政的敗壞並非單一的因素所導致，而是由許多事件錯綜複雜地交織而成，《鳴鳳記》就是嘗試從整個歷史事件發展的脈絡著手，以復議河套和倭寇問題爲背景，貫穿朝臣間政治爭奪的衝突，企圖完整地呈現出嘉靖朝閣內憂外患間的矛盾糾纏。因而全劇的目光自然環繞在忠和奸二大勢力的對峙，而非只是集中在一二位諫臣的身上。《鳴鳳記》於〈家門大意〉中副末上場即唱道：

> 【西江月】春月秋花易老，賞心樂事誰憑。蠅頭蝸角總非眞，惟有綱常一定。四友三仁作古，雙忠八義齊名。龍飛嘉靖盛明君，忠義賢臣良可慶。

雙忠指夏言、曾銑，八諫臣則是先後彈劾嚴嵩父子的八位忠臣：楊繼盛、董傳策、吳時來、張翀、郭希顏、鄒應龍、林潤、孫丕揚等人。《鳴鳳記》於劇中塑造出一批形象鮮明的忠義之士，描寫「雙忠八義」爲了國家的存亡，爲了維護道德綱常，與嚴嵩之間忠佞不兩立的對抗經過。此齣下場詩亦云：

> 前後同心八諫臣，朝陽丹鳳一齊鳴。除奸反正扶明主，留得功勳耀古今。〔註45〕

「朝陽丹鳳一齊鳴」乃運用《詩經・大雅・生民之什》：「鳳凰鳴矣，於彼高崗。梧桐生矣，於彼朝陽。」之典故，以鳳鳴朝陽喻希世之賢才遇時而起，終將獲得重用。一齊鳴者，則喻指前後八位忠直賢良之臣同心爲朝政付出心力，剗除朝中奸臣，扶助明主，匡復朝政。《鳴鳳記》所欲展現的是歷史的全面情勢，所以盡管楊繼盛的事蹟最爲悲壯動人，但是在《鳴鳳記》中卻沒有成爲貫串始終的人物，而是以最終成功地扳倒嚴嵩等奸黨的鄒應龍、林潤二人，作爲聯繫全劇的主要線索，從他們的遊學、中舉、派官、到回朝覆命，上疏彈劾嚴嵩，漸次織入其他人物來引出全劇情節。

雖然《鳴鳳記》將眼光放在整個歷史的大脈絡來看，但一個劇本要全面顧及所有大小細節總非易事，因此這樣的撰作形式也造成了《鳴鳳記》內部結構上的大問題。一般評論《鳴鳳記》，除了肯定其開展新的撰寫題材，爲一部描寫時事的傳奇劇作之外，多半都認爲此劇有情節鬆散、流於枝蔓的缺失。如呂天成《曲品》云：

> 紀諸事甚悉，令人有手刃賊嵩之意。詞調儘營達，可詠，稍壓繁耳。
> 〔註46〕

〔註45〕以上二引文見《六十種曲評注・鳴鳳記》（同注23），頁253。
〔註46〕〔明〕呂天成：《曲品》，收錄《中國古典戲曲論著集成》（同注2），冊6，頁

呂天成認爲《鳴鳳記》其詞調暢達可詠，構思「以鄒林爲主腦，以楊夏爲舖張」的撰作用意，是欲以紀實的方式，令人於觀劇的同時也能有「手刃賊嵩」的快意。然而此段文字於說明《鳴鳳記》詞調暢達的同時，也指出此劇有情節繁瑣的問題。湯海若於《鳴鳳記》全劇之末則評曰：

> 塡詞處直入眞境，小串插處亦佳，但大結構處支離破碎爲可恨。[註47]

從小處來看，《鳴鳳記》描繪忠、佞人物形象逼眞，關目情節穿插亦奇，在某些事件的銜接與布局上都有巧妙的安排；但從全劇整體結構來看，則因欲呈顯的時間、空間及人物的範圍都太過於廣泛，致使情節容易流於支離破碎。對於這樣的缺失，丁耀亢於《表忠記・盟義》劇末批語亦有同論：

> 《鳴鳳記》以鄒、林爲正生者，以其卒收誅嚴之功，而以前後同劾八臣附之，忠愍居首焉。苦於頭緒多，故收拾結束，不能合拍，多致紛亂。[註48]

此評同樣點出《鳴鳳記》「以鄒、林爲正生」，附以楊繼盛爲首的八位諫臣前撲後繼的劾嚴經過，採用多人多事的結構，完整地展現出忠義一方終將戰勝邪佞之徒，乃是爲了表現「卒收誅嚴之功」。但是雖然劇中幾位重要人物的描寫非常成功，其形象鮮明突出，令人印象深刻；然若就全劇而言，如此眾多的人物，在腳色或情節安排各方面都非易事，遂使某些齣目如〈林公避兵〉、〈陸姑救易〉、〈吳公辭親〉、〈鶴樓赴義〉等齣的描寫，[註49]因無益於主要矛盾衝突的展現，且影響情節發展的緊湊性和集中性，不免予人頭緒紛亂之感。

此外，《鳴鳳記》最大的撰作目的便是爲了「卒收誅嚴之功」，原來的主旨是要呈現諸位賢臣誅除嚴嵩等奸佞，展現「朝陽丹鳳一齊鳴」的光明景象。然在情節上，初敘夏言與嚴嵩對立，確實令人激憤，再寫楊繼盛慘遭刑戮，亦使人同感悲慨，但又繼之以董傳策、吳時來、張翀、郭希顏等人，不但人數眾多，且同爲劾嚴諫官，如此一再搬演劾嚴無功而遭貶謫、刑戮之事，一

249。

〔註47〕見《六十種曲評注・鳴鳳記》（同注23），頁659。

〔註48〕《表忠記・盟義》（同注15），卷上，頁28上。

〔註49〕《鳴鳳記》雖然以〈幼海議本〉、〈吳公辭親〉、〈鶴樓赴義〉、〈三臣謫戍〉四齣描寫董傳策、吳時來、張翀冒著被謫或被殺的危險劾奏嚴嵩，作爲鄒應龍等人最後劾奏嚴嵩的舖墊，但如湯海若於評語中所言：「此二齣（〈吳公辭親〉、〈鶴樓赴義〉）只合附見二十七齣（〈幼海議本〉）之尾，不宜又作二齣，大爲零碎。」，《六十種曲評注・鳴鳳記》（同注23），頁550。

來令人有雷同相似之感，使觀劇者易心生厭倦；再者進本諫劾嚴嵩等諸臣犧牲如此慘烈，劾嚴總是無功，難免使情節產生膠著狀態。而由於全劇沒有一個作爲主要敘事的人物，劾嚴諸臣又散於各齣之中，且略呈獨立的區塊，雖有鄒應龍、林潤聯繫首尾，然而二人於劇中的發展卻不夠集中，致使應該成爲全劇正面主導人物的二人形象反不夠突顯。反之，四十一齣的《鳴鳳記》，直至第三十六齣〈鄒孫准奏〉確定鄒應龍、孫丕揚的諫書上達天聽，趙文華、鄢茂卿暴亡，第三十七齣〈雪裡歸舟〉嚴嵩終於削職歸籍，全劇幾乎三分之二以上都覆蓋於嚴嵩一黨的囂張勢燄之下，其所呈顯的或許是歷史的樣貌，但嚴嵩一黨始終貫穿全劇，其奸佞小人的形象又異常地鮮明突出，反造成副線情節凌駕於諸諫臣所組成的主線之上的效果，成爲主導全劇的地位，這樣的結果或許即爲郭棻〈弁言〉中所言的「微失本旨」之意。

因此，改作《鳴鳳記》的首要工作，即是去除情節上的枝蔓與修正「微失本旨」之弊，而抗嚴群臣中事跡最爲悲壯動人的楊繼盛便成爲最佳的選擇。鄭騫〈善本傳奇十種提要〉云：

> 全劇結構嚴謹，關目生動，詞藻尤清麗遒健，遠勝於《鳴鳳記》之拉雜散漫，不止「文省於前，事增於舊」而已。〔註50〕

《表忠記》以《鳴鳳記》作爲藍本，並「專用忠愍爲正腳」，以楊繼盛在史傳中幾個重要事件作爲全劇的主要依據，並參照楊氏自撰《年譜》舖展《表忠記》情節，形成一條貫穿全劇的主線。從自小牧牛苦讀，到步入仕途，歷經貶謫升遷，直到遭致刑戮，情節始終以楊繼盛人生的順逆起伏爲主要觀照，集中筆墨突顯楊繼盛之忠君與敢於直諫的特點，並透過對於楊繼盛人生歷程的描寫，來反映明代嘉靖年間朝政的腐敗、邊境的烽火頻仍以及百姓生活的苦難。因此不僅一改《鳴鳳記》「拉雜散漫」的缺失，也取得了「結構嚴謹，關目生動」的藝術效果。而儘管劇中也出現如夏言、王世貞、林潤、鄒應龍等人，但他們在劇中終究是處於輔助的地位。

除此之外，一般史書對楊繼盛的記載，多側重其諫阻馬市與彈劾嚴嵩二事，對楊繼盛在地方的貢獻及對後世的影響，則少言及。丁耀亢於《表忠記》中描寫楊繼盛時，爲使人物形象更爲豐富飽滿，也嘗試從其他角度去闡釋描繪這位忠貞愛國的忠臣形象。丁耀亢於〈化番〉齣末批語云：

> 按《年譜》自述，在狄道開煤窖、禁征褐，悉如此齣。至立學校、

〔註50〕鄭騫：〈善本傳奇十種提要〉，《燕京學報》第 24 期，1938 年 12 月，頁 147。

引水興利等政，則先生實有經濟，未得少抒，徒以死忠自見，亦可
悲矣。先生之蒞吾諸者，百二十年。亢產於諸，私淑久而得官於容，
爲先生繪其生面，豈偶然哉！〔註51〕

楊繼盛因阻諫馬市一事遭貶謫爲狄道州（今甘肅臨姚縣）典史，其在狄道州
任官雖僅約一年餘，但卻非常關懷地方建設，不但開煤窰、禁征褐，並設立
學校、倡導文風、引水興利等，對狄道州貢獻良多。丁耀亢認爲楊繼盛對於
民生經濟之貢獻良多，然而卻僅以死諫一事傳其忠貞，也是很可悲的事，因
此於撰寫《表忠記》時，根據《年譜》所述，別譜〈化番〉一齣，便是對楊
繼盛於地方的貢獻予以肯定。楊繼盛爲保定府容城（今河北省容城縣）人，
因仇鸞私通俺答之事敗露，曾於嘉靖三十二年初由狄道州典史升任爲山東諸
城縣令。丁耀亢則出身於山東諸城縣，故曾聽聞諸城中耆老述說有關於楊繼
盛之事蹟。且丁耀亢於順治十一年調任容城教諭一職，撰寫《表忠記》時，
恰在容城任上。正是這樣一份巧合機緣，使丁耀亢深覺能爲楊繼盛作傳，絕
非偶然之事。而其特意爲楊繼盛譜寫〈化番〉一齣，更豐富了楊繼盛的人物
形象。

第四節　《表忠記》之思想旨趣

　　不同於《鳴鳳記》所欲呈顯的完整歷史矛盾糾纏，《表忠記》乃是爲楊繼
盛一人作傳，且將焦點集中在「忠」的表現上。《表忠記》原名《蚺蛇膽》，
郭棻認爲「蚺蛇膽」之名爲「志實」；而「表忠」則是「颺美」，〔註52〕爲的
是贊揚楊繼盛的忠君思想，因此在人物的塑造上，一切皆以「忠」爲最高原
則，極力描繪出楊繼盛的忠君愛國之志。如〈揮膽〉搬演楊繼盛將遭杖刑，
王世貞以千金購得蚺蛇膽，託王西石送至獄中予楊繼盛，謂其可壯膽護心、
通血活脈，杖前調服可免一死。但楊繼盛對此救命的靈丹妙藥竟卻之不受，
只因「忠心爲國，不忍欺君」。其中【小桃紅】一曲明白地表露了楊繼盛誓死
誅除奸佞的決心：

　　【小桃紅】（生）蚺蛇膽壯，烈士心寒，終不如椒山膽也。誰能斥奸
　　佞，直鍊觸金鑾，一任那血泥盤？俺還要挽龍泉、借尚方，誅那兇

〔註51〕《表忠記·化番》（同注15），卷上，頁65上。
〔註52〕《表忠記·弁言》（同注15），卷上，頁1～2。

憸也，縱是碎骨屠腸何足罕！任百煉千敲，一死且盤桓。〔註53〕
楊繼盛認為聖上賜責，就是打死也要實心領受，而服用此藥，打的不痛，乃是欺君。此時楊繼盛身繫牢獄，且面臨即將遭致酷刑的險惡環境，但他擔憂的並非自己身軀所受的苦難，而是思慮如何才能斥退奸佞，因此縱遭百杖嚴刑，縱使碎骨屠腸，也不惜一死，只求能為國誅除兇險。故其自言：「況蚺蛇有膽，終不如俺楊椒山的膽大」，道出其一片赤誠肝膽全都是效忠君王之志。緊接著【下山虎】、【蠻牌令】二支曲所刻畫的楊繼盛，其身因正遭刑罰而「有淚無聲難徹天」，雖然感歎「赤膽終難換，心如劍鑽」，但其對君王之心卻仍忠誠而無怨，只惋惜自己空搏無功，致群奸猶圍繞在君王之側。正如其於刑畢之後，於【鬥黑麻】一曲中所唱道：「朝廷的大法，怎敢埋怨？還要為厲鬼，摧奸亂；哀訴皇天，驅雷借電。」在此生死關頭之際，其始終掛心不忘的僅有對朝廷、對君王的一點赤誠忠心，縱使枉遭斷魂，也要哀告皇天以懲奸人。丁耀亢於此齣批語中言道：「一部生氣全在此齣」。〔註54〕〈揮膽〉一齣不但淋漓盡致地發揮楊繼盛絕對忠於君王的態度，也使全劇情節達於最高潮。這種赤膽忠心的極致表現，真可謂「忠臣不怕死，怕死不忠臣」，也正是傅維鱗之所以將《蚺蛇膽》改名為《表忠記》的用意所在。

但是，雖然《表忠記》於全劇中極力贊揚楊繼盛對於君王的絕對忠誠，然而在某些情節中卻仍透露出劇作家對於明朝朝政及嘉靖皇帝的質疑與批判。如第十九齣〈醮警〉中明確指出嘉靖聽信奸臣、讒害忠良，故出現黑眚與白虎神等來宮中作亂，以示警戒。第二十九齣〈天變〉中亦明言「凡係國君錯亂，即有天象示儆。」這二齣都是以超現實的鬼神腳色上場，來分別展現「天象示儆」的景象。〈醮警〉批語曰：

　　詞曲而無益於天人國家者，不作可也。神道設教，為報復奸相章本。

　　蓋王法暗而天道彰，理應如是。〔註55〕

〈醮警〉於楊繼盛貶謫邊城後鋪演，黑眚與白虎神的出現，其作為僅只毀損宮中道場；〈天變〉則緊接於楊繼盛身亡之後，以水淹浙江四郡、火燒承天府宮、雷劈殿前華表、倭夷大寇江東等如此大的災難，來顯露楊繼盛的天大冤屈及君主的昏亂、朝政的敗壞。正因為嘉靖寵信奸佞以致朝政敗壞如斯，人

〔註53〕《表忠記·揮膽》（同注15），卷下，頁26上～26下。
〔註54〕《表忠記·揮膽》批語（同注15），卷下，頁28下。
〔註55〕《表忠記·醮警》（同注15），卷下，頁4上～4下。

間的王法已無法真正的主持公義，故而必須藉由天道來彰顯。楊繼盛死於嚴
嵩之陷害，是任誰也無法改變的歷史事實，但戲要圓滿，就只能借由超現實
的鬼魂來彌補人間的缺憾。故而於〈赴義〉曲終之後，又別譜〈天變〉齣，
以滿堂神鬼引忠愍歸天，譜〈冥捉〉齣，令忠愍得以親手翦除奸佞，以壯其
威靈。

　　除〈醮警〉、〈天變〉中借鬼神示警呈現對嘉靖皇帝及朝政的批評外，〈後
疏〉中另外增添一段黃門官的唸白，也非常明顯地展現出這樣的企圖。而這
段唸白的創作，更成為影響丁耀亢仕進之途及《表忠記》最終無法上呈的極
重要因素。〔註56〕正如郭棻所云：

> 會有以〈後疏〉一折，藉黃門口吻，指前代敝政、搢紳陋習，過於
> 賈生之流涕，有如長孺之直戇。復屬筆竄，慎重入告。微詞著書，
> 大臣體應如是。無如野鶴五十年來，目擊時事，髮指眥裂者。非伊
> 旦夕，嘗以不能躋要津，職諫議，忼愾敷陳，上規下戒，比於魏徵、
> 陸贄，往往見之，悲歌感嘆。茲幸從事編纂，得少抒積衷，方掀髯
> 大叫，躟然以喜。乃欲令之引嫌避忌，頓焉自更，野鶴然乎哉？於
> 是斂稿什襲，擬付名山。才人之志，亦復如是。是亦足以見出與處
> 之難與易矣。〔註57〕

丁耀亢於〈後疏〉一折中，通過黃門官之口，言詞激烈地指責前朝殺戮忠臣、
寵信閹宦的政治弊端，憤慨地抨擊朝廷中的文武官員只知自謀私利、導致朝
野政治腐敗，明白直接地點出明朝三百年基業毀於一旦的原因。若暫時拋開
丁耀亢撰作此段文字的用意，僅就劇本的情節來看，增添這段唸白確實出現
了劇本結構上的缺失。首先，最明顯的弊病便是文字過於冗長。以一般劇本
的結構來說，主要腳色楊繼盛上場奏本之前，先由黃門官出場點出場景所在
本是情節中自然之事，若欲先借由黃門官之口，為楊繼盛進本劾嚴稍作舖墊，
亦無可厚非，但應以簡潔扼要之言辭為之，否則難以避免過於冗長之弊。其
次，〈後疏〉一齣的情節重點本應在楊繼盛上呈的奏本之上，所以生腳的唱詞
才是本齣所應加強的部分，而非將次要末腳的唸白加重至如此程度。因為增

〔註56〕周貽白於〈丁耀亢《蚺蛇膽》〉文中論及此齣時，以為既知沿襲舊套，便不應
　　　　陳陳相因。而此劇因黃門官之白而不能進呈，或可解說是因為此乃《鳴鳳記》
　　　　舊齣，不能翻新的原故？否則黃門官指陳前代，無關新朝，何以無法進呈，而
　　　　黃門之白則可以刪去。見周貽白：《周貽白戲劇論文選》（同注7），頁302。
〔註57〕《表忠記・弁言》（同注15），卷上，頁1～2。

添這樣一大段黃門官的唸白，使其份量與後半段楊繼盛的曲詞呈現明顯區隔的狀態，唸白的長度與力度也幾乎與曲文處於同等的地位。借黃門官之口將自己的一腔憤慨傾洩而出，在情感上酣暢痛快，但編排上卻造成主次失衡的情況。但如郭英德於《明清傳奇史》中論文人之曲時言道：

> 這些傳統派傳奇家以創作詩詞古文為傳統思維模式創作傳奇，借傳奇抒發故國之思、興亡之歎、身世之感、或世外之奇、報應之思、風化之意，借傳奇顯示淵博的學識功底和深厚的文學造詣。〔註58〕

〈後疏〉中本可先由黃門官以簡要言詞稍微點出朝政之弊病，而將批評之意以楊繼盛奏本接續，於曲文中傳達欲指陳之事，這樣可以避免過於冗長與主次失衡的缺失，同時也能達到相同的藝術效果。然而文人作曲，不免借他人酒杯澆自己塊壘，透過這段憤慨不已的唸白，抒發的是丁耀亢親身歷經明代覆亡的慘痛感悟。為了保存這段獨白，他寧可斂稿而去，放棄晉升仕途的機會，這是丁耀亢身為一個文人的自覺與堅持。但如同借「天象示儆」等超現實的虛構景象表達批判之意，丁耀亢於處理楊繼盛時，為了使人物「忠君」的形象統一，因此並未將個人的滿腹牢騷加諸在其身上，而是透過黃門官作個別的處理，因此我們在楊繼盛這個人物身上看到的是對君王無怨無悔、始終如一的絕對忠誠之心。

小　結

　　《鳴鳳記》以晚明時期重大的政治紛爭作為劇作題材，對於嘉靖時期紛繁擾攘的政治矛盾與衝突有極深的刻畫，成為明清以來歷史傳奇劇作的藝術先驅與典範。此劇從完整的歷史脈絡著眼，塑造出一群為國盡忠，不惜犧牲自我的忠臣形象，眾多敢於直諫的忠臣以死相抗的慘烈情況動人心絃。然而《鳴鳳記》雖然企圖展現的是整個時代衰敗的因素與過程，但由於所涵蓋牽涉的層面過於廣泛，出場的人物眾多，因此在情節布局上容易造成情節鬆散、流於枝蔓的缺失。《表忠記》作為改編《鳴鳳記》的劇作，不同於《鳴鳳記》著重於歷史的舖陳，而將敘述焦點集中於楊繼盛一人身上。此一人物於《鳴鳳記》中即已充分展現出忠義不屈、大義凜然的堅毅性格，為極具傳奇性與典型性的人物。而《表忠記》「專用忠愍為正腳」，以楊繼盛在史傳中幾個重

〔註58〕郭英德：《明清傳奇史》（南京：江蘇古籍出版社，2001年），頁422。

要事件作為全劇的主要依據，並參照其自撰《年譜》舖展全劇情節，形成一條貫穿全劇的主線。借由對楊繼盛個人人生歷程的抒寫，來反映明代嘉靖年間朝政的腐敗、邊境的烽火頻仍以及百姓生活的苦難。

　　不同於《鳴鳳記》所欲呈顯的完整的歷史矛盾糾纏，《表忠記》最主要乃是為楊繼盛一人作傳，因此劇本所觀照的重心是人物在「忠」的表現。《表忠記》為了突顯楊繼盛忠君的思想，因此在人物的塑造上，一切皆以「忠」為最高原則，極力描繪出楊繼盛的忠君愛國之志。以原本《鳴鳳記》劇中的歷史因素作為全劇的背景，襯托出人物的主要精神，不但除去流於枝蔓的缺失，也修正《鳴鳳記》「微失本旨」之弊，使全劇「表忠」的主題精神更加明確。可以說是在《鳴鳳記》的基礎上，更進一步地提升劇作的藝術效果。此外，《表忠記》的作者丁耀亢也於作品中寄寓了自己的情感。劇中通過人物舖演出震撼人心的歷史悲劇，從全劇的線索走向來看，明白地呈顯出明王朝皇帝的庸儒，不理政事，以致權奸當道，專權納賄，導致國家衰敗，外患頻擾，最後整個王朝不免走向敗亡的命運。我們從〈後疏〉中黃門官的唸白來看，其歷數明朝政治的黑暗、權臣的專橫、人民的苦痛，不但用詞激烈，且情緒憤慨激昂，這又豈是一個小小黃門的眼界所能言及呢？無非是作者將自己滿腔不吐不快的怨憤之情，借此酣暢淋漓地全部宣洩出來罷了。而如此強烈的批判意識，卻也導致《表忠記》一劇最終無法上呈於朝廷。丁耀亢屢次應考不第，面對皇帝下詔撰作劇本，朝廷官員如傅維鱗等人的大力舉薦，希冀能一展長才的丁耀亢卻堅持不願修改此段議題敏感的情節，錯失升遷的大好機會。由此看來，親身經歷明王朝傾覆的丁耀亢，其內心是多麼地悲憤哀痛。因而即使高官厚祿的坦蕩前程擺在眼前，也不肯稍作退讓，而堅持將此抒寫自我悲慨情懷的文字如實地保留下來。

第七章　結　論

　　文學的發展是不斷地吸收前人的經驗、成果，化為滋潤自己的養分，才能夠綻放出燦爛耀眼的新花朵。以丁耀亢目前存世的四部劇作《化人遊》、《赤松遊》、《西湖扇》、《表忠記》來看，不僅有傳承或改編前人的劇作，也有獨特的創新與發揮。以下，將對《化人遊》、《赤松遊》、《西湖扇》、《表忠記》四部劇作在題材內容、藝術技巧與思想旨趣等方面的傳承與創新加以歸納整理。

第一節　題材內容

　　以題材內容來看丁耀亢現存之《化人遊》、《赤松遊》、《西湖扇》、《表忠記》四部劇作，可將之分為度脫劇、歷史劇與才子佳人劇三類，其中，《化人遊》為度脫劇，《西湖扇》為才子佳人劇，《赤松遊》與《表忠記》則屬歷史劇作。

（一）度脫劇

　　在丁耀亢的四部劇作中，風格最為獨特的當推《化人遊》一劇。此劇描寫浙中吳山人何皋因不得志於時，憤世嫉俗，故邀集一班異人神仙、名士佳人一同出海遊歷，其中由於成連、左慈等仙人的引渡，使何皋於歷經一場幻境中的磨難後，終於悟道成仙。丁耀亢於此劇中架構了一個變化莫測的奇幻世界，使何皋與眾仙、歷代古人共同遊歷其中，全劇處處可見詭譎離奇之境，內容也充滿豐富神妙的想像，可說是一部變幻莫測，充滿奇異荒誕情節的戲曲作品。《化人遊》一劇中有關度化何皋的內容，雖然類似元明以來以神

仙度化為題材的度脫劇作，例如被度脫者多憤世嫉俗，對現實有所不滿，皆執著於一股憤憤不平之氣，然而卻又不同於元代度脫劇中被度者所表現對塵世酒色財氣的留戀。《化人遊》中何皋乃是因為對於現實的不滿，故主動出海遊歷，並未對於塵世物質有所留戀。此外也不同於明代劇作中被度者對佛道虔誠的推崇故而潛心修練，最後終於得道升仙，何皋修練成道的過程，仍需歷經「度人者」成連、左慈、王陽等仙人以一場夢幻之遊，才使其有所領悟。因此，雖然《化人遊》於題材上仍屬於度脫劇一類，但在情節內容之撰作與安排上、在人物性格的描繪上，則開創出與元明度脫劇不同的度脫形式與風格。

（二）才子佳人劇

《西湖扇》是以宋金之亂為背景，情節由宋湘仙題春蘭詩於扇頭為始，其後宋湘仙遊湖失扇，為同時遊湖的顧史、宋娟娟拾得，後借由一把詩扇的反覆輾轉，敘寫出顧史、宋娟娟和宋湘仙三人悲歡離合的愛情故事。本劇題材取自於明清之際曹爾堪與名妓宋娟之事，乃是丁耀亢受曹爾堪之託所作；此外，另增加宋蕙湘事，借用一把詩扇連繫起三人的命運。本劇題材雖取自於明清之際，然為避時諱，故將時間背景設定於南宋與金朝對峙時期。宋金交戰的背景，造成劇中人物的流離，並襯托出人物的苦難，然而在「一扇欲合二美」的前提下，全劇以喜劇團圓為導向，使人物的離合未能與家國興亡之命運作更進一步的結合，因此也阻斷了深化全劇意涵的可能，故而《西湖扇》一劇也未能脫卻士女風流的才子佳人劇傳統。比之於《西湖扇》，時代略晚且在題材或結構上都與《西湖扇》有許多相似特點的《桃花扇》，則有非常好的發揮。《桃花扇》亦是以才子佳人的面貌呈現，並假以時代的離亂作為時代的背景。不同的是，《桃花扇》「借離合之情，寫興亡之感」，借由一把詩扇，通過侯方域、李香君的兒女之情，凝結民族在亡國之際的悲劇精神，表現南明王朝的興亡之恨。在題材的運用上，《桃花扇》深化了時代背景的意涵，因此《桃花扇》與《西湖扇》雖然同為才子佳人的題材，然《桃花扇》卻得以脫離才子佳人悲歡離合的傳統窠臼，使其具有更加深遠的意義。

（三）歷史劇

屬於歷史劇的作品有《赤松遊》與《表忠記》。其一《赤松遊》是以張良事蹟為題材所撰寫的傳奇劇作，全劇三卷四十六齣，主要依據《史記‧留侯

世家》舖演張良事，並參以史傳中其他諸人傳記，如〈高祖本紀〉、〈項羽本紀〉〈淮陰侯列傳〉等有關於張良之記述，詳細搬演楚漢興亡諸事。此外，又輔以《仙傳拾遺》等雜傳小說家言，由張良「欲從赤松子遊」一語，衍生出赤松度化等情節，並寫黃石老人爲赤松所幻，將二人合併爲同一腳色，使其能貫穿全劇，並增飾力士證爲菩提，共渡張良成仙之事。

　　另一部歷史劇作《表忠記》全名《楊忠愍蚺蛇膽表忠記》，簡稱《蚺蛇膽》或《表忠記》，主要描寫明嘉靖年間楊繼盛與嚴嵩之間的政治衝突事件。有關於嘉靖朝閣長期處於兩種政治勢力相互衝突的議題，不僅有史家爲其寫史作傳，這類的歷史題材也成爲戲曲家所關心注目的焦點，首先以這段歷史作爲主要描寫題材的傳奇劇作爲《鳴鳳記》，此劇不同於一般傳奇以抒寫才子佳人爲主，而取材於離當時不遠的歷史事件，描寫夏言、楊繼盛等人前撲後繼地與嚴嵩父子對抗的經過。《表忠記》則是奉順治皇帝之旨所編修之劇本，與《鳴鳳記》採用同一段歷史題材，並在《鳴鳳記》的基礎上，改以楊繼盛爲主要敘事而重新編寫的作品。全劇以楊繼盛在史傳與自撰《年譜》中的幾個重要事件作爲全劇的主要依據，並參照楊繼盛曾孫與諸城耆老之傳言而舖展情節，全劇三十六齣，以生扮楊繼盛，從其年少、出仕、劾奸一直寫到赴義、封蔭，將敘述的焦點集中在楊繼盛一人，深刻地突顯其不畏強權、忠貞愛國之堅毅形象。

　　雖然丁耀亢的傳世劇作現僅存四部，然而其題材即已含括歷史劇、才子佳人劇與度脫劇三類，其所運用的創作題材可謂豐富多樣化。在內容的撰作上，除了《西湖扇》尙未能脫卻一般才子佳人愛情劇的窠臼外，其他三部劇作皆能於舊有的題材中，翻出新奇的構思。如《化人遊》能以荒誕的奇妙幻境，開創出不同於元明以來度脫劇之寫作，使之別開生面，饒富趣味；《赤松遊》、《表忠記》亦能於既有的歷史題材中，承襲前人劇作之優點，以不同的視角切入，創作出更爲生動的人物形象及情節內容。

第二節　藝術技巧

（一）幻境的運用

　　宋琬《化人遊・總評》稱《化人遊》一劇爲「汗漫離奇狂遊異變」，此種「汗漫離奇」的虛幻之境，實乃劇作家創作的藝術手段。以幻境作爲度脫手

法，為元明以來度脫劇最常運用的藝術手法，度脫劇作中常以夢境或虛幻之境作為度化人物的主要場所，借助夢幻否定現實人世的功名利祿。《化人遊》一劇以幻境作為啟導何皋出世入道的手段，劇中將被度者何皋置身於虛無幻設的世界之中，並在此幻境中通過種種的歷練與考驗，而使其有所感悟，最終得以得道成仙。全劇充滿詭譎華麗的想像，尤其在時空的處理上，劇作家刻意地模糊時間的流逝與界限，使神秘虛幻之境中時間的靜止恆久與現實世界中時間的流逝不返形成強烈對比，象徵何皋在避世仙源修練得道所獲得之永恆不滅的生命。在空間的安排上，此場幻遊則行駛過無邊無際、波濤翻湧的海洋，更遭遇了鯨魚吞噬的險難。而歷經翻滾洶湧的波浪與劫難，猶如身受塵世中種種的挫折與歷練，惟有渡越生死的「彼岸」才能覓得修行的最終歸宿。劇作家借助此特殊的虛幻性時間與空間的呈現，在空間上自由揮灑，在時間上又觀古今於須臾。時空的運用，除了具有提供情節發展的背景功能外，在深層的內涵上更有隱喻與象徵的意義。

而以刻畫楊繼盛故事為主的歷史劇《表忠記》，則在寫實的政治爭鬥中出現了超現實的鬼神描寫。整部劇作除了〈修本〉沿襲《鳴鳳記》描寫鬼魂阻撓寫本一事，用以加強楊繼盛修本的堅決意志之外，更別有〈醮警〉、〈天變〉、〈冥捉〉等齣運用虛幻的筆法來鋪演情節。〈醮警〉以超現實的鬼神腳色上場，明確指出因國君錯亂、聽信奸臣、讒害忠良，故有此天像以示警戒。〈天變〉則於楊繼盛身亡之後，以種種重大災難來顯露楊繼盛的天大冤屈及君主的昏亂、朝政的敗壞。因為現實世界中的王法已無法真正的主持公義，故而必須藉由虛幻的天道來彰顯。楊繼盛死於嚴嵩之陷害，是任誰也無法改變的歷史事實，但戲要圓滿，就只能借由超現實的鬼魂來彌補人間的缺憾。故而於〈赴義〉曲終之後，又別譜〈天變〉齣，以滿堂神鬼引忠愍歸天，譜〈冥捉〉齣，令忠愍得以親手翦除奸佞，以壯其威靈。

（二）砌末的運用

在戲曲劇本的創作中，以砌末為中心貫穿全劇是劇作家經常使用的藝術手法，尤其在抒寫才子佳人離合聚散的劇目中更是受到廣泛的運用。例如《荊釵記》、《香囊記》、《玉簪記》等劇目，都是以一件砌末作為貫穿全劇的作品，劇中的荊釵、香囊、玉簪等物，既是劇中男女主角的定情信物，是其愛情的憑藉與見證，在劇末時也多成為主角團圓的媒合之物。然而在較早的劇本中，砌末仍只作為單純的物件使用，《西湖扇》則巧妙地運用扇子作為穿引全劇的

重要砌末，透過劇作家的巧思，使砌末在組織情節、引發衝突、塑造人物形象及主題思想上起關鍵性的作用，可說是非常成功的藝術創新。

在全劇的結構上，《西湖扇》以「扇」作為主要線索撰作劇本，扇子在劇作中擔負起穿針引線的重要功能，密針細線地連繫著全劇的情節。《西湖扇》以西湖之上生旦定情詩扇作為貫穿全劇的線索，牽動男女主人翁的悲歡離合，通過題扇、憶扇、悲扇、竊扇、完扇等，引發一系列情節，將文士佳人的風流韻事，織入朝廷忠奸權謀及與異族爭戰的經緯之中，來訴說「紈扇離合，萍蹤聚散」的亂離苦痛。此外，劇中的詩扇，除作為見證愛情的信物外，同時也具備全劇主題的象徵意義。首先，「扇」與「散」諧音，有離散之寓意，而從劇中情節發展來看，初始以扇定情，後則悲離的局面，扇亦預示了男女主人翁流離失散的命運。其次，從全劇的線索來看，詩扇更隱含了桃花源之寓意。劇中顧史以一扇完成二美，並在金朝為官；陳道東亦一試中第，受金主之禮遇，達成議和使命，持節南歸。劇中各人物雖歷經流離失散的辛酸之苦，然而在「一扇欲合二美」的前提下，一把詩扇導引著全劇走向了歡喜團圓的結局。

（三）敘事觀點的轉變

不同的戲曲作品即使採用相同的題材、人物與事件，卻會因為創作主旨的不同，而使作品在敘事觀點的選擇、內容的剪裁或情節舖敘的重心上產生差異。《赤松遊》與《赤松記》同樣都是以張良椎秦輔漢作為戲曲創作的題材，二劇皆舖演張良與力士椎擊秦皇失敗，後助劉邦亡秦滅楚，最後功成身退，從赤松子修道成仙之事。《赤松記》搬演張良的一生，從圯下遇黃石老人到輔佐漢主建立功業，乃至後來功成身退，修練得道，其中對張良輔漢之功業，以長達二十齣的篇幅詳盡地搬演楚漢相爭始末，其中不乏精彩描繪張良卓越機智與輔佐才能的齣目。《赤松遊》雖與《赤松記》搬演相同的題材，但相較於《赤松記》對楚漢爭戰、張良用智等細節的長篇演述，《赤松遊》對於張良輔漢事蹟的處理方式就顯得輕描淡寫，卻以較大的篇幅抒發張良的個人情懷與歸隱修道之事。因此《赤松遊》中卷的篇章雖演楚漢之事，但對於爭戰的描寫、智策的運用皆僅用來呈現楚漢兩方勢力的消長，而並不著重對張良運籌畫策之描繪，而中卷自後段五齣則成為開展下卷隱世思想的先導，下卷更著重於描繪張良辭朝歸隱一事，使全劇歸隱修道的思想比建功立業之事蹟更明顯突出。由於《赤松遊》與《赤松記》在創作主旨上的差異，使二部

劇作對於張良事蹟的處理採取不同的態度，因此不論在題材選擇、剪裁或情節鋪敘的重心上便有所差異，這也顯現出《赤松遊》與《赤松記》最大的相異處。

丁耀亢的另一歷史劇作《表忠記》，則是以明嘉靖年間楊繼盛與嚴嵩之間的政治衝突作為戲曲創作的題材。此劇原本是奉清順治皇帝之旨意而作，主要目的在於修改《鳴鳳記》枝蕪蔓雜的缺失，因此可說是立於《鳴鳳記》的基礎之上所撰寫之劇本。《鳴鳳記》主要演述以夏言、楊繼盛等人為首的忠義之臣，與嚴嵩父子及其黨羽所組成的勢力之間的政治衝突，劇中描繪的重點是兩大勢力政治角逐與衝突的全部過程，對嘉靖一朝紛繁擾攘的政治紛爭有極深的刻畫。雖然《鳴鳳記》企圖展現的是整個時代衰敗的因素與過程，但是由於所涵蓋牽涉的層面廣泛，事件紛繁，出場人物眾多，故而影響情節發展的緊湊性與集中性。《表忠記》採取了不同於《鳴鳳記》的敘述觀點，劇中「專用忠愍為正腳」，將焦點集中於楊繼盛一人身上，以楊繼盛在史傳中幾個重要事件作為全劇的主要依據，並參照其自撰《年譜》鋪展全劇情節，形成貫穿全劇的主線。楊繼盛為極具傳奇性與典型性的人物，其於《鳴鳳記》中的出場齣目雖然不多，然已展現出其忠義不屈、大義凜然的堅毅性格。《表忠記》則將楊繼盛的一生及其與嚴嵩之間的衝突作更為完整、細膩地描繪，借由對其個人人生歷程的抒寫，來反映明代嘉靖年間朝政的腐敗、邊境的烽火頻仍以及百姓生活的苦難。因此，雖然《表忠記》與《鳴鳳記》二劇所採用的題材大致相同，然而卻因敘事角度的差異，使二劇產生不同的主題精神與風格迥異的藝術旨趣。

第三節　思想旨趣

（一）藉遊仙以詠懷

中國文學抒情傳統中的遊仙詩篇，其內容充滿豐富奇幻的想像，且運用象徵的藝術技巧，揉合神仙傳說、歷史人物與自然景象，編織成神奇瑰偉、引人入勝的境界，藉此抒情言志。在丁耀亢四部戲曲作品裡，明顯具有濃郁遊仙詩篇性質的劇作即為《化人遊》。

《化人遊》一劇在形式上雖為戲曲創作，然而此部劇作將神仙異人、歷代文士名姝共同匯聚於仙舟，使這班才子佳人與何皋共同遨遊於江海之上。

觀何皋狂遊之舉，他雖然登舟與眾仙同遊，並於舟中與名士豔姝縱情飲酒、放浪高歌，其姿態看似狂傲不羈，但是在一切皆看似非常美好的表象之下，他的內心卻是極度地迷茫、無助與孤獨的。在這種奇情鬱氣無所寄託的情形之下，便顯露出對神仙不滅世界的追求與嚮往，如同遊仙詩篇般藉此廣闊無際的虛幻時空以獲得自由。

再觀何皋邀請登舟同遊如曹植、劉楨、李白等人，亦皆是抑鬱不得志的才子。曹植雖貴為王侯，然而卻屢遭其兄曹丕的打擊與迫害，一再地被貶爵徙封，行動並受到監視，實為極不自由的囚徒。其〈雜詩〉云：「孤雁飛南遊，過庭長哀吟。翹思暮遠人，願欲托遺音。形影忽不見，翩翩傷我心。」我們可以強烈地感受到他孤苦無依的深切哀痛。劉楨為建安七子之一，善為詩，負盛名，卻屢遭困厄，經歷坎坷。他曾從曹丕飲酒，座中曹丕命甄夫人出拜，劉楨卻因平視夫人而以不敬被罰輸作部。劉楨的作品中常在憂傷中流露深深的恐懼與惶惑之情，其詩曰：「天地無期竟，民生甚局促。為稱百年壽，誰能應此錄。低昂倏忽去，炯若風中燭。」他把生命看成風中之燭，搖曳不定，倏忽即滅，所謂「為稱百年壽，誰能應此錄。」不僅是對生命本身的憂患，也表現了年華易逝，功業未成的痛苦。李白以詩仙之名著稱，然其後期卻處於現實與理想的矛盾之中，後期大部分的遊仙詩作，是詩人在坎坷不平的人生道路上所吟唱的抒情歌。

遊仙這一題材可以展開豐富的想像，不受時空限制，是詩人抒發矛盾、痛苦、激憤等情感的最好形式。《化人遊》無疑是別以戲劇的形式撰作類遊仙詩篇的戲曲作品，藉由這群善歌遊仙的人物，更加映襯出主人翁何皋對於自由心靈的追求與渴望。它不僅承襲了度脫劇的形式，更密切地融合遊仙的抒情，使之成為一部風格獨特的戲曲作品，可說是丁耀亢最為別出新裁的創新劇作。

（二）借史以詠遊仙之志

另一部具有遊仙性質，並藉史詠懷的作品則為《赤松遊》。如第四章中所述，《赤松遊》對於張良輔漢事蹟的處理方式是輕描淡寫的，全劇對於張良運籌畫策著墨不多，反而更著重於描繪張良的辭朝歸隱，使全劇歸隱修道的出世情懷比建功立業的入世思想更為明顯突出。然而《赤松遊》雖則在全劇濃墨渲染張良遊仙求道的經過，但卻將虛無縹緲的神仙之輩，與世俗中盡忠孝節義的人間英雄相結合，說明修道成仙並無他法，而是必須完成個人本身所

應盡的責任，此種精神同時也體現了傳統儒家知識份子所追求的獨立人格。

丁耀亢之所以將張良引為同調，除了肯定其為韓復仇的堅毅決心外，尚有借用張良「始終為韓」之意，他欣羨張良能於創建一番功業後，不慕名利、功成身退的高潔品格，而張良最初恢復故國河山的願望，也是丁耀亢內心最渴望卻無法達成的遺憾。張良從立功到功成身退，最後修道登仙，由盡忠孝節義的入世英雄，轉為不問俗事的出世神仙，這種理想的人生道路，也正是丁耀亢所衷心企求的。丁耀亢不僅於《赤松遊》一劇中塑造了張良完美的人物形象，也從此形象中寄寓了對故國的懷念之思。

（三）借史以詠儒家之志

《表忠記》與《赤松遊》同是鋪寫歷史的劇作，然而不同於《赤松遊》所具有的濃厚遊仙性質，《表忠記》所展現的是更為積極入世的儒家精神。從全劇的走向來看，明白地呈顯出明朝皇帝的庸弱，不理政事，以致權奸當道，專權納賄，導致國家衰敗，外患頻擾，最後整個王朝不免走向敗亡的命運。而楊繼盛置身於逐漸衰敗的朝廷中，他所選擇的不是消極地避居山林，反而積極挺身而出，以其生命與奸佞勢力相互對抗。全劇觀照的重心集中於楊繼盛忠君的描寫上，並且為了突顯楊繼盛忠君的思想，在人物的塑造上，一切皆以「忠」為最高原則，極力描繪出楊繼盛的忠君愛國之志。

我們從丁耀亢四部劇作創作的時間先後來看，可以觀察出作者於創作劇本時的心路歷程。明清鼎革之際，丁耀亢親眼目睹家國遭受戰火摧殘的悲慘景況，其經歷是一生難以抹去的夢魘。自崇禎十五年（1642）清軍破諸城，直至順治五年（1648）入京謀事，此段期間，幾乎都在戰亂逃亡中渡過，女兒禮姑於前往南山舊廬避亂途中病卒，其弟耀心、姪兒大穀則皆於守城之時殉難。丁耀亢二次攜家轉徙入海避難，生活艱困，尚賴朋友周濟。而回至諸城，面對遭受戰火蹂躪的殘破的家園，更兼家中莊田大半為強鄰惡族所占。

順治四年完成《化人遊》一劇，該年四月，丁耀亢復遊淮、揚，原欲卜居於淮，卻未能實現。仲夏，再南遊吳陵（今江蘇泰州）。丁耀亢於《吳陵遊·野鶴自紀》言：「丁子家居，鬱鬱不得志，泛舟淮海，孑然無侶，聞故人劉君吏隱海陵，乘興訪戴。」此文中「鬱鬱不得志，泛舟淮海，孑然無侶」

之狀，與《化人遊》劇中何皋因不得志於時、慨嘆知音難覓而出海狂遊之情形類似，而其憂懷鬱悶、悲憤世俗的形象更是相互照映。其時丁耀亢甫經歷一場國家淪亡、親人死別的巨變，在目睹家園殘破、歷經流離苦痛之後，無所安頓其身心的丁耀亢，只能將其滿懷的憂思寄託於虛無縹緲的神仙幻境之中。

在崇禎、順治年間，丁耀亢曾積極投入抗清的活動中，崇禎十七年（1644）七月間助明將王遵坦與山東巨族合作，解除渠邱之圍。九月往謁劉澤清，授以贊畫之職，為陳方略。次年五月，清兵渡江，南明弘光帝降，劉澤清解甲，王遵坦亦遣散屯兵。其時王遵坦曾邀其入淮往見豫王，以期敘功別用，但丁耀亢見復明無望，以歸省老母之由辭拒，泛舟東去。奈何諸城仍舊是劫亂不斷，無法安居。而明末戰亂已使族中弟姪多人喪生，贍養老母、撫養孤姪的重任遂由丁耀亢一肩擔負。加以清王朝初建之時，以殘暴血腥之手段對待生儒，為避諸艱，使其不得不入京謀事。

順治六年（1649）三月，丁耀亢充任鑲白旗教習，開始其入清仕宦之生涯，而《赤松遊》亦於此年完成。《赤松遊》始作於明崇禎十六年，完成於清順治六年，歷時長達七年。丁耀亢的身份從抗清之士到入清為官，雖說其並非故明舊臣，但入仕新朝，其內心仍充滿了迷惑與掙扎。因此我們在《赤松遊》中看到了嚮往自由、歸隱修道的遊仙出世思想，然而出世神仙的基礎卻是建立在入世英雄之上。在此，丁耀亢遊離不安的心靈似乎已逐漸在尋求現實的出路，故而既能建立偉大功業卻有著澹泊世俗情懷的張良，就成為他引為同調，一心所嚮往欣羨的對象。

《西湖扇》寫成於順治十年，此時丁耀亢已由鑲白旗教習任滿，改任鑲紅旗教習。其間並曾於順治八年參加鄉試，此次為丁耀亢最後一次參加鄉試，惜仍落第，他於試後寫下〈辛卯闈後再入旗塾四首〉，以抒發他哀傷慨嘆的心情。《西湖扇》與前兩部劇作最大的不同是此劇已全然落實於現實的時空背景中，其題材雖為才子佳人的愛情劇作，然而全劇所關懷的仍不離戰亂的流離悲苦之情。除此之外，劇作描寫的兩位人物顧史與陳道東，實代表二種不同心態的文人面向，丁耀亢塑造了這兩種截然不同的人物，採取的是平等對待的方式，讓他們各自去面對自己的課題，顧史與二宋歡喜成婚，並在金朝為官，陳道東則秉持著他對民族氣節的熱情執著，終於完成使命持節歸宋。儘管二人處世態度有如此大的差異，但是他們仍彼此惺惺相惜，尊重對方所做

的選擇。丁耀亢無疑在此建立有如世外桃源的美麗世界，如同曲文所云「對酒高歌休按劍，醉眼蒙騰，爭甚秦和漢」。

順治十四年，丁耀亢於任職容城教諭時奉旨撰作《表忠記》。他於容城所居之處，其「所居齋東，與椒山先生之祠比鄰」，因此他摘取《楚辭》：「雜申椒與菌桂兮，豈唯紉夫蕙茝；步予馬於蘭皋兮，馳椒丘且焉止息」之意，將容城比爲「椒丘」，以表對於先賢的敬仰。椒山先生即楊繼盛，此段椒丘的教諭生涯，也成爲激發丁耀亢撰寫《表忠記》的動力，而《表忠記》也一改《鳴鳳記》的敘述觀點，將重心全集中在對楊繼盛的描寫，並極力地突顯楊繼盛的忠君思想，極力描繪出楊繼盛的忠君愛國之志。全劇處處可見慷慨激昂之情緒，尤其〈揮膽〉一齣，不但淋漓盡致地發揮了楊繼盛絕對忠於君王的態度，也使全劇情節達於最高潮。這種赤膽忠心的極致表現，眞可謂「忠臣不怕死，怕死不忠臣」，也正是傅維鱗之所以將《蚺蛇膽》改名爲《表忠記》的用意所在。

然而，全劇敘說的重心雖在一「忠」字，但仍可見作者對於現實環境的不滿與牢騷，其中〈後疏〉一折，丁耀亢通過黃門官之口，言詞激烈地指責前朝殺戮忠臣、寵信閹宦的政治弊端，憤慨地抨擊朝廷中的文武官員只知自謀私利、導致朝野政治腐敗，明白直接地點出明朝三百年基業毀於一旦的原因。透過這段憤慨不已的唸白，抒發的是丁耀亢親身歷經明代覆亡的慘痛感悟。而爲了保存這段獨白，他寧可斂稿而去，放棄晉升仕途的機會，這是丁耀亢身爲一個文人的自覺與堅持。

因此，我們從丁耀亢的四部戲曲作品創作的時間先後來看，不論是度脫劇的遊仙題材，抑或是才子佳人的愛情劇，以至是借史詠懷的歷史劇作，這些作品所漸次呈現的，是一位飽經戰火摧殘的劇作家，其心靈由嚮往神秘荒誕的虛幻之境，逐漸回歸到現實世界中的心路歷程。

參考書目

一、劇　本

1. 丁耀亢：《化人遊》。《古本戲曲叢刊五集》，上海：上海古籍出版社，1986年。據中國社會科學院文學研究所藏清順治野鶴齋刊本影印。

2. 丁耀亢：《赤松遊》。《古本戲曲叢刊五集》，上海：上海古籍出版社，1986年。據中國社會科學院文學研究所藏清順治刊本影印。

3. 丁耀亢：《西湖扇》。《古本戲曲叢刊五集》，上海：上海古籍出版社，1986年。據中國社會科學院文學研究所藏清康熙重刊本影印。

4. 丁耀亢：《新編楊椒山表忠蚺蛇膽》。《古本戲曲叢刊五集》，上海：上海古籍出版社，1986年。據上海圖書館藏清順治刊本影印。

5. 孔尚任撰；吳梅、李詳校正：《桃花扇》，揚州：江蘇廣陵古籍刻印社，1990年。煖紅室彙刻傳奇影印。

6. 李文蔚：《張子房圯橋進履》。《脈望館鈔校本古今雜劇》第 15 冊，出版地不詳：商務印書館，1958 年。

7. 《新刻全像點板張子房赤松記》，明金陵唐氏刻本。收入《美國哈佛大學哈佛燕京圖書館藏中文善本彙刊》，北京：商務印書館；桂林：廣西師範大學出版社，2003 年。

8. 《鳴鳳記》。收入延保全評注：《六十種曲評注》第 4 冊，長春：吉林出版社，2001 年。

二、古籍 (依作者姓名筆畫排序)

1. 《四庫全書總目提要》，臺北：藝文印書館，1997 年。

2. 《傳奇彙考》，北京：書目文獻出版社，1994 年。

3. 丁耀亢：《逍遙遊》。《四庫禁燬叢刊・集部》第 186 冊，北京：北京出版

社，2000 年。清順治刻本，據北京圖書館館藏影印。

4. 丁耀亢撰；李增坡主編、張清吉點校：《丁耀亢全集》，鄭州：中州古籍出版社，1999 年。

5. 王士禎：《池北偶談》。《叢書集成續編・子部》第 90 冊，上海：上海書店，1994 年。據《說鈴》影印。

6. 王士禎：《感舊集》。《四庫禁燬書叢刊・集部》第 74 冊，北京：北京出版社，2000 年。據清華大學圖書館藏清乾隆十七年（1751）刻本影印。

7. 王國維：《曲錄》，臺北：臺灣商務印書館，1976 年。

8. 王晫：《今世說》。《叢書集成初編》第 2825 冊，北京：中華書局，1985 年。據《粵雅堂叢書》本排印。

9. 司馬光撰；胡三省注：《資治通鑑》。《景印文淵閣四庫全書》，臺北：臺灣商務印書館，1983 年。

10. 司馬遷撰，瀧川龜太郎考證：《史記會注考證》，臺北：中華書局，1978 年。

11. 平步青：《小棲霞說稗》。《中國古典戲曲論著集成》第 9 冊，北京：中國戲劇出版社，1959 年。

12. 列禦寇著，張湛注：《列子・周穆王》，台北：中華書局，1981 年。

13. 朱熹：《四書章句集注》，臺北：大安出版社，1996 年。

14. 朱權：《太和正音譜》。《中國古典戲曲論著集成》第 3 冊，北京：中國戲劇出版社，1959 年。

15. 呂天成：《曲品》。《中國古典戲曲論著集成》第 6 冊，北京：中國戲劇出版社，1959 年。

16. 李昉：《太平廣記》，台北：文史哲出版社，1978 年。

17. 李漁著；江巨榮、盧壽榮校注：《閒情偶寄》，上海：上海古籍出版社，2000 年。

18. 沈佳：《明儒言行錄》。《景印文淵閣四庫全書》，臺北：臺灣商務印書館，1983 年。

19. 谷應泰：《明史紀事本末》，臺北：三民書局，1985 年。

20. 祁彪佳：《遠山堂曲品》。《中國古典戲曲論著集成》第 6 冊，北京：中國戲劇出版社，1959 年。

21. 姚燮：《今樂考證》。《中國古典戲曲論著集成》第 10 冊，北京：中國戲劇出版社，1959 年。

22. 洪楩編；譚正璧校注：《清平山堂話本》，上海：古典文學出版社，1957 年。

23. 宮懋讓等修，李文藻等纂：《諸城縣志》，臺北：成文出版社，1976 年。

據清乾隆二十九年（1764）刊本影印。

24. 班固撰，顏師古注：《漢書》，北京：中華書局，1995 年。

25. 張廷玉等撰；鄭天挺點校：《明史》，北京：中華書局，1974 年。

26. 張貞：〈丁野鶴先生行歷圖記〉。《渠亭山人半部稿》，清康熙二十八年
（1689）刊本。

27. 張維屏：《國朝詩人徵略》。《清代傳記叢刊》第 21 冊，臺北：明文書局，
1985 年。

28. 張雙棣：《淮南子校釋》，北京：北京大學出版社，1997 年。

29. 梁廷柟：《曲話》。《中國古典戲曲論著集成》第 8 冊。北京：中國戲劇出
版社，1959 年。

30. 笠閣漁翁；《笠閣批評舊戲目》。《中國古典戲曲論著集成》第 7 冊，北
京：中國戲劇出版社，1959 年。

31. 陳康祺撰；晉石點校：《郎潛紀聞初筆二筆三筆》，北京：中華書局，1997
年。

32. 陳鼓應註譯：《莊子今註今譯》，臺北：臺灣商務印書館，1989 年。

33. 焦循：《劇說》。《中國古典戲曲論著集成》第 8 冊，北京：中國戲劇出版
社，1959 年。

34. 無名氏：《仙傳拾遺》。《舊小說乙集‧六》，上海：上海商務印書館，1914
年。

35. 黃文暘：《曲海總目提要》，臺北：新興書局，1985 年。

36. 黃文暘撰，董康校訂：《曲海總目提要》。《筆記小說大觀》25 編，第 8
～10 冊，臺北：新興書局，1985 年。

37. 楊恩壽：《詞餘叢話》。《中國古典戲曲論著集成》第 9 冊。北京：中國戲
劇出版社，1959 年。

38. 楊繼盛：〈請誅賊臣嚴嵩疏〉。高明總編纂：《明文彙》，臺北：臺灣書店，
1958 年。

39. 楊繼盛：《楊忠愍公集》。《叢書集成續編》第 117 冊，上海：上海書店，
1994 年。

40. 葛洪：《神仙傳》，臺北：廣文書局，1989 年。

41. 趙爾巽等撰：《清史稿》，北京：中華書局，1998 年。

42. 劉向：《列仙傳》，臺北：廣文書局，1989 年。

43. 鄭賢：《古今人物論》，臺北：廣文書局，1974 年。

44. 鄧之誠：《清詩紀事初編》。《清代傳記叢刊》第 20 冊，臺北：明文書局，
1985 年。

45. 錢穆：《莊子纂箋》，臺北：東大圖書公司，1993 年。

46. 鍾兆華：《元刊全相平話五種校注》，成都：巴蜀書社，1990 年。

47. 鍾嗣成：《錄鬼簿》。《中國古典戲曲論著集成》第 2 冊，北京：中國戲劇出版社，1959 年。

48. 魏徵：《隋書・經籍志》，臺北：鼎文書局，1987 年。

49. 嚴有禧纂修：《萊州府志》。清乾隆庚申年（五年，1740）刊本。

50. 顧廣圻校：《韓非子》，臺北：廣文書局，1991 年。

三、近人著作（依作者姓名筆畫排序）

1. 么書儀：《元人雜劇與元代社會》，北京：北京大學出版社，1997 年。

2. 于曼玲：《中國古典戲曲小說研究索引》，廣州：廣東高等教育出版社，1992 年。

3. 中國戲曲志編輯委員會：《中國戲曲志・山東卷》，北京：中國 ISBN 中心，1994 年。

4. 王季烈：《孤本元明雜劇提要》，臺北：臺灣商務印書館，1971 年。

5. 王彬：《清代禁書總述》，北京：中國書店，1999 年。

6. 王紹曾：《山東文獻書目》，濟南：齊魯書社，1993 年。

7. 李修生：《古本戲曲劇目提要》，北京：文化藝術出版社，1997 年。

8. 李惠綿：《戲曲要籍解題》，臺北：正中書局，1991 年。

9. 李增坡主編：《丁耀亢研究——海峽兩岸丁耀亢學術研討會論文集》，鄭州：中州古籍出版社，1998 年。

10. 李豐楙：《憂與遊：劉朝隋唐遊仙詩論集》，臺北：臺灣學生書局，1986 年。

11. 周妙中：《清代戲曲史》，鄭州：中州古籍出版社，1987 年。

12. 河北北京師範學院中文系資料室、中國社會科學院文學研究所圖書資料室編：《中國古典文學研究論文索引（1949～1966）》，香港：三聯書店，1980 年。

13. 青木正兒著，王古魯譯：《中國近世戲曲史》，臺北：臺灣商務印書館，1988 年。

14. 青木正兒著，隋樹森譯：《元人雜劇概說》，北京：中國戲劇出版社，1985 年。

15. 俞為民：《李漁閒情偶寄曲論研究》，揚州：江蘇教育出版社，1994 年。

16. 孫楷第：《戲曲小說書錄解題》，北京：人民文學出版社，1990 年。

17. 孫殿起：《清代禁書知見錄》，臺北：成文出版社，1978 年。

18. 袁行雲：《清人詩集敘錄》第 1 冊，北京：文化藝術出版社，1994 年。

19. 張庚、郭漢城：《中國戲曲通史》，北京：中國戲劇出版社，1980 年。

20. 張清吉：《丁耀亢年譜》，南京：南京大學出版社，1996 年。

21. 張慧劍：《明清江蘇文人年表》，上海：上海古籍出版社，1986 年。

22. 莊一拂：《古典戲曲存目彙考》，上海：上海古籍出版社，1982 年。

23. 許祥麟：《中國鬼戲》，天津：天津教育出版社。1997 年。

24. 郭英德：《明清文人傳奇研究》，北京：北京師範大學出版社，2001 年。

25. 郭英德：《明清傳奇史》，南京：江蘇古籍出版社，2001 年。

26. 郭英德：《明清傳奇綜錄》，石家莊：河北教育出版社，1997 年。

27. 傅惜華：《明代傳奇全目》，北京：人民文學出版社，1959 年。

28. 黃炫國：《明代嘉靖隆慶時期三大傳奇研究》，政治大學中文研究所博士論文，1992 年。

29. 楊建文：《中國古典悲劇史》，武漢：武漢出版社，1998 年。

30. 葉永芳：《鳴鳳記研究》，東吳大學中文研究所碩士論文，1982 年。

31. 雷夢辰：《清代禁書彙考》，北京：書目文獻出版社，1989 年。

32. 廖玉蕙：《細說桃花扇──思想與情愛》，臺北：三民書局，1997 年。

33. 廖奔、劉彥君：《中國戲曲發展史》，太原：山西教育出版社，2000 年。

34. 趙景深，張增元：《方志著錄元明清曲家傳略》，北京：中華書局，1987 年。

35. 趙景深主編，邵曾祺編著：《元明雜劇總目考略》，鄭州：中州古籍出版社，1985 年。

36. 劉文新：《「錄鬼簿」中歷史探源》，天津：南開大學出版社，1989 年。

37. 蔡毅：《中國古典戲曲序跋彙編》，濟南：齊魯書社，1989 年。

38. 鄭振鐸：《中國文學史》。收錄《鄭振鐸全集》第九卷，石家莊：花山文藝出版社，1998 年。

39. 魯迅：《中國小說史略》，天津：天津人民出版社；香港炎黃國際出版社，1999 年。

40. 謝國楨：《增訂晚明史籍考》，上海：上海古籍出版社，1981 年。

41. 羅錦堂：《現存元人雜劇本事考》，臺北：中國文化，1959 年。

42. 嚴敦易：《元劇斟疑》，上海：中華書局，1960 年。

四、專書之一章（依作者姓名筆畫排序）

1. 孔繁信：〈丁野鶴戲曲創作簡論〉。李增坡主編：《丁耀亢研究──海峽兩岸丁耀亢學術研討會論文集》，鄭州：中州古籍出版社，1998 年，頁 203～218。

2.　王璦玲：〈明末清初歷史劇之歷史意識與視界呈現〉。胡曉眞主編：《世變與維新——晚明與晚清的文學藝術》，臺北：中央研究院中國文哲研究所，2001 年，頁 189～300。

3.　石玲：〈丁耀亢〉。胡世厚，鄧紹基主編：《中國古代戲曲家評傳》，鄭州：中州古籍出版社，1992 年，頁 488～497。

4.　石玲：〈丁耀亢劇作論〉。李增坡主編：《丁耀亢研究——海峽兩岸丁耀亢學術研討會論文集》，鄭州：中州古籍出版社，1998 年，頁 219～252。

5.　李豐楙：〈神仙與謫凡：元代度脫劇的主題及其時代意義〉。《文學、文化與世變：第三屆國際漢學會議論文集・文學組》，臺北：中央研究院中國文哲研究所，2002 年，頁 237～272。

6.　周貽白：〈丁耀亢《蚺蛇膽》〉。收入《周貽白戲劇論文選》，長沙：湖南人民出版社，1982 年，頁 300～304。

7.　吳書蔭、薛若鄰：〈《寶劍記》、《浣紗記》、《鳴鳳記》與明代政治鬥爭〉。收入沈達人、顏長珂主編：《古典戲曲十講》，北京：中華書局，1986 年8 月，頁 109～133。

8.　茅盾：〈關於歷史和歷史劇〉。《茅盾評論文集》下冊，北京：人民文學出版社，1978 年，頁 189。

9.　孫玉明：〈丁耀亢其人其事〉。吉林大學中國文化研究所編：《金瓶梅藝術世界》，長春：吉林大學出版社，1991 年，頁 307～318。

10. 容世誠：〈度脫劇的原型分析——啓悟理論的應用〉。容世誠：《戲曲人類學初探——儀式、劇場與社群》，臺北：麥田出版社，1997 年，頁 223～262。

11. 徐扶明：〈《鳴鳳記》非王世貞作〉。徐扶明：《元明清戲曲探索》，杭州：浙江古籍出版社，1986 年，頁 76。

12. 陳美林、吳秀華：〈試論丁耀亢的戲劇創作〉。李增坡主編：《丁耀亢研究——海峽兩岸丁耀亢學術研討會論文集》，鄭州：中州古籍出版社，1998年，頁 183～195。

13. 陳慶浩：〈「海內焚書禁識丁」——丁耀亢生平及其著作〉。李豐楙主編：《文學、文化與世變——第三屆國際漢學會議論文集・文學組》，臺北：中央研究院中國文哲研究所，2002 年，頁 351～394。

14. 黃霖：〈略談丁耀亢的戲劇觀〉。李增坡主編：《丁耀亢研究——海峽兩岸丁耀亢學術研討會論文集》，鄭州：中州古籍出版社，1998 年，頁 196～202。

15. 葉長海：〈一部繫之桃花扇底的亡國痛史〉。常丹琦編：《名家論名劇》，北京：首都師範大學出版社，1994 年，頁 229～247。

16. 趙幼民：〈元雜劇中的度脫劇・上〉。《文學評論》第五集，臺北：書評書

目出版社，1978 年 6 月，頁 153～196。

17. 趙幼民：〈元雜劇中的度脫劇・下〉。《文學評論》第六集，臺北：書評書
目出版社，1980 年 5 月，頁 169～217。

五、期刊論文（依作者姓名筆畫排序）

1. 丁洪哲：〈論歷史劇之人物塑造〉。《復興崗學報》第 42 期，1989 年 12
月，頁 361～378。

2. 孔繁信：〈略論丁野鶴的戲曲創作〉。《聊城師範學院學報・哲學社會科學
版》1998 年第 4 期，頁 98～102。

3. 王仲孚：〈鼓蕩秦漢風雲的張良〉。《中央月刊》第 9 卷第 3 期，1977 年 1
月，頁 113～117。

4. 王怡仁：〈歷史劇的美學方法〉。《歷史月刊》第 174 期，2002 年 7 月，
頁 96～99。

5. 王怡仁：〈歷史劇的迷思〉。《歷史月刊》第 151 期，2000 年 8 月，頁 128
～132。

6. 王昊：〈古代戲曲道具功能簡論〉。《安徽師大學報・哲學社會科學版》第
25 卷第 4 期，1997 年，頁 526～530。

7. 王昊：〈讀「史記・留侯世家」──管窺中國「老年政治」傳統〉。《中國
文化月刊》第 263 期，2002 年 2 月，頁 124～127。

8. 王保珍：〈運籌帷幄之中，決勝千里之外的張良〉。《國魂》第 620 期，1997
年 7 月，頁 74～77。

9. 王瑾：〈丁耀亢思想略論〉。《廣州大學學報・社會科學版》第 2 卷第 5
期，2003 年 5 月，頁 20～23。

10. 王璦玲：〈記憶與敘事：清初劇作家之前朝意識與其易代感懷之戲劇轉
化〉。《中國文哲研究集刊》第 24 期，2004 年 3 月，頁 39～103。

11. 王傳明：〈逍遙與責任──論丁耀亢劇作與清初「夾心層」文人的心態〉。
《大家》2011 年第 18 期，頁 31～32。

12. 朱萍：〈丁耀亢研究小史述略〉。《江淮論壇》2001 年第 1 期，2001 年 2
月，頁 99～105。

13. 何明娜、陳淑媛：〈從劇作與本事──看「桃花扇」主要人物〉。《人文及
社會學科教學通訊》第 13 卷第 6 期，2003 年 4 月，頁 58～85。

14. 吳振漢：〈王世貞「史乘考誤」所論嘉、隆之際史事考釋〉。《國立中央大
學人文學報》第 17 期，1998 年 6 月，頁 65～92。

15. 吳淑鈿：〈超越與異化──「桃花扇」中李香君的藝術形象〉。《人文中國
學報》第 9 期，2002 年 12 月，頁 83～104。

16. 宋輝：〈最後一頁滄桑──從「桃花扇‧人道」看孔尚任的悲劇意識〉。《國文天地》第 8 卷第 3 期，1992 年 8 月，頁 37～43。

17. 李惠綿：〈論析元代佛教度脫劇──以佛教「度」與「解脫」概念為詮釋觀點〉。《佛學研究中心學報》第 6 期，2001 年 7 月，頁 271～316。

18. 李焯然：〈從「鳴鳳記」談到嚴嵩的評價問題〉。《明史研究專刊》第 6 期，1983 年 6 月，頁 37～76。

19. 李增波：〈「海峽兩岸丁耀亢學術研討會」綜述〉。《復旦學報‧社會科學版》1997 年第 5 期，頁 106～108。

20. 李娜娜：〈丁耀亢的戲劇創作理論研究〉。《飛天》2010 年第 24 期，頁 101～102。

21. 沈敏：〈元明「度脫劇」異同辨〉。《武漢大學學報‧人文科學版》第 58 卷第 1 期，2005 年 1 月，頁 58～63。

22. 汪榮祖：〈桃花扇底送南明〉。《歷史月刊》第 182 期，2003 年 3 月，頁 28～32。

23. 阮芝生：〈論留侯與三略〉，《食貨月刊》第 11 卷第 2、3 期，1981 年 5、6 月，頁 54～71。

24. 周洪才：〈丁耀亢及其著作考論〉。《齊魯學刊》1996 年第 5 期，頁 17～19。

25. 周啟志：〈「奸相」嚴嵩質疑〉。《歷史月刊》第 186 期，2003 年 7 月，頁 86～93。

26. 延保全：〈《鳴鳳記》作者考辨〉。《中華戲曲》第 24 輯，北京：文化藝術出版社，2000 年 6 月，頁 88～104。

27. 林立仁：〈論傳奇徵實風氣之興起──從「浣紗記」、「鳴鳳記」加以探討〉。《輔仁國文學報》第 11 期，1995 年 5 月，頁 165～204。

28. 林宏安：〈桃花扇的相框結構──試論先聲、孤吟在全本桃花扇中的作用〉。《民俗曲藝》第 103 期，1996 年 9 月，頁 189～208。

29. 林宗霖：〈歷史名劇桃花扇的創作過程〉。《藝文誌》第 137 期，1977 年 2 月，頁 55～58。

30. 林津羽：〈易代創傷的見證與修補：以丁耀亢《西湖扇》書寫為例〉。《中極學刊》第 7 輯，2008 年 6 月，頁 217～235。

31. 林素英：〈從「史記」論張良的生命智慧〉。《花蓮師院學報》第 10 期，2000 年 6 月，頁 231～247。

32. 林聰舜：〈三種不同謀士的典型：張良、陳平、范增〉。《中華文化復興月刊》第 21 卷第 11 期，1988 年 11 月，頁 60～66。

33. 林衛東、高永生：〈丁耀亢作品的版本及其他〉。《山東圖書館季刊》2004 年第 4 期，2004 年 12 月，頁 92～95。

34. 范秀君：〈丁耀亢《表忠記》創作特點簡論〉。《蘇州大學學報・哲學社會科學版》2010 年第 2 期，2010 年 3 月，頁 69～71。

35. 姜龍昭：〈談「歷史劇」〉。《中國現代文學理論》第 3 期，1996 年 9 月，頁 386～399。

36. 柳存仁：〈夏言・嚴嵩・徐階〉。《嶺南學報・復刊號》第 1 期，1999 年 10 月，頁 345～374。

37. 胡健生：〈道具在中外藝術中的運用〉。《民族藝術研究》2001 年第 5 期，頁 50～55。

38. 孫永和：〈清代戲劇家丁耀亢及其創作〉。《戲劇叢刊》1988 年第 6 期，頁 77～78。

39. 徐泓：〈「明史紀事本末・嚴嵩用事」校讀：兼論其史源運用與選〉。《暨大學報》第 1 卷第 1 期，1997 年 3 月，頁 17～60、328。

40. 徐貴振：〈孔尚任何以要用戲劇形式寫作《桃花扇》〉。《東南大學學報》第 2 卷第 4 期，2000 年 11 月，頁 76～81。

41. 徐瑞嬪：〈孔尚任的歷史劇作研究〉。《國立臺灣師範大學國文研究所集刊》第 40 期，1996 年 3 月，頁 545～660。

42. 秦華生：〈丁耀亢劇作劇論初探〉。《戲曲研究》第 31 期，1989 年，頁 62～90。

43. 秦學人：〈古典編劇美學的精辟概括──〈嘯臺偶著詞例〉淺析〉。《戲劇》1996 年第 2 期，頁 34～45。

44. 郝詩仙、郭英德：〈丁耀亢生平及其劇作〉。《齊魯學刊》1989 年第 6 期，頁 55～61。

45. 涂釋仁：〈談「留侯論」之「其意不在書」〉。《中國語文》第 94 卷第 2 期，2004 年 2 月，頁 65～69。

46. 康逸藍：〈詠不盡興亡調──「長生殿」、「桃花扇」所透顯出的文化觀〉。《聯合文學》第 7 卷第 8 期，1991 年 6 月，頁 84～91。

47. 張兵：〈丁耀亢研究的回顧與思考〉。《中國文學研究》1997 年第 4 期，1997 年 10 月，頁 53～57。

48. 張英基：〈齊魯古典戲曲概說〉。《淄博師專學報》1995 年第 3 期，頁 51～55。

49. 張軍德：〈《鳴鳳記》之創作年代初探〉。《文學遺產》1986 年第 6 期，1986 年 12 月，頁 50～51。

50. 莊耀郎：〈論「人物志」的英雄理論及英雄人物〉，《國文學報》第 25 期，1996 年 6 月，頁 49～75。

51. 陳文新：〈《鳴鳳記》的雙重母題及其歷史認同〉。《戲曲研究》第 58 輯，2002 年 4 月，頁 218～230。

52. 陳公水、徐文明：〈元明清山東曲論摭談〉。《山東師範大學學報·人文社會科學版》2007 年第 52 卷第 5 期，頁 42～46。

53. 許俊杰：〈淺析丁耀亢的戲劇創作思想〉。《飛天》2010 年第 12 期，頁 40～42。

54. 彭靜：〈丁耀亢的文學觀念及其戲劇審美思想〉。《宜春學院學報》第 32 卷第 3 期，2010 年 3 月，頁 130～131。

55. 彭靜：〈丁耀亢的戲劇創作理論研究〉。《甘肅聯合大學學報·社會科學版》第 26 卷第 6 期，2010 年 11 月，頁 15～18。

56. 彭靜、章軍華：〈丁耀亢戲劇《赤松游》的創作風格與特色〉。《重慶科技學院學報·社會科學版》2010 年第 23 期，頁 118～119。

57. 楊朝淵：〈「長生殿」與「桃花扇」戲曲結構之比較〉。《東吳中文研究集刊》第 6 期，1999 年 5 月，頁 51～72。

58. 萬傑卿：〈漢留侯張良事功〉。《中原文獻》第 3 卷第 7 期，1971 年 7 月，頁 5～9。

59. 葉論啓：〈留侯研究〉。《臺中商專學報》第 31 期，1999 年 6 月，頁 33～47。

60. 詹士模：〈留侯與漢朝的建立〉。《嘉義農專學報》第 44 期，1996 年 2 月，頁 139～151。

61. 詹石窗：〈明代的神仙道化劇考論〉。《道教學探索》第玖號，1995 年 12 月，頁 396～412。

62. 廖玉蕙：〈「桃花扇」「罵筵」關目因襲性之研討〉。《東吳中文學報》第 2 期，1996 年 5 月，頁 251～274。

63. 廖玉蕙：〈孔尚任「桃花扇」命意之探索〉。《東吳中文學報》第 1 期，1995 年 5 月，頁 287～310。

64. 廖玉蕙：〈論歷史人物與戲劇人物的分野——以「桃花扇」中的李香君與楊龍友爲例〉。《中正嶺學術研究集刊》第 15 期，1996 年 6 月，頁 83～112。

65. 廖玉蕙：〈論歷史劇「桃花扇」的寫作手法〉。《歷史月刊》第 114 期，1997 年 7 月，頁 120～129。

66. 熊道麟：〈從「史記」人物行跡探討孔子天命觀的生命主體創造價值——以項羽、張良、藺相如爲例〉。《興大中文學報》第 14 期，2002 年 2 月，頁 123～150。

67. 趙新：〈《丁耀亢全集》評介〉。《東岳論叢》1999 年第 5 期，1999 年 5 月，頁 143。

68. 趙新：〈野火吹不盡，春風吹又生——寫在《丁耀亢全集》出版發行之前〉。《明清小說研究》1999 年第 4 期，頁 246～252。

69. 劉美芳：〈「桃花扇」的構思與佈局（上）〉。《文藝月刊》第 224 期，1988 年 2 月，頁 71～82。

70. 劉美芳：〈「桃花扇」的構思與佈局（下）〉。《文藝月刊》第 225 期，1988 年 3 月，頁 61～73。

71. 劉萬青：〈從「鳴鳳記」折子戲劇本比較——論明傳奇舞臺表演藝術之重要〉。《健行學報》第 19 卷第 1 期，1999 年 12 月，頁 195～213。

72. 劉洪強：〈《丁耀亢全集》補遺〉。《德州學院學報》第 26 卷第 3 期，2010 年 6 月，頁 34～36、40。

73. 劉家忠：〈「諸城十老」的文學活動與清初遺民的糾結心態〉。《求索》2011 年第 10 期，頁 190～192。

74. 鄭騫：〈善本傳奇十種提要〉。《燕京學報》第 24 期，1938 年 12 月，頁 127～157。

75. 魯海：〈丁耀亢著述考〉。《山東圖書館季刊》1991 年第 1 期，頁 61～62。

76. 錢子敬：〈留侯張良之研究〉。《黃埔月刊》第 274 期，1975 年 2 月，頁 16～17。

77. 魏淑珠：〈孔尚任的扇裡乾坤〉。《中外文學》第 26 卷第 9 期，1988 年 2 月，頁 55～69。

78. 魏靖峰：〈從「留侯世家」、「陳丞相世家」看張良與陳平〉。《中國語文》第 59 卷第 6 期，1986 年 12 月，頁 16～23。

79. 蘇寰中：〈關於《鳴鳳記》的作者問題〉。《中山大學學報》1980 年第 3 期，頁 82～85。

六、與丁耀亢著作相關之論文（非戲曲類）

1. 王汎森：〈「人間腹笥多藏草，隔代安知悔立言」——丁野鶴與《續金瓶梅》〉。《中國文化》第 12 期，1995 年 12 月，頁 220～223。

2. 王衍軍：〈從次濁入聲字的歸屬看《醒世姻緣傳》的作者問題〉，頁 121～123。

3. 王慧：〈山左詩人丁耀亢〉。《文史雜誌》2001 年第 5 期，2001 年 9 月，頁 50～52。

4. 王瑾：〈試論《續金瓶梅》的創作年代〉。《廣州大學學報》第 2 卷第 9 期，2003 年 9 月，頁 38～39、47。

5. 王瑾：〈論《醒世姻緣傳》非丁耀亢所著〉。《廣州大學學報》第 1 卷第 10 期，2002 年 10 月，頁 30～35。

6. 王瑾：〈丁耀亢詩中的人生感受〉。《廣州大學學報‧社會科學版》第 4 卷第 9 期，2005 年 9 月，頁 29～33、92。

7. 石玲:〈《續金瓶梅》的作期及其他〉。吉林大學中國文化研究所編:《金瓶梅藝術世界》,長春:吉林大學出版社,1991 年,頁 333～337。

8. 安雙成:〈順康年間《續金瓶梅》作者丁耀亢受審案〉。《歷史檔案》2000 年第 2 期,頁 29～32。

9. 余嘉錫:〈王覺斯題丁野鶴陸舫齋詩卷子跋〉。余嘉錫:《余嘉錫論學雜著》,臺北:河洛圖書出版社,1976 年,頁 631～635。

10. 吳燕娜:〈《醒世姻緣傳》及其因果報應思想的彈性運用〉。《大陸雜誌》第 98 卷第 3 期,1999 年 3 月,頁 32～42。

11. 李焱、池靜蓮:〈從差比句的比較看《醒世姻緣傳》的作者〉。《龍岩師專學報》第 21 卷第 4 期,2003 年 8 月,頁 43～44、50。

12. 李夢生:《中國禁毀小說百話》,上海:上海古籍出版社,1994 年。

13. 周洪才:〈關於丁耀亢佚詩集《問天亭放言》的幾個問題〉。《濟寧師專學報》第 22 卷第 1 期,2001 年 2 月,頁 27～28。

14. 邵來文:〈試論《續金瓶梅》的哲學機鋒〉。《中國文學研究》1997 年第 2 期,頁 64～66。

15. 范秀君:〈清初丁耀亢詩歌藝術特色簡論〉。《許昌學院學報》2011 年第 30 卷第 3 期,頁 49～51。

16. 胡衍南:〈「世情小說」大不同──論《續金瓶梅》對原書的悖離〉。《淡江人文社會學刊》第 15 期,2003 年 6 月,頁 1～26。

17. 胡曉眞:〈《續金瓶梅》──丁耀亢閱讀《金瓶梅》〉。《中外文學》第 23 卷第 10 期,1995 年 3 月,頁 84～101。

18. 孫玉明:〈《續金瓶梅》成書年代考〉。《社會科學輯刊》1996 年第 5 期,頁 131～135。

19. 高桂惠:〈情慾變色──試論丁耀亢《續金瓶梅》的德色問題〉。《中國古典文學研究》第 1 期,1996 年 6 月,頁 163～184。

20. 張弦生:〈從丁耀亢到丁惟寧──評《金瓶梅奧秘探索》〉。《東岳論叢》2001 年第 4 期,2001 年 7 月,頁 144。

21. 張崇琛:〈丁耀亢佚詩《問天亭放言》考論〉。《濟寧師專學報》第 21 卷第 1 期,2000 年 2 月,頁 32～36。

22. 張清吉:《醒世姻緣傳新考》,鄭州:中州古籍出版社,1999 年。

23. 張維華:〈跋丁耀亢的《出劫紀略》和《問天亭放言》〉。《晚學齋論文集》,濟南:齊魯書社,1986 年。

24. 張豔豔、張耀明:〈橫琴啜茗 悟徹天眞──讀《丁耀亢行樂圖》〉。《春秋》2008 年第 1 期,頁 51～52。

25. 陳金陵:〈丁耀亢與《出劫紀略》〉。《文獻》1980 年第 1 輯,1980 年 5 月,

頁 166～171。

26. 馮春田：〈西周生即丁耀亢——《醒世姻緣傳》輯著者證〉。《書目季刊》第 32 卷第 2 期，1998 年 9 月，頁 38～44。

27. 黃霖：〈丁耀亢及其《續金瓶梅》〉。《復旦學報·社會科學版》1988 年第 4 期，頁 55～60。

28. 趙華錫：〈談《續金瓶梅》作者丁耀亢〉。《濱州師專學報》第 18 卷第 3 期，2002 年 9 月，頁 29～30。

29. 趙華錫：〈談《續金瓶梅》作者丁耀亢〉。《濱州師專學報》第 18 卷第 3 期，頁 29～30。

30. 楊琳：〈丁耀亢非遺民論〉。《明清小說研究》2010 年第 2 期，頁 198～209。

31. 歐陽建：〈陳忱、丁耀亢小說合論〉。《貴州大學學報·社會科學版》第 22 卷第 2 期，2004 年 3 月，頁 63～71。

32. 魏紅梅：〈丁耀亢〈懷仙感遇賦〉的文獻價值和文學意義〉。《求索》2011 年第 9 期，頁 207～208、78。

33. 魏紅梅：〈丁耀亢和他的〈自述年譜以代挽歌〉〉。《山東文學》2008 年第 12 期，頁 98～99。

34. 魏紅梅：〈簡析丁耀亢詩集《問天亭放言》〉。《文藝理論與批評》2007 年第 5 期，頁 135～137。

35. 羅德榮：〈別一種審美意趣的追求——《續金瓶梅》審美價值探究〉。《南開學報》1997 年第 6 期，頁 36～42。

附錄：從人物與空間的關係論《西廂記》之主題意義

摘　要

　　王實甫《西廂記》是傳統戲曲中膾炙人口的作品，是一部以愛情故事為題材，標示「願天下有情人皆成眷屬」而具有濃厚喜劇特色的劇作。在劇作家的巧思安排下，故事進行的場景竟是莊嚴肅穆的佛門殿堂；但劇中人物的形象卻生動活潑，愛情更是熾熱地充滿生命活力，與佛門清靜無欲相互對照，形成了強烈的對比。而崔鶯鶯與張珙二人處於傳統禮教的文化氛圍之中，愛情的生發也與象徵抽象文化的道德禮教相互抗衡，這種情欲與禮教的衝突，不僅製造戲劇張力，並推演著戲劇情節的進行。本文即試從具體的場景與抽象的文化背景兩方面著手，探討劇中人物在面對現實環境及禮教的層層壓力之下，如何面對困境解決難題，以及探討人物與空間的互動關係所形成的戲劇效果。

一、前　言

　　王實甫《西廂記》是傳統戲曲中膾炙人口的作品，是一部以愛情故事為題材，標示「願天下有情人皆成眷屬」而具有濃厚喜劇特色的劇作。《西廂記》打破北雜劇一本四折的體制，開展出五本二十折的宏大規模，其結構合理，主線清晰突出，對人物心理的描繪更是細膩生動，巧妙嫻熟地發揮了戲曲藝術的表現力。明、清以來之戲曲評論，如王世貞、張琦、李調元等人皆認為

《西廂記》乃北曲「壓卷」之作。〔註1〕

《西廂記》無論是在時空環境的設計，還是在人物的性格特徵上，皆充滿相互抗衡的二元對立之特色。首先，在時空環境方面，可分為具體的空間環境與抽象的時代環境，胡亞敏《敘事學》中提到：

> 環境指構成人物活動的客體和關係，它是故事結構中不可缺少的因素。……環境是一個時空綜合體，它不像風景畫或雕塑那樣只展示二維或三維空間，而是隨著情節的發展、人物的行動形成一個連續活動體，因此，環境不僅包括空間因素，也包括時間因素。環境在故事中具有多種作用，它可以形成氣氛、增加意蘊、塑造人物乃至於建構故事等。〔註2〕

環境包括時間及空間兩個因素，它會隨著情節的發展及人物的行動形成一個連續的活動體，因此環境不僅只是陪襯的背景，更可在故事中引起多種作用。《西廂記》在王實甫的巧思安排下，故事進行的主要空間場景設於普救寺，普救寺是莊嚴肅穆的佛門殿堂，是清靜無欲的修行所在，與劇中人物生動活潑的形象，及充滿生命活力的熾熱情感，形成了強烈的對比。而在時間的長流中，崔鶯鶯與張珙二人則是處於重門第觀念的時代氛圍裡，他們追求自由的愛情與自主的婚姻，與象徵抽象文化的道德禮教相互抗衡，這種情欲與禮教的衝突，不僅製造戲劇張力，推演戲劇情節的進行，更凸顯了戲劇的主題思想。而佛門講求眾生平等的觀念又恰與社會文化講求的門第差異產生強烈對比，因此在時間、空間兩個環境上又形成了相當弔詭的關係，值得我們進一步去探討。

其次，在人物性格上也展現了二元對立的特色：老夫人的身份既是一個為女兒著想的母親，同時也是為了維護家族門風而抹殺女兒自由意志的家長；鶯鶯是生長於相府，深受禮教規範教育的大家閨秀，但在重重的綑綁束縛中卻有著一顆勇於追求愛情的熾熱之心；紅娘是老夫人指派給鶯鶯的貼身侍女，其職責在於服侍並監視小姐的行動，但是最了解與同情鶯鶯的人，也正是這位機靈、熱心的小姑娘。這種種人物塑造上的矛盾，製造人物之間的

〔註1〕 明・王世貞《曲藻》：「北曲故當以《西廂》壓卷」，見《中國古典戲曲論著集成》（北京：中國戲劇出版社，1982年11月），冊4，頁29。明・張琦《衡曲塵談》：「今麗曲之最勝者，以王實甫《西廂記》壓卷」（同上），冊4，頁269。清・李調元《雨村曲話》：「宜乎為北曲壓卷也」（同上），冊8，頁11。
〔註2〕 胡亞敏：《敘事學》（武昌：華中師範大學出版社，1994年6月），頁158。

緊張關係，一旦加入外在的刺激因素，便會引發種種的衝突，而志誠癡情的「傻角」張生，便是這場矛盾衝突的主要引爆線。因此在《西廂記》中，人物與環境息息相關，而人物的多重性格特色之形成，又與人物、環境之間的互動相關。故本文即試從具體的場景與抽象的文化背景兩方面著手，探討劇中人物在現實環境及禮教的層層壓力之下，如何面對困境解決難題，以及探討人物與空間的互動關係所形成的戲劇效果及所欲凸顯的主題意義。

二、時空環境的設置

（一）普救寺的象徵與人物之關係

《西廂記》主要人物的活動地點，除了「狀元」、「草橋」兩家客店以及「十里長亭」、「驛館」等地，其餘場景幾乎不離普救寺，〔註3〕如同張生初遇鶯鶯時所云：「將一座梵王宮疑是武陵源。」（第一本第一折），此處是成全崔鶯鶯與張珙愛情的關鍵之地，他們的婚戀故事，從開始醞釀，到歷經幾番波折，直至結局的圓滿和諧，全都發生在普救寺之內，普救寺在全劇中可說佔有非常重要的地位。而崔、張二人「一個是壯志赴考的窮愁書生，一個是重孝在身的相府千金，共同在這莊嚴肅穆的佛殿聖地，居然合演出一幕目挑心招的婚戀喜劇」，〔註4〕由此可見，普救寺的設置，與人物之間有著密切的關係，它不只是一個毫無意義的陪襯背景，而是具有某種特殊意義的象徵。

以普救寺做為故事主人翁愛情活動的主要場景，作者並非輕鬆地一筆帶過，而是著力地鋪排描寫其外在形象，崔老夫人一上場便道：

這寺是先夫相國修造的，是則天娘娘香火院，況兼法本長老又是俺相公剃度的和尚；因此俺就這西廂下一座宅子安下。（第一本楔子）

〔註5〕

由此可知，普救寺為崔相國所修建，同時又是武則天做佛事的香火院，而其

〔註3〕「十里長亭」、「草橋」、「驛館」等場景，皆在主要衝突結束、張生赴考之後出現，「狀元店」則只是過場性質的場景；俟鄭恒爭婚又引起新的衝突，場景即又回至普救寺，因此可說，普救寺為《西廂記》情節發展中最為重要的關鍵之地。

〔註4〕賀新輝、朱捷編著：《西廂記鑒賞辭典》（北京：中國婦女出版社，1990年5月），頁19。

〔註5〕本文所引《西廂記》之正文，皆引自王季思校注：《西廂記》（台北：里仁書局，1995年），以下有關《西廂記》正文之引文將不逐一作注。

寺廟的主持法本長老則是崔相國親自剃度的僧人。鋪排此段文字的用意，一來說明普救寺之來歷，同時也點出此寺與崔家的關係。另外，作者借由狀元店小二哥之口說明普救寺之聲譽：

> 俺這裏有一座寺，名曰普救寺，是則天皇后香火院，蓋造非俗：琉璃殿相近青霄，舍利塔直侵雲漢。南來北往，三教九流，過者無不瞻仰。（第一本第一折）

普救寺之建造非凡，琉璃殿與舍利塔高聳入雲，可以想見寺廟規模之宏大。同時，到此寺隨喜瞻仰的信徒有三教九流的各階層人士，充分地描寫出普救寺香火之盛、聲譽之大及其影響之廣。作者又使法聰和尚帶著張珙參觀普救寺，而對佛寺內部的建築有更進一步的描寫：

> 隨喜了上方佛殿，早來到下方僧院。行過廚房近西，法堂北，鐘樓前面。遊了洞房，登了寶塔，將迴廊繞遍。數了羅漢，參了菩薩，拜了聖賢。（第一本第一折）

本段唱詞概括了寺內各式各樣的建物：佛殿、鐘樓、寶塔、羅漢堂、香積廚等等，通過張珙的隨喜，使讀者能感受到佛門殿堂建築的宏大廣闊；顯而易見，作者將普救寺塑造為一座外表莊嚴宏偉，香火鼎盛且影響力相當大的寺廟。

作者如此仔細地繪佛寺的外在形象，自有其深刻的用意。以現實的環境情形來說，佛寺是宣傳佛教教義、張揚佛法的殿堂，是佛門出家弟子清修的處所，因此佛寺的建築形構就如同是佛門精神的象徵；而佛教的教義宣揚人應絕情去欲以脫離苦海，要遠離紅塵一切俗事煩擾，因此佛門弟子必須嚴守清規戒律，刻苦修行，以超越俗世凡塵的嗔癡愛憎，故佛寺本身也就帶著濃厚地消極出世的意象。而佛寺環境的意象與人物之間的關係，從第一本〈楔子〉鶯鶯甫上場之時即很明白地顯露出來：

> 可正是人值殘春蒲郡東，門掩重關蕭寺中；花落水流紅，閒愁萬種，無語怨東風。

從曲詞來看，無論是時序或環境都充滿了蕭颯衰頹的氣氛，此時的鶯鶯被老夫人拘管而閒居在普救寺，在層層疊疊的佛寺建築之中，使她一腔幽怨纏綿的情感無法得到抒發，而莊嚴肅穆的佛塔殿堂成為禁錮鶯鶯青春軀體的牢籠，金碧輝煌的建築卻是桎梏她熱情之心的枷鎖。

但是鶯鶯與張生的愛情故事，卻偏偏又發生在這不應該有情愛的地點，

人物豐沛的情感與佛門絕情去欲的精神可說完全背道而馳，因此在人物與環境之間便形成一種荒謬的、突兀的對照。張淑香先生認為將場景設置在佛寺，是一種喜劇結構的模式，是在灰暗的背景上，塗上瑰豔鮮麗的色彩，「是把喜劇的造像疊塑在悲劇的背景上，因而使喜劇的造像更玲瓏剔透地凸現出來」。〔註6〕作者將這對年輕人萌發愛情的地點安排在普救寺，又對寺廟之描繪刻意渲染、頗具匠心，使不該有情欲的地方產生情欲，並染上鮮明的情感色彩，彷彿熱烈地歌誦褒揚情感之不可抗拒，含藏著深刻之意涵。

（二）時代的氛圍與情、禮的抗衡

鶯鶯與張生的愛情，最大的阻力來自於老夫人，老夫人從許婚至賴婚，繼而逼張生赴試，後又因鄭恒爭婚而再度悔婚，雖然其態度看似一再反覆，但反對崔、張二人婚姻的堅持卻始終一致，歸結其主要的原因，無非是門第觀念的作祟，而這樣的態度又與其所處的時代背景有緊密的關係。關於時間點及門第等背景因素，在元稹〈會真記〉中僅交待為「唐貞元中」，又曰：

> 適有崔氏孀婦，將歸長安，路出於蒲，亦止茲寺。……崔氏之家，財產甚厚，多奴僕，旅寓惶駭，不知所託。〔註7〕

此段文字僅敘述崔家為財產甚厚之富貴人家，對於崔家門第一事尚未作刻意的安排，相較之下，《西廂記》中對時代、門第等則刻畫得較為詳盡，其一是張生於甫上場時說道：

> 即今貞元十七年二月上旬，唐德宗即位。（第一本第一折）

張生之言雖只短短二語，卻比〈會真記〉「唐貞元中」的略作交待語更能帶出濃厚的時代意味；此外，開場的〈楔子〉，老夫人一出場則自報家門曰：

> 老身姓鄭，夫主姓崔，官拜前朝相國，不幸因病告殂。祇生得個小姐，小字鶯鶯，年一十九歲，針黹女工，詩詞書算，無不能者。老相公在日，曾許下老身之姪——乃鄭尚書之長子鄭恆——為妻。因俺孩兒父喪未滿，未得成合。又有個小妮子，是自幼伏侍孩兒的，喚做紅娘。一個小廝兒，喚做歡郎。先夫棄世之後，老身與女孩兒扶柩至博陵安葬……。

老夫人此段道白鄭重地交待了二事，第一，說明崔家顯赫的家世門第；言明

〔註6〕張淑香：〈西廂記的喜劇成分〉，《元雜劇中的愛情與社會》（台北：大安出版社，1991年），頁171。

〔註7〕唐‧元稹：〈會真記〉，引自王季思校注：《西廂記》附錄（同注5），頁215。

夫主不但是前朝的相國，崔家在博陵更是家族歷史綿延悠久的世家大族；第二，鶯鶯與鄭恒之間已訂有婚約，這二事為往後的情節預伏了矛盾衝突的根源。首先，作者在時代、家世上特意地加以渲染，其目的便是為在此時空背景下根深柢固的門第觀念預做鋪墊。關於當時之人對於門第的觀念，唐·柳芳〈氏族論〉載曰：

> 魏氏立九品，置中正，尊世胄，卑寒士，權歸右姓己。其州大中正、主簿、郡功曹，皆取著姓士族為之，以定門胄，品藻人物。……山東則為「郡姓」，王、崔、盧、李、鄭為大。……〔註8〕

此處所稱「山東」，並非實指具體之地名，而是泛指崤山及函谷關以東之關東地區而言。自曹魏設立九品中正之制以來，即在社會上造成門第品階的觀念；在此濃厚的門第觀念下，崔姓這樣的名門望族，除了王、盧、李、鄭諸姓之外，皆不配與之通婚姻。此外，《唐書·杜兼附子中立傳》亦載曰：

> 開成初，文宗欲以真源、臨真二公主降士族，謂宰相曰：「民間脩婚姻，不計官品，而上閥閱。我家二百年天下，顧不及崔盧也！」詔宗正卿取世家子以聞。〔註9〕

門第是一種為社會所共認，而取得特殊地位的家族，它與政治沒有絕對的關係，政治對門第也無力予以認可或否認。所以李唐王朝雖擁有天下，卻奈何不得這些士族，因為在世人心目中，帝王重臣遠比不上崔盧等世家，這對皇族帝室來說無疑是莫大的威脅，因而唐皇室曾改訂氏族志，欲用政治的力量來改變長期以來社會的傳統觀念。但是諸如此類的官修譜，似乎只行之於統治階級，雖頒行天下，但是在社會上並沒有得到一致的共識，「民間脩婚姻，不計官品，而尚閥閱」，社會所看重的，依然只是「王崔盧李鄭」等世家門閥。〔註10〕故而作者在《西廂記》中讓老夫人一出場便將崔家的門第背景交待得清清楚楚，如此特意地渲染崔家的門第，目的是將人物設定在有濃厚門閥觀念的時代氛圍中，使讀者得以明顯看出為何崔老夫人在崔相國亡逝之後，在崔家「今日至親則這三四口兒」的凋零狀況之下，還能如此堅持自己世家大族的氣勢；因為即使崔家因崔相國過世而已無實質之政治權力，但在博陵、在整個山東地區，崔家仍是高高在上的名門望族。這也足以說明老

〔註8〕宋·歐陽修、宋祈等：《唐書》（台北：世界書局，1988年，《景印摛藻堂四庫全書薈要》），卷199〈儒學·柳沖傳〉，頁23。
〔註9〕宋·歐陽修、宋祈等：《唐書》（同注8），卷172〈杜兼附子中立傳〉，頁8。
〔註10〕何啟民：《中古門第論集》（台北：台灣學生書局，1978年），頁292。

夫人之所以會在女兒鶯鶯已私定張生，而自己也已答應張生婚事的情形之下，卻又數次反覆悔婚的原因，這無非是她對於崔、鄭二家才是「門當戶對」的想法所導致。

其次，是對鶯鶯與鄭恒婚約的安排，此椿婚約在崔相國在世之時即已訂下，如前所述，這是家族利益的體現，而非個人意願的結果。傳統女性在婚姻方面毫無自主的權利，「父母之命、媒妁之言」才是合乎禮法的正常途徑，所謂男女的相互傾慕，及以愛情爲基礎而結爲連理的婚姻，多半被視爲違反道德禮教的淫亂之事。因此，鶯鶯與張生一見傾心的戀情自發生的那一刻起，就處在與道德禮教、門第婚姻觀念無法調和的對立位置上，而這些僵硬的禮教否定了人的自然情欲，同時也扼殺了青年人婚戀的自由。在夫人賴婚之後，鶯鶯在花園夜聽張生琴音之時，便曾表露對這種禮教權威的反抗心理：

> 人間看波，玉容深鎖繡幃中，怕有人搬弄。想嫦娥，西沒東生有誰共？怨天公，裴航不作遊仙夢。這雲似我羅幃數重，只恐怕嫦娥心動，因此上圍住廣寒宮。（第二本第四折）

曲詞中，以借景抒情的手法將自己比喻爲孤獨而深居於廣寒宮之嫦娥，將老夫人及道德禮教比喻爲遮蔽廣寒宮之雲幃，明白地訴說了道德禮教對人的自然情欲之壓制。在這種情、禮無法調和的情形之下，使鶯鶯選擇了勇於衝破傳統婚姻的束縛，以爭取屬於自己的眞實情感。

（三）具體環境與抽象環境的關係

從前文中，我們可以看出普救寺作爲佛門的象徵，其意象形成環境與人物之間的一種荒謬的、突兀的對照，但我們從另一個角度來看，若將普救寺放入整個事件之中，卻會發現普救寺在崔、張的愛情故事中起著另一層重要的作用。以崔、張二人的身分來看，張生於上場時自敘其身份時說道：

> 先人拜禮部尚書，不幸五旬之上，因病身亡。後一年喪母。小生書劍飄零，功名未遂，遊於四方。（第一本第一折）

在法本長老詢問張生家世、先人之時，亦曰：

> 平生正直無偏向，止留下四海一空囊。（第一本第二折）

與崔家顯赫的家世門第相較，張珙的先人並未留下任何家產與他，其「書劍飄零，功名未遂」的身份，不但與鶯鶯貴爲相府千金的身份差異十分懸殊，更可以說這二人原本不可能牽扯上關係。以客觀的條件來說，並無功名的張

珙沒有任何與鶯鶯認識的機會，即使相識也難以與鶯鶯親近，更遑論私相愛慕、互定終身。紅娘即曾說道：

> 俺夫人治家嚴肅，有冰霜之操。內無應門五尺之童，年至十二三者，
> 非呼召不敢輒入中堂。（第一本第二折）

以相府世家權貴的身份，及老夫人治家嚴謹的態度，相府之內必是門禁森嚴，不用說「內無應門五尺之童，年至十二三者，非呼召不敢輒入中堂」，貴為相府千金的鶯鶯小姐必也是居於深閨不出，紅娘也未必有機會為二人穿針引線。所以若非是崔家路歸博陵受阻，使相國靈柩暫停於普救寺，張生無緣得見鶯鶯。因此，普救寺的第一個作用，便是使張生與鶯鶯這兩條不可能交錯的平行線有了初步的交會點。

普救寺的第二個重要作用，就是暫時消弭鶯鶯與張生之間的身份差距。前文中曾提到普救寺是「南來北往，三教九流，過者無不瞻仰」之地，而這也顯示了佛門講求眾生平等的精神，三教九流之人，無論貧富貴賤，在此皆可得到一致平等的對待。因此，普救寺這座遠離紅塵俗世的佛寺淡化了鶯鶯與張生之間的世俗身份、門第差異，這一座梵王宮就如同成就了劉晨、阮肇與仙女好事的武陵源一般，成為庇護崔、張愛情的一塊淨土，使二人的情感得以在此蘊釀、成熟。

然而，普救寺的這兩種作用卻又與作為時代背景的門第觀念、道德禮教形成對立的局面，使作為故事背景中的時、空環境二元素形成一種相當弔詭的關係。人物一旦離開普救寺，便等於是離開這層庇護，重回世俗的價值觀，就必須面對外在社會所給予的壓力，面對因身份懸殊所造成的鴻溝。所以，當張生選擇上京赴考取得功名，以自己的才能去爭取鶯鶯、爭取自己的愛情之時，等於是選擇抽離保護二人的安全處所，選擇面對傳統觀念對其個人的價值評斷，因此造成京城、蒲東二地之苦苦相思，更掀起鄭恒求配爭婚的漫天風波。

三、人物與空間的互動關係

《西廂記》中最為真實、生動，最富感染力的莫過於人物的描寫，作者擅於選取最富於魅力的細節來塑造人物的形象，人物則透過不同事件及環境的影響，逐漸地深化其性格特色。而貫穿《西廂記》全局的戲劇衝突，是自主婚姻的理想與門第觀念、道德禮教之間的緊張對峙，它在劇中表現為交織

的兩條線索：一是鶯鶯、張生、紅娘與老夫人之間的衝突；二是鶯鶯、張生、紅娘三者之間的衝突。〔註11〕這些衝突的形成與人物的身份性格有密切的關係，而時空環境則影響人物的性格發展。

（一）鶯鶯的自我覺醒與成長

在《西廂記》的人物中，態度看似反覆無常的除了老夫人外，另一個便是女主人翁鶯鶯；老夫人的反覆是受到傳統門第及婚配觀念的影響，鶯鶯的反覆則同樣是受到時空環境的制約。在崔、張這段愛情的發展中，鶯鶯一開始顯得頗為熱情，從佛殿初遇張生，到二人於花園牆角吟詩、和詩，鶯鶯兩度「回顧」張生，自遇見張生之後，便「無情無緒」、「無事不寧」：

> 【那吒令】往常但見個外人，氳的早嗔；但見個客人，厭的倒褪；
> 從見了那人，兜的便親。想著他昨夜詩，依前韻，酬和得清新。（第
> 二本第一折）

可見鶯鶯是欣賞張生的相貌、情性與文才的，這是她在老夫人長期嚴格管束之下，首次情感的覺醒，她並不迴避張生對她有意的親近，並且主動將自己的情感寄託在唱和張生的詩中。自主意識剛覺醒的鶯鶯，抱怨老夫人拘束太緊，紅娘「影兒般不離身」，渴望著「誰肯把針兒將線引？向東鄰通個慇懃。」但是當紅娘果真肩負起二人之間穿針引線的任務時，鶯鶯的態度卻反倒有了變卦。

從老夫人賴婚，張生臥病之後，紅娘便穿梭於鶯鶯與張生之間，為二人傳簡遞信，進引發了傳簡、鬧簡、賴簡等一連串風波，惹得張生病情更加沉重。當紅娘送來張生的簡帖兒時，鶯鶯的情態是：

> 【普天樂】晚妝殘，烏雲軃，輕勻了粉臉，亂挽起雲鬟。將簡帖兒
> 拈，把妝盒兒按，開拆封皮孜孜看，顛來倒去不害心煩。（第二本第

〔註11〕 歷來學者對於《西廂記》戲劇衝突的線索有不同的區分法，根據陳慶煌〈西廂記研究的回顧與省思〉一文之分析：《西廂記三論》認為劇中激烈衝突有兩次；賴婚是封建勢力對崔張愛情的第一次打擊，拷紅是兩種力量的又一次衝突。吳國欽則稱《西廂記》的衝突方式為主次交叉法，亦即「主要戲劇矛盾與次要戲劇矛盾相互交叉，錯綜複雜的向前推進」；段啟明、張燕瑾皆畫分為老夫人與鶯鶯、張生、紅娘及鶯、張、紅之間的二條衝突線；蔣星煜雖將衝突線區分為三條，但只是細分為鶯鶯與老夫人、老夫人與紅娘及鶯鶯與紅娘之間的矛盾。本文則採張燕瑾的主副二條衝突線之說法為依據進行分析。陳慶煌：〈西廂記研究的回顧與省思〉，《古典文學》第十三集（台北：學生書局，1975年），頁389～412。

二折）

由鶯鶯輕勻粉臉、亂挽雲鬟的姿態來看，她是忙不迭地欲知簡帖兒的內容，而張生訴說情衷的信簡，讓她「顛來倒去不害心煩」，足見反復觀看其信的歡欣之狀，然而才一轉身，鶯鶯卻大聲喝斥紅娘：

> 小賤人，這東西那裏將來的？我是相國的小姐，誰敢將這簡帖來戲
> 弄我，我幾曾慣看這等東西？告過夫人，打下你個小賤人下截來。
> （同上）

儼然擺出端莊的相國小姐姿態，但回頭卻又瞞著信差紅娘寫了封文情並茂的書信給張生，惹得自詡為「猜詩謎社家」的癡情張生，依約做出跳牆的情事來，此時的鶯鶯再度大怒，指斥張生無故至此。從傳簡、鬧簡、賴簡中鶯鶯一再反覆的態度來看，的確表現了她的矜持與猶豫，用紅娘的話來說，其模樣確實是「佈多般假意兒」。但如果王實甫真把鶯鶯寫得毫無顧忌，非但不符合鶯鶯該有的形象，人物的丰采也將不再那麼細膩飽滿。因為鶯鶯作為相國千金，貴族的身份與家庭的教養必是長期影響她性格或行為的因素，使得她在熱烈追求愛情的時候，不得不有許多的懷疑與顧慮。

鶯鶯的第一重顧慮，是老夫人「治家嚴謹」的管教，這是她反復態度最直接的根源。在張生赴約跳牆之時，鶯鶯喝斥張生之詞是：

> 我在這裏燒香，你無故至此；若夫人聞知，有何理說！

> 若不看紅娘面，扯你到夫人那裏去，看你有何面目見江東父老？

> 萬一夫人知之，先生何以自安？（第三本第三折）

從這些言詞來看，她以老夫人恫嚇張生，事實上亦是自己畏懼老夫人的心理展現，鶯鶯深知，老夫人是她與張生之間最大的阻礙，因此提醒張生莫有如此莽撞之行為，若使老夫人得知，將會破壞二人之事。而鶯鶯的第二重顧慮，即是隨伺在側的紅娘。紅娘畢竟是老夫人派來「行監坐守」之人，讓紅娘得知她與張生之間往來的秘密，即有洩露給老夫人得知的可能，因此，雖然她仍須靠紅娘為其傳簡遞訊，卻不得不對紅娘有所防備，鶯鶯為隱瞞紅娘而作假造成許多誤會，這就導致了二人之間的矛盾衝突，但這一衝突是在鶯鶯與老夫人的矛盾下所出現，是由於彼此猜度、誤會所引起，表面劍拔弩張，實則立場一致，所以等到雙方誤會消除，就成為解決鶯鶯與紅娘之間矛盾的預備條件。

由此看來，鶯鶯性格的每一步進展，都是微妙、複雜的內心掙扎所引致

的結果，而「每個矛盾的產生、發展和解決的過程，都在說明人物性格成長過程，都在說明主題思想。」〔註12〕鶯鶯性格成長的具體過程，正是其內心掙扎的歷程。在這個過程中，她一方面嚮往自由的愛情，敢於向傳統的束縛挑戰；另一方面卻又必須挑戰往日傳統禮教對自己所形成的心理障礙與精神束縛，在自由愛情與道德禮教的衝突中，鶯鶯所承受的壓力，遠比張生來得更直接且沉重，因此其內心的痛苦也就更加地強烈。王實甫正是寫出了這樣「偌多般假意兒」的鶯鶯，才使得人物的形象更眞實，更具有典型性。

（二）紅娘與老夫人的衝突

《西廂記》中，另一個不畏傳統道德規範的人物即是紅娘。紅娘可說是故事中相當鮮活的角色，作者飽滿的筆墨寫出了她熱情、勇敢的性格特徵。鶯鶯雖然勇於追求愛情，但她是在老夫人嚴密監視之下的大家閨秀，若沒有紅娘居中傳書遞簡，要跟閨門外的張生通情達意，眞是千難萬難。紅娘是幫助崔、張克服自身弱點的關鍵人物，由於她熱心地替崔、張雙方穿針引線，才得以成就鶯鶯與張生圓滿的結局，可以說紅娘是《西廂記》一劇不可或缺的人物，她是推動崔、張愛情的最大助力。金聖嘆曾言：

> 《西廂》爲才子佳人之書，故其費筆墨處俱是張生、鶯鶯二人，餘俱未嘗少用其筆之一毛，墨之一瀋也。其有時亦寫紅娘者，以紅娘正是二人之針線關鎖。分時紅爲針線，合時紅爲關鎖。寫紅娘，正是妙於寫二人。〔註13〕

《西廂記》僅寫崔、張二人之故事，寫紅娘亦是爲崔張而寫，因此寫得與崔、張的性格、命運息息相關。所以，鶯鶯與張生雖然都未曾與老夫人發生正面的衝突，但〈拷紅〉（第四本第二折）一折，藉由紅娘與老夫人的對峙，卻成爲追求自由愛情的一方與維護門第婚姻禮教一方的正面對抗，將雙方的對立衝突拉至最高點。

作爲崔、張愛情的主要阻力，老夫人雖然在劇中出場次數不多，卻無疑地發揮了強大的作用，但老夫人讓鶯鶯、張生以兄妹相稱的方式，破壞她對張生的承諾，在情理上，即已處於不利的位置。因此，在〈拷紅〉一折中，雖然是老夫人拷問紅娘，但事實上卻是紅娘義正嚴辭地審問背信棄義的

〔註12〕陳慶煌：〈西廂記研究的回顧與省思〉，同註11，頁401。
〔註13〕清・金聖嘆：《貫華堂第六才子書西廂記》（江蘇：江蘇古籍出版社，1986年），頁222。

老夫人：

> （夫人云）這端事都是你個賤人。（紅云）非是張生小姐紅娘之
> 罪，乃夫人之過也。（夫人云）這賤人倒指下我來，怎麼是我之
> 過？（紅云）信者人之根本，「人而無信，不知其可也。大車無
> 輗，小車無軏，其何以行之哉？」當日軍圍普救，夫人所許退軍
> 者，以女妻之。張生非慕小姐顏色，豈肯區區建退軍之策？兵退身
> 安，夫人悔卻前言，豈得不為失信乎？既然不肯成其事，只合酬之
> 以金帛，令張生捨此而去。卻不當留請張生於書院，使怨女曠夫，
> 各相早晚窺視，所以夫人有此一端。目下老夫人若不息其事，一來
> 辱沒相國家譜；二來張生日後名重天下，施恩於人，忍令反受其辱
> 哉？使至官司，夫人亦得治家不嚴之罪。官司若推其詳，亦知老夫
> 人背義而忘恩，豈得為賢哉？紅娘不敢自專，乞望夫人台鑒；莫若
> 恕其小過，成就大事，摑之以去其汙，豈不為長便乎？（第四本第
> 二折）

紅娘洋洋灑灑的一番言辭，將所有的罪狀一併歸諸於老夫人身上，指出老夫
人不當失信於張生，失信之後則更不當留張生於書院，語氣中充滿反諷的意
味，不但以老夫人最重視之道德禮教責難老夫人，更強調其最為重視的「相
國家譜」，指責是老夫人治家不嚴之故，並且緊抓住老夫人的弱點進行反擊，
指陳其背義忘恩的悔婚事實，使得老夫人啞口無言，最後紅娘又指出「恕其
小過，成其大事」，使得老夫人只得再次同意這椿婚事。〈拷紅〉一折不但讓
崔、張的愛情勝過門第禮教而尋得出路，也使紅娘的形象更為鮮明。

（三）從對立到和諧的關係

　　在《西廂記》中時間及空間兩個環境與人物的關係，透過情節的發展，
逐漸由矛盾對立走向圓滿和諧的解決。在空間環境上，崔張二人的愛情萌芽
於普救寺，人物與普救寺的關係原是處於荒謬、突兀的對立之上，但正當崔、
張愛情在進展無由的停滯情況中，發生了孫飛虎兵圍普救寺的意外變故。這
場突發事件不僅是推進戲劇衝突的催化劑，更改變了人物與環境之間的關
係。李漁〈立主腦〉曰：

> 一部《西廂》止為張君瑞一人；而張君瑞一人，又止為白馬解圍一
> 事。其餘枝節，皆從此一事而生──夫人之許婚，張生之望配，紅
> 娘之勇於作合，鶯鶯之敢於失身，與鄭恒力爭原配而不得，皆由於

此。〔註14〕

李漁認爲「白馬解圍」一事，爲整部《西廂記》之主腦，它聯繫著劇中主要人物及情節的關鍵走向。因爲普救寺被圍解圍，引出了老夫人許婚、賴婚的矛盾，也使崔、張二人得以進一步發展。「從孫飛虎兵圍普救寺的〈寺警〉，到老夫人在兵退身安後的〈賴婚〉，既直接刻畫了老夫人的背信棄義，又把鶯鶯對張生的愛慕由一見鍾情向心心相印發展，大大加快了劇情的內在節奏。」〔註15〕經歷普救寺被圍的情節，使崔、張與老夫人之間的矛盾迅速公開化，並把老夫人置於背信棄義的不利位置上。在圍寺事件中，賊兵來勢洶洶，然而於間不容髮的危急時刻，深閨弱質的鶯鶯卻表現出過人的鎮定和捨身的犧牲精神：

> （夫人云）小姐卻是怎生？（旦云）不如將我與賊人，其便有五：【後庭花】第一來免摧殘老太君；第二來免堂殿作灰燼；第三來諸僧無事得安存；第四來先君靈柩穩；第五來歡郎雖是未成人，（歡云）俺呵，打甚麼不緊。（旦唱）須是崔家後代孫。鶯鶯爲惜己身，不行從著亂軍：諸僧眾污血痕，將伽藍火內焚，先靈爲細塵，斷絕了愛弟親，割開了慈母恩。【柳葉兒】呀，將俺一家兒不留一個齟齪，待從軍又怕辱沒了家門。我不如白練套頭兒尋個自盡，將我屍櫬，獻與賊人，也須得個遠害全身。（第二本第一折）

鶯鶯在大敵當前、危在旦夕之時，將個人的屈辱生死置之度外，考慮的是犧牲自己，以保全寺院僧眾、慈母愛弟及先父靈柩。而滿腹才華的張生則訂下計策暫緩賊兵攻寺，並修書搬討救兵以解普救寺之危，這是鶯鶯與張生對於這個所處環境的保全。在這一場戲劇矛盾中，顯示了張生的才能，滿足了鶯鶯的心願，因此，孫飛虎的兵圍普救寺，恰巧對崔、張的美滿結合，從反面起了促進作用。其中還有最重要一點，就是張生的解圍之功與老夫人的賴婚無信，也轉變了紅娘對張生的態度，使紅娘從「行監坐守」之人，轉變爲崔、張二人愛情發展的最大助力。至此，鶯鶯、張生與空間環境之間因相互的成全已取得和諧的境地。

在時間環境上，鶯鶯與張生的愛情始終與重門第婚姻與道德禮教的時代

〔註14〕 清・李漁：《閒情偶寄》，見《中國古典戲曲論著集成》（北京：中國戲劇出版社，1982年），冊7，頁14。

〔註15〕 王季思：〈西廂記的歷史波光〉，《王季思教授古典文學論文選》（廣州：廣東高等教育出版社，1998年8月），頁53。

氛圍對峙，無法取得作爲傳統守護者的老夫人之認同，老夫人對鶯鶯、張生婚姻總是抱持著反對的態度，從圍寺事件中的不得已許婚，到白馬解圍後要鶯鶯「拜哥哥」的賴婚；至發現鶯鶯與張生有異，而懷疑二人「莫非做下來了麼？」，以至拷問紅娘得知眞情實相後的許婚，卻又藉口崔家「三輩兒不招白衣女婿」，逼得張生上京赴試，再次強硬地拆散了相戀的二人；鄭恒的詭謀求配，誣賴張生在京城另娶高門，更使夫人名正言順地再度否認鶯鶯與張生的這椿婚事。總結來看，鶯鶯與張生面對的是一個頑固死硬的傳統守護者，無論如何努力都難以動搖其分毫，使得二人的前途一片迷茫，因此，張生除了赴考，別無他途，這是取得老手人認同以獲得圓滿結局的唯一希望與解決途徑。而在解決的作用上，作爲保障二人愛情庇護所的環境——普救寺，再次發揮了它的功能：張生一回普救寺即拆穿鄭恒的謊言，普救寺長老以他見證老夫人許婚的身份，及解決圍寺事件的重要人物——白馬將軍杜確——適時趕來，使得老夫人不得不對二人的婚姻做出妥協的讓步。由此我們可以看出，人物對空間環境（普救寺）的圓滿成全，致使空間環境進而成爲人物的最大助力，使其達成人物與時間環境之間的和諧關係，而《西廂記》喜劇團圓的氛圍即是在人物與時、空環境三者間圓滿和諧的關係中完成。

四、人物與空間設計凸顯主題意義

關於戲曲的主題思想，王實甫在《西廂記》首先提出了以「有情」作爲婚姻的基礎，標示出「願天下有情的都成了眷屬」的至高理想。清·毛奇齡曰：

> 《牆頭馬上》劇，亦有「願普天下姻眷皆完聚」類。但此稱「有情
> 的」，此是眼目，蓋概括《西廂》書也，故下曲即以「無情的鄭恒」
> 反結之。〔註16〕

毛奇齡將「有情的」三字看作是《西廂記》的戲眼，不但強調出全劇的情神，也點出《西廂記》的主題所在。明·何良俊評《西廂》時則道：

> 王實甫才情富麗，眞辭家之雄；但《西廂》首尾五卷，曲二十一套，
> 始終不出一「情」字，亦何怪其意之重複，語之蕪纇耶！〔註17〕

何良俊認爲《西廂記》「始終不出一『情』字」，因而造成曲意重複，曲語蕪

〔註16〕清·毛奇齡：《毛西河論定西廂記》，轉引自《西廂記鑑賞辭典·附錄》（同注4），頁341。
〔註17〕明·何良俊：《曲論》（同注1），冊4，頁7。

類，然而「始終不出一『情』字」這句話卻也正點出了《西廂記》所欲傳達的最重要的主旨，其所謂的「曲意重複」，無非是因為整部《西廂》專寫「情」之一事，而葉長海先生則認為這一「情」字正是全劇靈魂所在，正是《西廂記》感人至深的原因。〔註18〕《西廂記》以五本二十折之鴻篇巨製，其篇幅遠長於一本四折的雜劇體制，因此不論在人物特色或情節結構的設計上，都必須謹慎經營，以免流於枝蔓冗雜。李漁曾說：

> 作傳奇者，能以「頭緒忌繁」四字刻刻關心，則思路不分，文情專
> 一，其為詞也，如孤桐勁竹，直上無枝，雖難保其必傳，然已有〈荊〉、
> 〈劉〉、〈拜〉、〈殺〉之勢矣。〔註19〕

李漁深知傳奇之大病在於「頭緒繁多」，竭力主張「能以『頭緒忌繁』四字刻刻關心」，《西廂記》雖非傳奇體制，但以如此篇幅，亦須注意頭緒繁多之弊。因此，如李漁所言：「一部《西廂》止為張君瑞一人」，如金聖嘆所道：「其費筆墨處俱是張生、鶯鶯二人」，《西廂記》全劇以鶯鶯與張生之間的愛情為主要線索，情節清晰，佈局嚴謹，從一見鍾情、私定終身、被迫分離到最後團圓，首尾連貫，前呼後應，渾然一體，沒有絲毫枝蔓橫生，頭緒繁多之弊病，全力凸顯「有情」這一主題。〔註20〕

因此《西相記》在情節發展的時間、地點之處理上，更是高度地集中化，使時空環境的設置與情節的每一個發展，及人物之間息息相關。王實甫深刻地了解有情人之所以不能成為眷屬，其真正原因在於傳統禮教和倫理道德枷鎖的束縛。因此劇中塑造了一對敢於衝破禮教和家長束縛，敢於不顧門當戶對的門第觀念而傾心相愛、自由結合的青年，明確寫出男女主人公一見鍾情，因情愛而施計救危，進而發展出的純潔戀情。而在人物的設計上，加強了老夫人這個人物的作用，讓她以維護家世門第的面貌出現，加深她是綱常名教化身的形象，使她成為代表傳統社會道德禮教的勢力，讓鶯鶯、張生婚姻的前途命運，完全操在她的手裡。由於這個形象塑造的成功，使原本戲劇中單純的人物衝突，演變成為兩種婚姻理想及情欲禮教之間無法調和的衝突。因為這種衝突的建立，凸顯了鶯鶯與張生合力衝破門閥婚姻制度的藩籬，建立起互信互賴、忠貞不渝的以愛情為基礎的婚姻之可貴，使我們看到了一位有

〔註18〕葉長海：《中國戲劇學史》（台北：駱駝出版社，2001年），頁132。
〔註19〕《閒情偶寄》（同註14），頁18。
〔註20〕廖奔、劉彥君著：《中國戲曲發展史》（太原：山西教育出版社，2000年月），第二卷，頁263。

謀識才略、至誠專情的才子張生，和一位知書達禮、貌雙全的佳人鶯鶯，成就了一對不可多得的才子佳人形象。

相較於老夫人對於門第閥閱的維護，鶯鶯與張生對於功名利祿的淡薄，也凸顯了以情感至上的主題思想。在《西廂記》中，感情重於門第財富，若論門第財富，只承繼先人「四海一空囊」的窮書生張珙，遠遠不如世家子弟鄭恒，所以鄭恒爭婚求配之時才會譏笑張生是「窮酸餓醋」，以顯示自己身份的高貴，然而鶯鶯偏偏不愛世家弟子，而選擇了「書劍飄零」的張生，她並未看重世俗的功名，對於以家世利益爲紐帶的婚姻更是不屑一顧，她以相國千金的身分對張生從一見鍾情到私定終身，始終沒有考慮過張生的家庭出身與財富。而對於科舉功名，也未曾重視，因而她在送別張生時唱道「但得一個並頭蓮，煞強如狀元及第」，她認爲功名是「蝸角虛名，蠅頭微利，拆鴛鴦在兩下裏」，所以特意交待張生「此一行得官不得官，疾便回來。」（第四本第三折）以鶯鶯原有的世家貴冑的千金身份，經歷在世俗禮教與自由情感之間的擺蕩，直到這種淡薄功名利祿、珍惜眞情摯愛思想的形成，可視作其人物性格成長的完成。另外，至誠情癡的張生則似乎更是爲情而活、爲情而生。原是在赴京應試之途的張生，卻在他驚見鶯鶯之後言道：「十年不識君王面，始信嬋娟解誤人。小生便不往京師去應舉也罷」（第一本第一折），在老夫人賴婚而欲贈其金帛之時冷然地說道：「小生何慕金帛之色。」而後來的上京應試則是被迫而行，因此在他取得功名之時，不但未有任何歡欣雀躍的心情，反因極度思念鶯鶯而抱病，奉聖旨在翰林院編修國史時言道：「他每那知我的心，甚麼文章做得成。」在御醫前來爲其看病時又說：「他道是醫雜證有方術，治相思無藥餌。鶯鶯呵，你若是知我害相思，我甘心兒死、死。」（第五本第二折）完全是一個專情不渝、心誠志篤的情種模樣。對於《西廂記》中所表現的「情」，徐渭、湯顯祖認爲崔、張婚事的成功，關鍵便是在於二人的至情。徐渭在〈借廂〉（第一本第二折）中張生被紅娘搶白之後批曰：

> 此心終不灰冷，張生因是情癡。

〈佳期〉（第四本第一折）前夕徐渭又批曰：

> 張生受過許多摧折，只是一味癡癡癲癲，到底也被他括上，故知沒
> 頭情事，越是癡人越作得來。〔註21〕

〔註21〕以上二引文出《三先生合評元本北西廂》，轉引自么書儀：《元人雜劇與元代社會》（北京：北京大學出版社，1997年），頁166。

這些批語剖析了崔、張之所以能克服時間不當（崔府重孝期間）、地點不合（佛門淨地）、門第懸殊及鶯鶯又早已許配他人等眾多不利因素，之所以能取得婚姻上的成功，主要還是在於崔、張二人「情則一般深重」的緣故。〔註 22〕張生割捨不下鶯鶯，鶯鶯獨鍾張生，他們之間的愛情專一不渝，為世俗禮教所無法規範，這樣的人間「至情」正是《西廂記》所欲歌頌的主題所在。

五、結　語

　　《西廂記》為中國戲曲中廣為流傳的經典之作，它之所以能得到眾多讀者觀眾的喜愛，首先是對於「父母之命，媒妁之言」提出質疑，作者著眼於「普天下有情」者，提出了「願天下有情的都成了眷屬」的愛情理想，以這種愛情為基礎的婚姻觀與傳統權衡門閥利益的婚姻觀相抗衡，企圖透過對愛情的渴望和追求，從而肯定人的力量和價值。正是在這樣的信念之下，《西廂記》的全部劇情皆環繞在「情」的主題上發展，並將故事發生的背景架設在特殊的時空環境上，反映出人面對環境的衝突與內心的掙扎，勾勒出處在重門第觀念的時代氛圍裡的人物，如何面對與解決他們所面臨的難題。儘管周圍的環境對人物造成許多不利的因素，崔鶯鶯與張珙二人仍是執著於追求屬於他們的自由愛情與自主婚姻，描繪出至情之人，在重重的阻撓之下，仍能勇敢地衝破困境，既不受父母之命，媒妁之言所制約，又不為門第閥閱、功名利祿所束縛。《西廂記》歌頌人真實誠摯的情感，其「愛情至上」的觀念超越世俗禮教的規範，也使《西廂記》這部文學作品閃耀出其永恆的藝術價值。

參考書目

（一）專書

1. 《中國古典戲論著集成》叢書，北京：中國戲劇出版社，1982 年 11 月。
2. 么書儀：《元人雜劇與元代社會》，北京：北京大學出版社，1997 年 9 月。
3. 王季思：《王季思教授古典文學論文選》，廣州：廣東高等教育出版社，1998 年 8 月。
4. 王溥：《唐會要》，台北：台灣商務印書館，1983 年（《景印文淵閣四庫全書》）。

〔註 22〕么書儀：《元人雜劇與元代社會》（同注 21），頁 166。

5. 王實甫著，王季思校注：《西廂記》，台北：里仁書局，1995 年 9 月。

6. 何啓門：《中古門第論集》，台北：台灣學生書局，1978 年 1 月。

7. 金聖嘆：《貫華堂第六才子書西廂記》，江蘇：江蘇古籍出版社，1986 年 5 月。

8. 胡亞敏：《敘事學》，武昌：華中師範大學出版社，1994 年 6 月。

9. 張淑香：《元雜劇中的愛情與社會》，台北：大安出版社，1991 年 11 月。

10. 曾瓊連：《西廂記之版本及其藝術成就》，國立台灣師範大學國文研究所，1986 年。

11. 賀新輝、朱捷編著：《西廂記鑒賞辭典》，北京：中國婦女出版社，1990 年 5 月。

12. 葉長海：《中國戲劇學史》，台北：駱駝出版社，2001 年 5 月。

13. 廖奔、劉彥君著：《中國戲曲發展史》，太原：山西教育出版社，2000 年 10 月。

14. 歐陽修、宋祈等：《唐書》，台北：世界書局，1988 年（《景印摛藻堂四庫全書薈要》）。

（二）期刊論文

1. 王夢鷗：〈崔鶯鶯的身世，並談其故構成年代〉，《東方雜誌》第 20 卷第 8 期，1987 年 2 月，頁 27～31。

2. 朱昆槐：〈從鶯鶯傳到《西相記》──論中國悲喜劇的發展〉，《書目季刊》第 25 卷第 1 期，1991 年 6 月，頁 52～63。

3. 朱艷芳：〈談《西廂記》中「一見鍾情」〉，《戲曲藝術》2001 年第 2 期，頁 37～38。

4. 徐志祥：〈春去秋來總是情──論《西廂記》的時間藝術〉，《雁北師範學院》第 17 卷第 1 期，2001 年 2 月，頁 38～41。

5. 馬華祥：〈論《西廂記》崔張二人的愛情基礎〉，《許昌師專學報》第 20 期第 3 卷，2001 年第 3 期，頁 71～73。

6. 高霞：〈論《西廂記》的心理描寫藝術〉，《濟寧師專學報》第 22 卷第 1 期，2001 年 2 月，頁 24～26。

7. 張大新：〈情對禮的戰勝與超越──《西廂記》戲劇衝突的再認識〉，《河南廣播電影大學學報》第 15 卷第 2 期，2002 年 6 月，頁 17～22、38。

8. 張友鸞：〈西廂的批評與考證〉，郁達夫主編，《中國文學研究》下冊，台北：清流出版社，1976 年，頁 423～447。

9. 陳慶煌：〈西廂記研究的回顧與省思〉，《古典文學》第十三集，台北：學生書局，1995 年，頁 389～412。

10. 楊玲：〈淺析崔鶯鶯「賴簡」心理〉，《常德師範學院‧社會科技版》第 25 卷第 2 期，2000 年 3 月，頁 68～69、92。

11. 楊樹榮：〈《西廂記》主題意蘊流變淺說〉，《遠城高等專科學校》第 18 卷第 1 期，2000 年 2 月，頁 31～33。

12. 熊篤：〈論《西廂記》主題超越時空的永恆價值〉，《社會科學研究》2000 年第 5 期，頁 144～148。

13. 韓登庸：〈將一座梵王宮疑是武陵源——《西廂記》對佛教的揭露與貶斥〉，《內蒙古師大學院‧哲學社會科學版》第 30 卷第 6 期，2001 年 12 月，頁 60～64。